pulp

master

Jim Nisbet, Jahrgang 1947, ist Autor von vierzehn Romanen und mehreren Lyrik-Bänden. Verlegt wurden seine Romane auch in Frankreich, Japan, Italien, Polen, Russland, Ungarn, Rumänien und Griechenland. DUNKLER GEFÄHRTE (Bd. 28) wurde für den Hammett-Prize nominiert. TÖDLICHE INJEKTION (Bd. 32) gilt mittlerweile als moderner Klassiker. DER KRAKE AUF MEINEM KOPF (Bd. 35) brachte ihm den Titel „Meister der intelektuellen Schundliteratur" ein. Jim Nisbet lebte mit seiner Frau fünf Dekaden in San Francisco, bevor die Gentrifizierung sie 2017 nach Sausalito vertrieb.

Jim Nisbet

Welt ohne Skrupel

pulp master

pulp master
Band 39

Erschienen bei PULP MASTER, Berlin

Deutsche Erstausgabe
Erste Auflage 2019

Titel der amerikanischen Originalausgabe:
Snitch World

Herausgegeben von Frank Nowatzki
Übersetzt aus dem Amerikanischen von
Ango Laina und Angelika Müller
Redaktion: Ute Nowatzki,
Robert Schekulin
Cover: 4000
Umschlaggestaltung und Layout: MM-Grafomat
Druck und Verarbeitung: NØRHAVEN, DK-Viborg

ISBN 978-3-927734-63-0

Bibliografische Information Der Deutschen Bibliothek.
Die Deutsche Bibliothek verzeichnet diese Publikation in der Deutschen Nationalbibliografie; detaillierte bibliografische Daten sind im Internet über http://dnb.ddb.de abrufbar.

www.pulpmaster.de

Baby, wo auch immer du stirbst, gibt es jemanden, der zusieht. Es spielt keine Rolle, ob sie dich im Bett sterben sehen, oder auf einem Stuhl, irgendjemand wird da sein. Es ist ausschließlich ein Zuschauersport.

– Elliott Chaze, *Black Wings Has My Angel.*

Wenn es an der Zeit ist, dass ein Mensch stirbt, führt Gott ihn an den perfekten Ort.

– Frank Herbert, *Dune*

EINS

Der Miata überwand die Kante und knickte einen Lichtmast ab. Der Zusammenprall löste die Airbags aus, aber Chainbang war zur Stelle. Er zerstach den von Klinger, bevor sich das Ding vollständig entfaltet hatte, und den eigenen, bevor der die Crackpfeife in seiner, Chainbangs, Brusttasche zerdrücken konnte. Die fünfzehn Zentimeter lange Klinge schoss durch das Nylon wie ein Pitbull durch einen Kindergarten.

So zumindest Klingers Gedanke. Damit beschäftigt, die vom Rand des Lenkrades übertragenen Erschütterungen mit den Armen abzufangen, achtete er nicht auf den Schnitt in seiner rechten Wange, hervorgerufen von einer Klinge, die in ihrer Bahn von dem sich aufblähenden Gewebe abgelenkt worden war. Und dann, beim Zerfetzen der eigenen Sicherheitsvorrichtung, stach Chainbang sich selbst, unterhalb des Kinns.

Keiner von beiden bekam es mit.

Der Lichtmast krachte kopfüber auf die nach Norden führenden Fahrspuren der Webster Street und ließ einen Funkenregen auf dem Bürgersteig niedergehen.

Mit abgesoffenem Motor landete der Miata jenseits des Mittelstreifens, mitten zwischen den beiden nach Süden führenden Fahrbahnen, die Schnauze Richtung Norden.

Es war halb vier am Morgen. Kein Verkehr derzeit. Klinger betätigte den Anlasser.

Die Zündung gab nur ein schwaches »klick!« von sich. Er drehte den Schlüssel ein weiteres Mal. Gleiches Ergebnis.

»Die Scheißkarre gibt auf, obwohl sie in Führung liegt«, bemerkte Chainbang.

»Wie man's nimmt«, meinte Klinger, »sie steigt aus, obwohl wir im Verzug sind.«

Mit der Klinge seines Messers schlug Chainbang ein paar Takte auf der Lippe des aufgerissenen Mauls des Armaturenbretts. Die nächste Feuerwehrwache liegt nur vier Straßenkreuzungen weiter an der Turk und Webster. Das nächste Polizeirevier befindet sich von der Feuerwache aus gesehen gleich um die Ecke, Höhe Turk und Fillmore.

Chainbang starrte auf die Straße und klopfte mit seinem Messer rhythmisch auf das Vinyl, als oberhalb des Garagentors der Feuerwache ein rotes Licht zu rotieren begann.

»Sinnlose Gewalt«, sagte Klinger. Er drehte den Schlüssel im Zündschloss, als drehe er einen Korkenzieher in einen Korken. »Meinst du, du hast den Typ umgebracht?« Chainbang zuckte mit den Achseln.

»Ich habe so hart wie möglich zugeschlagen.«

»Sollte gereicht haben«, befand Klinger finster, und jetzt – obwohl er dem bockigen Anlasser Geduld entgegengebracht hatte – brach der Bart des Schlüssels im Zündschloss ab.

So ist das mit dem Adrenalin, dachte Klinger und fuhr mit dem Daumen über den Stumpf des Schlüssels im Schatten der Lenkradsäule. Unter seinem Einfluss weiß ein Mann nichts von seinen Kräften.

Hinter dem nach oben gleitenden Garagentor von San Franciscos Feuerwache 5 sandte eine Sirene ihr Auftaktgeheul nach draußen.

Klingers Hand fiel auf den Türgriff. »Wird Zeit abzuhauen.« Er streckte die andere Hand aus. »Gib mir die Hälfte von dem, was deine Tasche hergibt.«

Chainbang starrte weiter durch die Windschutzscheibe und er schlug weiter mit der Klinge seines Messers auf die Überbleibsel des Armaturenbrettes. Sein Blick konzentrierte sich auf das Glas. Jetzt fiel ihm der lange Sprung auf, der wie ein Mäander von der unteren rechten Ecke der Windschutzscheibe bis zu ihrer linken oberen Ecke auf der Fahrerseite verlief. Er mäanderte, wie der Snake River durch das in Nebel gehüllte Reservat seiner Jugend mäandert war. »In Nebel gehüllt« trifft es nicht – Chainbangs Erinnerung an seine Jugend lag nachhaltig verfremdet hinter der beschmierten Stärke einer beliebigen Anzahl mit Graffiti versehener Polycarbonatplatten.

Mit heulender Sirene, mit flackerndem Licht, so rollte das Feuerwehrfahrzeug durch das offene Garagentor der Feuerwache.

Chainbang erwog, die fordernde Hand auf den Schaltknauf zu spießen, bevor er verduften würde. Aber, so seine Überlegung, die Nachricht über diesen minderschweren Verrat würde unweigerlich in jedem Schuppen die Runde machen, wo er nach diesem oder einem anderen Fischzug aufschlagen würde, und Scheißkerl hin oder her, niemand, auch nicht ein Klinger, der auf diese ungewöhnliche Weise ans Messer geliefert werden würde, war gänzlich ohne Freunde. Und war nicht sogar er in dieser Hinsicht einer von Klingers Freunden?

Das Feuerwehrfahrzeug hatte, einer Seenadel gleich, sein Versteck vollständig verlassen und richtete seine Scheinwerfer gen Süden, auf den Miata, die Sirene voll aufgedreht.

»Hey! Aufwachen! Rück's raus!«

Chainbang schob die freie Hand in die Tasche seiner

Windjacke und fischte eine Handvoll Scheine heraus. Hier, im Dunkeln, hätte er nichts über Wert und Anzahl der Scheine sagen können und doch drückte er sie Klinger in die ausgestreckte Hand. »Du solltest einiges davon in Fahrstunden investieren, Arschloch.«

Klinger verlor keine Zeit. Die Tür auf seiner Seite klemmte, war sie es gewesen, die den Lichtmast gerammt hatte. Da sie ihre Überfälle auf die Schnapsläden mit zurückgeklapptem Verdeck durchgezogen hatten, unfähig dahinterzukommen, wie sie es hätten aufstellen können, versuchte er jetzt, mit Würde aus dem gestohlenen Sportwagen zu steigen. Doch seine Beine verhedderten sich in den Resten des Airbags und er fiel samt seiner Würde kopfüber auf die Straße.

Durch Klingers Erfahrung schlau geworden, nahm sich Chainbang die Zeit, seinen Airbag schadenfroh in Fetzen zu reißen, bevor er die Beifahrertür öffnete und auf den begrünten Mittelstreifen – einst Standort des gefällten Lichtmastes – trat. Das Feuerwehrfahrzeug war jetzt drei Blocks entfernt. Irgendwo etwas weiter entfernt ertönte die klar zu unterscheidende Sirene eines Rettungswagens. Die für San Francisco übliche Maßnahme in Notfällen: ein oder zwei Fahrzeuge der Feuerwehr und ein Rettungswagen. Erst wenn jemand entschieden hatte, dass ein Verbrechen vorliege, wurden die Cops alarmiert.

Östlich der Webster, hinter dem Lichtmast, lagen acht Blocks mit Sozialwohnungen, wo sich Chainbang nur zu gut auskannte.

Es hatte Zeiten gegeben, da hätte er eines der Eingangstore überwunden und Zuflucht in einer verlassenen Wohnung gesucht oder bei den zahlreichen Fixertreffpunkten oder dort, wo man bekanntermaßen Flüchtige gegen Bares aufnahm. Früher verfolgten die Cops einen Mann nur bis zum Rand der Anlage, machten dort halt, unabhängig davon, wie intensiv ihre Verfolgungsjagd gewesen sein mochte, denn selbst die Cops schreckten davor zurück, ohne entsprechende Unterstützung die Grenzen dieser und anderer Sozialbausiedlungen zu überschreiten, sogar am Tage.

Aber diese Zeiten waren vorbei. Heute Nacht – Chainbang ließ die Gegend an seinem geistigen Auge vorüberziehen – bot sich ihm mit dem Alamo Square, zwei Blocks die Grove Street hoch, eine bessere Möglichkeit. Er konnte den Rest der Nacht dort zubringen, versteckt in Strauchigem Salbei von den Ausmaßen eines Heuhaufens. Solange die Cops keine Hunde einsetzten, war für ihn alles in Butter.

Er ging um das Heck des Miata und setzte Klinger einen Fuß auf die Brust.

»Hey, was soll das?«

»Komm mir nicht hinterher, Mann«, sagte Chainbang. Er zeigte auf die hügelige Straße. »Such dir deinen eigenen Weg.« Er deutete auf die Sozialbausiedlung.

»Keine Sorge, du Wichser«, sagte Klinger, nachdem er sich von der Überrumpelung erholt hatte. »Ich bin genug hinter dir her. Das reicht für eine Nacht.«

»Du hast die Knarre, oder?«

»Die Knarre?« Klinger wollte sich aufsetzen, doch der Fuß hielt ihn unten. Klinger fügte sich. »Als ich sie das letzte Mal gesehen habe, lag sie auf der Mittelkonsole.«

Chainbangs Blick wanderte zum Wagen. Ein Scheinwerfer war noch intakt, aber sein Strahl verlief sich in den Bäumen, die entlang des Mittelstreifens Richtung

Norden aufgereiht standen. Das Wageninnere war ein Knäuel aus dunklem Nylon.

Zwei Kreuzungen weiter, an der Webster Ecke McAllister Street, brach das Feuerwehrfahrzeug in wütendes Hupen aus, als der SUV eines entgeisterten Fahrers, der trotz Lärms und Scheinwerfern auf die Kreuzung gefahren war, direkt vor dem Feuerwehrfahrzeug zum Halten kam.

Zwei weitere Kreuzungen weiter fuhr der rote Einsatzleitwagen aus der Feuerwache und bog mit heulender Sirene und flackerndem Licht nach Süden ab. Klinger sah hoch zu Chainbang und lachte. »Warst du nicht der Letzte, der mit einer Knarre hantieren würde?«

Chainbangs Miene verdüsterte sich und er hob das Messer.

Klinger schleuderte Chainbang die Geldscheine ins Gesicht, verdrehte das Knie über dem ihn beleidigenden Fuß und rollte zur Seite.

Unter Fluchen fiel Chainbang rückwärts in den Miata. Klinger sprang auf und rannte los.

Nach zwei Dritteln der Strecke zur Fillmore hörte Klinger das Quietschen von Reifen und gebellte Anordnungen aus einem oberhalb der Stoßstange montierten Lautsprecher. Klinger nahm sich zusammen, verlegte sich aufs Gehen, und dann drehte er sich um.

Keine hundert Meter den Hügel hinunter blockierte ein Streifenwagen die Straßenkreuzung und vor dem Streifenwagen stand Chainbang im Licht der Scheinwerfer, blinzelnd und mit erhobenen Händen. Hinter ihm sandte der verunglückte Mazda Rauchwolken in die Luft. Das Papier, das überall verstreut auf der Kreuzung lag, war sehr wahrscheinlich dereinst legales Zahlungsmittel gewesen und würde es dereinst wieder sein. Doch auf die Distanz hätte Klinger es nicht genau zu sagen vermocht. Ebenso gut hätten es Kalenderblätter sein können, von einem Windzug am allerletzten Geschäftstag des Jahres durch die Schluchten eines dunklen Finanzdistriktes getrieben. Wie die meisten unbeteiligten Zuschauer es getan hätten, blieb Klinger wie angewurzelt stehen, während die Festnahme vonstattenging. Er hörte Chainbang protestieren, konnte aber aufgrund der Entfernung nicht verstehen, was gesagt wurde. Ein Cop hatte sich vor Chainbang aufgebaut, leuchtete ihm mit einer Taschenlampe ins Gesicht. Ein zweiter stand hinter Chainbang, eine Hand an seiner Dienstwaffe. Der dritte legte die Handschellen an.

Ein Haus weiter, im ersten Stock, rasselte ein Schiebefenster in seinem Rahmen. »Was ist passiert?«, fragte eine verschlafene Stimme.

»Weiß nicht genau«, antwortete Klinger ohne sich umzudrehen. »Zuerst dachte ich, es wär ein Unfall, aber es sind 'ne Menge Cops da.«

Jetzt traf das Feuerwehrfahrzeug ein und kurz darauf der rote SUV des Einsatzleiters, dann der Rettungswagen und schließlich ein weiterer Streifenwagen.

»Mannomann«, sagte der Mann am Fenster.

Klinger gestattete sich ein »Ja«.

»Ich möchte nur wissen, warum in San Francisco bei jedem Notruf zwei Fahrzeuge der Feuerwehr und ein Rettungswagen losgeschickt werden«, sagte der Mann am Fenster.

Klinger nickte.

»Ich meine«, fuhr der Mann am Fenster fort, »das kostet den Steuerzahler schließlich Geld.«

Klinger nickte etwas lebhafter.

»Man fragt sich, wie es sein kann, dass die angesichts der ganzen Einsparungen, der Schließungen von Parks und Schulen, der Kürzungen bei den Polizeistreifen und was weiß ich noch alles nicht nur ein Fahrzeug zu einem Brand schicken oder einen Rettungswagen bei Atemnot oder einen Streifenwagen bei häuslichen Streitigkeiten. Was meinen Sie?«

Jetzt lag Chainbang mit dem Gesicht nach unten auf der Motorhaube, redete unaufhörlich über seine Schulter hinweg, völlig unbeachtet von dem Polizisten, der sorgfältig Chainbangs Taschen durchsuchte. Chainbang wird doch wohl das Messer entsorgt haben? Denkste! Da lag es auf der Klappe des Kofferraums, die Klinge noch aufgeklappt, am Rande eines Lichtkreises, zusammen mit dem Bandana. Das Bandana war noch verknotet.

Chainbang gefiel es, Läden mit einem Bandana über Mund und Nase zu überfallen. Wie Jesse James und so, wie er gern bemerkte.

»Meinen Sie nicht?«, hakte der Mann am Fenster nach.

»Ja, schon.« Klinger nickte, gab sich nachdenklich. »Aber San Francisco ist eine Stadt mit Holzhäusern. Jedenfalls war sie das mal. Es gibt Feueralarm, also musst du sofort das schwere Geschütz auffahren. Verdammt, es war nicht das Erdbeben, das die Stadt 1906 niedergemacht hat, es war das Feuer, das danach tagelang wütete. Sie hatten nicht genügend Wasserdruck, nicht wahr, und dann die gesamte Stadt aus Holz gebaut, also ging der ganze Laden in Flammen auf wie Dresden im Zweiten Weltkrieg. Genauso wie Nagasaki, auch 'ne Stadt aus Holz. Oder Saint-Malo.«

»Wovon reden Sie eigentlich?«, fragte der Mann am Fenster.

Klinger runzelte die Stirn.

»Von Städten, die leicht in Flammen aufgehen?«

»So?« Der Mann am Fenster gähnte. »Von diesen Städten habe ich noch nie etwas gehört.«

Klinger widerstand dem Impuls, dem einzigen weiteren Zeugen des Polizeieinsatzes in der Webster Street mit Erstaunen zu begegnen.

»Sie sind alle abgebrannt«, sagte er lediglich, und er sagte es, als spreche er mit sich selbst.

Der Mann am Fenster erwiderte nichts. Unten an der Kreuzung hatte der Polizist eine Handvoll hastig zu einem Bündel zusammengepackter Scheine aus Chainbangs Gesäßtasche gezogen. Und ich hab gedacht, er hat das Geld aus seiner Jackentasche genommen, ging es Klinger durch den Kopf.

»Na ja«, nahm der Mann am Fenster den Faden wieder auf. »Wenn die beim Notruf wenigstens eine gewisse Unterscheidung treffen würden.«

»Aber das machen sie doch«, behauptete Klinger. »Mal kürzlich beim Notruf angerufen?«

Keine Antwort.

Okay, dachte Klinger. Entweder der Typ ist 'n Schisser oder er hängt ständig an der Notrufstrippe und will nicht, dass ich ihn für einen Anschwärzer halte, obwohl er keinen blassen Schimmer hat, wer ich bin.

»Sie fragen jetzt nach«, sagte Klinger. »Um welche Art Notfall handelt es sich, mein Herr oder gnädige Frau, je nachdem.«

»Ach«, sagte der Mann am Fenster. »Tatsächlich?«

»Aber sie schicken immer noch mindestens ein Fahrzeug der Feuerwehr und einen Notfallwagen.«

»Aber wozu?«, beharrte der Mann. »Das kostet.«

»Vielleicht sollten Sie mal zu deren Veranstaltungen gehen«, schlug Klinger vor.

»Als wenn ich die Zeit hätte, zu solchen Veranstaltungen zu gehen«, gab der Mann mit müder Stimme zurück.

Klinger zuckte mit den Achseln. »Vielleicht schauen Sie mal online nach.«

»Mannomann«, sagte der Mann, »ich muss online nachschauen, was mit meinem Leben passiert.«

Das haben Sie gesagt, dachte Klinger. Nicht ich. Das Fenster rasselte nach unten.

An der Kreuzung las ein Cop Chainbang seine Rechte vor. Das Feuerwehrfahrzeug wendete und fuhr zur Feuerwache zurück.

Das wär jetzt Nummer drei, dachte Klinger, also macht es keinen großen Unterschied, ob Chainbang mich verpfeift oder nicht. Er sieht harten Zeiten entgegen, komme, was da wolle. Klinger verzog das Gesicht. Er hätte mich ohne Probleme töten können und vermutlich hat er diesen Typ hinter der Kasse umgebracht. Es könnte durchaus die Entscheidung bringen zwischen lebenslänglich ohne Aussicht auf Bewährung oder der Giftspritze. Aber Chainbang lässt keinen hochgehen.

Zurück in den Knast, und wofür? Einhundert Flocken? Zweihundert? Klinger hatte keinen Schimmer, wie viel sie aus der Kasse erbeutet hatten, aber das spielte jetzt auch keine Rolle.

Ein paar Meter weiter ging eine Tür auf und eine Frau erschien auf der Bildfläche, einen Hund an der Leine.

Der Hund erleichterte sich dankbar am Stamm des erstbesten Baumes, auf den er stieß. »Hallo«, sagte die Frau leise, als sie samt Hund die Steigung hochkam. Sie war jung, hübsch und geschmackvoll angezogen.

»'n Abend«, erwiderte Klinger. »Netter Hund.«

»Danke«, sagte die Frau.

Klinger hielt dem Hund die Innenseite seiner Hand hin und der Hund schnüffelte daran, ohne rechtes Interesse. »Sieht aus wie eine Promenadenmischung.«

»Ein Labradudel«, sagte die Frau.

»Ach? Ist das eine Züchtung?«

Die Frau nickte und lächelte verschlafen. »Jetzt ist sie es.«

»Labrador und Pudel, nehme ich an.«

»Genau.«

Der Hund wedelte leicht mit dem Schwanz.

»Wie heißt sie denn?«

»*Sein* Name ist Latte.«

Klinger zwinkerte als Erster.

»Was ist denn da unten los?«, fragte sie.

Klinger sah hoch, während er Lattes Kopf streichelte.

Auf der Kreuzung hielt ein Cop die Hintertür des Streifenwagens auf. Ein anderer Cop, eine Hand an Chainbangs Ellbogen, drückte Chainbangs Kopf nach unten, damit er nicht gegen den Rahmen stieß. Selbst aus dieser Entfernung hätte Klinger sehen können, dass die Innenseite der Hintertür keine Griffe hatte. Aber vielleicht wusste er das ohnehin. »Irgendein Unfall, nehme ich an.«

»Sieht aus, als hätten sie den Mann festgenommen. Hat er den Wagen gefahren?«

Ein Abschleppwagen traf ein, gelbe Lichter flackerten, und er blieb so stehen, als wolle er Klinger die Sicht auf Chainbang völlig versperren. Der Fahrer stieg aus der Fahrerkabine und machte sich daran, mit einem Polizisten den Papierkram zu erledigen.

»Keine Ahnung«, sagte Klinger. »Ich bin hier gerade

die Steigung hoch, als ich das Krachen hörte und ... « Er zuckte mit den Achseln. »Ich glaube, er hat einen Laternenmast mitgenommen. Als Nächstes gab's dann viel flackerndes Licht. Sie sind recht schnell hier gewesen.«

»Beides, Feuerwache und Polizeirevier, ist gleich hier die Straße hoch. Vielleicht ist der Fahrer irgendwie angeknockt«, mutmaßte die junge Frau.

»Schon möglich.« Klinger gelang ein Lächeln. »Es ist reichlich spät, um nicht angeknockt zu sein.«

Die junge Frau sah ihn an. Er sah sie an. Hätte ich entsprechend Geld, dachte er, wäre ich ganz sicher angeknockt. Und so wie Sie aussehen, junge Frau, können Sie es sich allemal leisten, angeknockt zu sein, und doch sind Sie es nicht um halb vier am Morgen. »Sind Sie gerade von der Arbeit gekommen?«, wagte er zu fragen.

Sie nickte. »Nun, die Zeit reicht, um mich ein wenig hinzulegen, mich frisch zu machen, den Hund zu nehmen und auszuführen, um dann demnächst wieder auf der Matte zu stehen – «

»Termindruck«, warf Klinger ein.

»Börsengang«, klärte sie ihn auf.

»Börsengang«, wiederholte Klinger stumpf.

»Das ist wahnsinnig spannend«, sagte sie. »Keiner weiß, was passieren wird.«

»Das ist nur zu wahr.« Klinger nickte müde.

Der Labradudel winselte.

»Latte muss jetzt weiter«, sagte die Frau. »War nett, mit Ihnen zu plaudern.«

Sie zog den Hund an der Leine herum und ging rasch die Steigung hinunter, dorthin, wo all die Lichter waren.

Klinger sah ihr nach, dann drehte er sich um und ging die Steigung hoch, dorthin, wo keine Lichter waren.

ZWEI

Mary Fiducione trank ihren morgendlichen Tee stets in dem kleinen Garten an der Rückseite ihrer Wohnung.

Dexter Gordons Version von *Don't Explain* floss ruhig durch den Morgen, rieselte aus einem Paar ramponierter Lautsprecherboxen, die am jeweiligen Ende des Balkens oberhalb der gut zwei Meter hohen Schiebetür und unterhalb des kleinen Vordaches verschraubt waren, das ein wenig Schutz vor den Unbilden des Wetters bot. Ein Kolibri und eine dicke Hummel wechselten einander ab bei der Begutachtung der schimmernden Kelche eines Stechapfels, der die hintere Ecke des kleinen Gartens überwucherte. Eine Zierpflaume daneben, erst vor einer Woche Verkünderin des Frühlings, reckte ihre malvenfarbenen Blüten über den angegrauten Lattenzaun, der an der Nordseite des Grundstücks verlief. Den verwitterten Tisch, an dem Mary saß, bedeckte ein ausgeblichenes Tuch, darauf die Abbildung einer Frau mit Sonnenbrille, einer Frisur à la Jackie O. und im Cocktailkleid, das Ganze gekrönt von dem Schriftzug *Queen Of Fucking Everything*. Auf dem Tisch lagen die *New York Times*, der *Chronicle* und ein Exemplar von Janet Hobhouse' *Die Furien* neben einer Kanne schottischen Schwarztees, einem Teelöffel und einer sehr zerbrechlich wirkenden Keramiktasse samt Unterteller, beides mit Teerosendekor in einem ins Pink spielenden Kirschrot.

Es waren jedoch *The Complete Idiot's Guide to Developing iPhone Apps*, ein Netbook und vor allem ihr iPhone, die Mary an diesem Morgen Interesse abnötigten.

Es läutete an der Tür.

Mary runzelte nachdenklich die Stirn und tippte weiter

in die virtuelle Tastatur des Telefons.

Nach einer Minute klingelte es ein weiteres Mal.

Mary fiel plötzlich ein, dass sie darauf wartete, UPS möge ihr das neue Gürtelholster für ihr Telefon liefern. Den nachdenklichen Blick unverwandt auf die Tastatur gerichtet, stand Mary auf, ging durch die offene Schiebetür, durchmaß die gesamte Länge des im Erdgeschoss gelegenen Apartments und öffnete die Tür.

»Hallo!«, sagte Klinger.

Mary sah von ihrem Telefon auf, blickte dann wieder darauf und sah erneut hoch. »Handelt es sich um Kelchblätter einer *Salvia leucantha* da in deinem Haar oder bist du einfach nur froh, mich zu sehen?«

Klinger verdrehte seine Augen bis zum Anschlag. »Solltest du dich auf die violetten Teile des Strauchigen Salbeis beziehen, ja. Und ansonsten: vermutlich.«

Sie blickte nach unten und wieder hoch. »An deiner Wange ist Blut«, stellte sie fest und sah hinunter auf das Gerät in ihrer Hand.

Klinger betastete seine Wange und betrachtete dann seine Fingerspitze. »Muss mich beim Simsen verletzt haben.«

Ohne auf seine Stichelei zu reagieren, hob Mary das Telefon in die Höhe und machte einen Schritt zur Seite.

Klinger betrat das Apartment. »Schon den Posteingang gesichtet?«

Mary runzelte die Stirn. »Die Post kommt immer erst gegen – ach!« Sie ging in den Flur.

Klinger steuerte direkt das Badezimmer an, schloss die Tür und erleichterte sich. Nachdem er die Spülung betätigt hatte, zog er den Reißverschluss zu und ging in den Küchenbereich, wo er dreimal in schneller Folge ein großes Glas mit Wasser füllte und den Inhalt hinunterstürzte. »So früh und die Wasserspeicher müssen bereits aufgefüllt werden?«, bemerkte Mary.

Klinger, der das Glas absetzte und die dritte Füllung hinunterschluckte, nickte stumm und mit vermindertem Elan, bevor er deutlich vernehmbar ausatmete.

»Tu dir keinen Zwang an«, sagte Mary nur, als sie an ihm vorbeiging.

Klinger nickte, dann seufzte er stoßweise, so, dass seine Lippen flatterten. »War kalt letzte Nacht«, sagte er schließlich. »Außerdem neblig. Feucht. Nass. Scheußlich.«

»Du solltest ein wenig strenger vorgehen, was die Wahl des Zeitpunktes für ein Camping anbelangt«, schlug Mary ihm vor, als sie durch die Schiebetür nach draußen trat. »Wobei ... ich sehe mich genötigt, dich daran zu erinnern, dass es kein schlechtes Wetter gibt, sondern nur unpassende Kleidung.« Kaum draußen, setzte sie sich wieder an den Tisch und deutete mit der Hand auf den Stuhl ihr gegenüber. »Komm her, setz dich.« Sie gestikulierte mit dem Telefon in Klingers Richtung. »Hunger? Immer noch durstig?«

»Müde«, sagte Klinger, als er durch die Tür ging. »Abgekämpft. Alles klamm, durch und durch.«

Er setzte sich in dem Moment, als Dexter Gordon sich auf Stille verlegte. »Unrasiert. Unsaubere Kleidung. Auf ganzer Linie ein Versager.«

Mary tippte auf das Display ihres Telefons. »Wehleidig«, sagte eine Computerstimme, gefolgt von reichlich blechernen Tönen – *Beautiful Dreamer*, von jemandem aus einer verstimmten Geige hervorgekratzt. »Wehleidig«, wiederholte das Telefon.

»Bitte, was?!« Klinger blinzelte.

»Beleidigt«, sagte das Telefon. »Beleidigt ... «

»Eine App zum Identifizieren von Stimmungen.« Mary tippte auf das Display und das Telefon verstummte. »Sie ist seit vielleicht zwei Monaten zu haben und wurde bereits einhundertfünfunddreißigtausendmal runtergeladen.«

Klinger demonstrierte Verwirrung, indem er eine Hand hob und den Kopf schüttelte.

»Kannst du neun Komma fünfundneunzig mit einhundertfünfunddreißigtausend multiplizieren?«, fragte Mary ungeduldig. »Ich geb dir einen Tipp.«

Klinger zog die Brauen zusammen.

»Runde auf zehn auf.«

Klinger setzte eine mürrische Miene auf.

»Eine Million einhundertfünfunddreißigtausend, so lautet die Antwort. Und zwar Dollar, und das ist krass.«

Klinger gab ein lautes Seufzen von sich.

»Die allgemein übliche Vereinbarung beschert dem Entwickler Tantiemen in Höhe von siebzig Prozent des Umsatzes. Bist du in der Lage, siebzig Prozent von eins Komma drei fünf null multipliziert mit zehn hoch sechs ausrechnen? Ich will dir die Mühe ersparen: neunhundertfünfundvierzigtausend.« Sie hob die von einem Telefon unbelastete Hand – »Da fehlt nur noch läppisch wenig bis zu einer Million« – und schlug auf den Tisch, sodass Teekanne, Tasse, Untertasse, Klinger und selbst Janet Hobhouse in die Höhe sprangen.

»In zwei Monaten!«

Klinger griff sich mit beiden Händen an den Magen und starrte auf den Boden. »Ich glaube, ich muss mich übergeben.«

Mary beachtete ihn nicht.

»Und meine großartige App, Tante Cringles Führer durch Kaliforniens Pflanzenwelt, wurde klägliche dreizehntausendmal runtergeladen«, maulte sie.

»Tatsächlich?« Klingers Magen produzierte Geräusche, denen nicht unähnlich, die er nach dem Verschlucken eines Vibraslaps hervorgebracht hätte. »Und das soll *was* bedeuten? Du hast lumpige neuntausend Kröten in zwei Monaten eingestrichen, seitdem du deine Anwendung lanciert hast?«

»Drei«, korrigierte Mary ohne Umschweife. »Ich habe neuntausend Kröten in drei Monaten eingestrichen. Und in Anbetracht von Mietpreisbindung und sozialistischer Krankenversicherung meinen Job vor zwei Wochen gekündigt«, fügte sie stolz hinzu.

Klinger runzelte die Stirn. »Warst du noch in dieser Fabrik für Glückskekse?«

Mary nickte.

»Schön für dich.« Klinger rülpste voller Inbrunst. »Das verschafft dir die Zeit, beim Canasta richtig gut zu werden.«

Mary beugte sich in ihrem Stuhl nach vorn und fragte bedeutungsschwanger: »Kennst du den Bestseller unter den sogenannten Sensory Apps?«

»Nein«, bekannte Klinger, und es entsprach der Wahrheit.

»Man hält das Telefon vor eine Person, die rülpst oder furzt.«

Klinger runzelte misstrauisch die Stirn. »Und ...?«

Mary nickte. »Das Telefon sagt einem, was die Person gegessen hat.«

»Du meinst, man ... man hält das Telefon an den Mund oder den Arsch dieser Person?«, fragte Klinger ungläubig.

»Meinst du das im Ernst?«

»So ernst wie Mahler seine Neunte.« Mary klopfte im Takt der Betonung der einzelnen Silben der Bilanzsumme auf den Tisch: »Vierzehn Millionen fünfhunderttausend Downloads.«

»Was, wenn man nichts gegessen hat?«

»Auf nüchternen Magen sozusagen?« Mary dachte nach. »Dann kommt es vermutlich zu einer Unterbrechung«, sagte sie schließlich. »Fehlercode.«

Klinger musste aufstoßen, und zwar nicht zu knapp. »Das kauf ich.«

»Mehr als zehn Millionen an Lizenzgebühren«, sagte Mary geradezu entrückt.

»Wir reden hier über deine beschissene Zucht von Scharlatanerie, die ihre eigene Wirklichkeit unterstützt«, entfuhr es Klinger gereizt. Allmählich machte er sich Gedanken um seinen Magen. Eigenartige Gase bahnten sich ihren Weg an die Oberfläche des Wassers, das er gerade getrunken hatte, und trieben dabei den ph-Wert mächtig in den sauren Bereich.

Mit seinem Magen stimmte etwas nicht, seit er, Klinger, im Verlaufe eines Alkoholexzesses Blut geschissen hatte ... Seit ... Klinger runzelte die Stirn. Klinger konnte sich nicht mehr erinnern. Wie auch immer ... er hatte vor Kurzem damit begonnen, das Trinken einzuschränken, einigermaßen. Ohne Geld fiel das Sicheinschränken natürlich leichter. Falsch. Aber er war beunruhigt, dass es sich um eine dauerhafte Schädigung handeln könnte, wodurch sich sein mithilfe von Alkohol in Zeitlupe verübter Selbstmord als Farce herausstellen könnte. Das machte ihn nervös.

»Zehn Millionen Dollar«, wiederholte Mary.

»Weißt du, was Stendhal mal gesagt hat?«

»Scheiße, nein«, erwiderte Klinger im Brustton der Überzeugung.

»Er hat gesagt, er sitze lieber die Hälfte des Monats im Gefängnis, statt mit den Leuten, die ihm auf der Straße begegneten, Konversation machen zu müssen.«

»Ach was?!« Klinger lächelte, fast.

»In etwa dahingehend.«

»Und wann hat er das gesagt?«

Mary überlegte. »Ich denke, es muss mittlerweile um die zweihundert Jahre her sein«, erklärte sie schließlich.

Klinger nickte, seine Miene verbissen. »Manche Dinge ändern sich nie.«

»So scheint es.«

Neben einem der Tischbeine stolperte eine Kellerassel durch das Gras. Halm für Halm, Bruder. Klinger bewegte seinen Fuß, machte den Weg frei. »Kann dieses Dingens den Gestank von Acetylen bei einem Betrunkenen erkennen? Oder was immer auch das Nebenprodukt der Entfaltung von Alkohol und der Aktivität der armen noch verbliebenen Leberzellen sein mag.«

Mary zuckte mit den Achseln.

»Ich bin mir nicht sicher.« Sie schnippte mit den Fingern. »Vielleicht ist das eine App, die du und ich gemeinsam entwickeln könnten.« Sie setzte sich wieder aufrecht hin. »Bestimmt. Das Telefon könnte dir mitteilen, wie hoch der Anteil der Enzyme ist. Womöglich versetzt das einem Trinker einen Wahnsinnsschock, genug, damit er sich bessert.« Sie schnippte noch mal mit den Fingern. »Unsere App könnte quasi der Kanarienvogel in der Goldmine sein.«

»Im Grunde«, Klinger ging auf den Scherz ein, »könnte man doch aus dem Telefon einen Alkotester machen. Der Typ spricht hinein, ist zu betrunken um zu fahren, das Telefon blockiert seine Zündung und ruft ihm ein Taxi.« Er ballte die Faust vor seinem Mund und sprach mit verzerrter Stimme: »Fahruntüchtig.«

Mary sah Klinger entgeistert an.

»Das ist einfach brillant.«

»Warte«, sagte Klinger. »Der Typ ist sturzbetrunken, sein Telefon meldet sich bei den Bullen, verpfeift ihn. So sparen die Bullen Zeit und Kosten für Verkehrskontrollen.«

»Das ist einfach großartig!«, rief Mary begeistert aus. »Es wurde immer gesagt, dem Staat sei am besten mit Schweigen gedient. Aber mittlerweile ist dem Staat am besten mit Telefonen gedient!«

»Das Meldofon.« Klinger musste unwillkürlich lachen. »Das hier hört sich noch besser an!« – er zeigte mit dem Finger auf Mary – »der iMelder.«

»iMelder!« Jetzt zeigte ihr Finger auf Klinger. »Was für eine App!«

»Damit machen wir Millionen!«, sagten beide wie aus einem Munde.

Nach nur kurzer Zeit machte ihr Gelächter einem Schweigen Platz.

Nachdem sie zunächst den Frühnebel erfolgreich hatte durchstechen können, hatte sich die Sonne darangemacht, die Luft in dem kleinen Garten zu erwärmen. Der Kolibri schwirrte umher. Mit einem Brummen schwang sich die Hummel schwerfällig über den Zaun und verschwand. Klinger, der jeden Knochen spürte, nachdem er sich drei bis vier Stunden im Alamo Square Park der Witterung ausgesetzt hatte – ganz zu schweigen von seinem Marsch zu Marys Apartment, einer Strecke von gut zwei Meilen, ganz zu schweigen vom Zusammenstoß mit dem Lichtmast –, bewegte seinen Kopf, seine Beine, seine Arme, jedes einzelne Gelenk, nur um das Knacken zu spüren.

Die Kellerassel hatte die halbe Strecke zwischen den beiden Tischbeinen auf Klingers Seite zurückgelegt. Klinger fragte sich, was Kellerasseln so zu sich nähmen.

»Und? Arbeitest du derzeit?«, erkundigte sich Mary, ohne von ihrem Telefon aufzusehen.

Klinger schenkte der Kellerassel ein halbes Lächeln. »Nichts, was der Rede wert wäre.«

Voll auf ihre über das Display flitzenden Daumen konzentriert, reagierte Mary nicht.

Klingers Lächeln verabschiedete sich. Nach einer Minute wiederholte er: »Ich sagte, nichts, was der Rede wert wäre.«

»Ah ja«, antwortete Mary, während ihre Daumen weiter das Telefon bearbeiteten. »Brauchst du Geld?«

Klinger nickte müde. »Ich brauche Geld, falsche Papiere, einen Wagen, einen trockenen Platz zum Schlafen, ein Steak und einen Dreiviertelliter Whiskey. Immerhin«, er lächelte kraftlos, »ich bin keine anspruchsvolle Verabredung.«

Mary, die weiter ihr Telefon im Blick gehabt und dabei jeden Punkt von Klingers Aufzählung mit einem Nicken quittiert hatte, ließ sich jetzt zu einem entschiedenen, wenn auch nur halben Kopfschütteln hinreißen. »Du bekommst ein Frühstück von mir und hundert Dollar«, sagte sie. »Danach musst du sehen, wie du klarkommst. Es sei denn, du willst diese App schreiben.«

»Gott«, sagte Klinger. »Wär ich nur nicht so allergisch

gegen das Ausheben von Gräben. Ich würde mich gleich viel besser fühlen.«

»Auch dafür gibt's eine App«, ließ Mary ihn wissen. »Nennt sich Bagger.«

Klinger fuhr sich mit den Fingern durch das zu lange, schütter werdende Haar. »Was zum Teufel soll ich mit einhundert Dollar anfangen?«

»Keine Ahnung«, erwiderte Mary. »Was würdest du ohne sie anfangen?«

Klinger dachte darüber nach. »Nüchtern verhungern, schätze ich.«

»Bisher warst du weder das eine, noch hast du das andere bisher getan«, erinnerte ihn Mary.

Klinger riss sich hinreichend lange von der Kellerassel los, um über Mary nachzudenken. Es war schwer zu glauben, dass sie und er dereinst mehr Sex miteinander gehabt hatten als alle Tintenfische des Pazifiks zusammen. Danach waren etwa zwanzig Jahre ins Land gezogen, ohne dass sich der eine der Existenz des jeweils anderen bewusst gewesen wäre, gleichwohl beide – Klingers Auszeiten im Santa Rita Jail einmal ausgenommen genau wie die Zeit, als Mary mit einem dürren Rockstar durch Europa getourt war, mit dem sie noch dazu ein Kind hatte – in San Francisco gelebt hatten. Eines frühen Nachmittags dann und kurz bevor es abgerissen wurde, um Eigentumswohnungen und einem Einkaufszentrum Platz zu machen, waren sie sich im Japantown Bowl an der Post Street über den Weg gelaufen. Sie war des Bowlings wegen dort gewesen, er wegen der Cocktailbar, und beides hatte den Vorzug gehabt, billig, unterhaltsam und rund um die Uhr geöffnet zu sein. Und so hatte sich zwischen ihnen eine lockere Freundschaft entwickelt mit nur wenigen bis gar keinen offensichtlichen Hinweisen darauf, was potentieller Ballast hätte sein können. Es war eine seltsame Form des Möglichen, wohin sie sich entwickelt hatten. Alles in allem verriet sie eine echte beiderseitige Zuneigung, ohne mildernde Umstände, die für Verwirrung hätten sorgen können.

Und außerdem verschwendete keiner von beiden auch nur noch einen Gedanken an Kokain, geschweige denn dass sie es konsumiert hätten.

Zufall?

Klinger lächelte und sah nach unten. Die Kellerassel hatte sich davongemacht.

Wer zur Hölle wüsste das zu sagen? Wer begriff es? Wer konnte sich überhaupt erinnern oder gar die Übersicht behalten? Klinger jedenfalls nicht.

In der Zwischenzeit, derweil Mary Fiducione den Weg über ihren Rockstar und über Mutterschaft zu ihren ersten zwei oder drei Unternehmungen eingeschlagen hatte und am Ende eine Ausbildung in Pflanzenkunde bei einem auf diesem Gebiet anerkannten und fleißig publizierenden Fachmann absolvierte, weilte Klinger im Asteroidengürtel der Kleinkriminalität San Franciscos in der Gesellschaft ihrer Akteure, gelangte nie nah genug an die Sonnenwärme des großen Coups, verirrte sich nie zu weit in die eiskalten Ausläufer des Gefängnissystems.

Letzte Nacht war eine Ausnahme gewesen, sagte er sich zuversichtlich. Chainbang, der eine Menge Zeit in echten Knästen verbracht hatte, so viel, dass sein richtiger Name, Chang Yin Winter Horse, die dauerhafte Absiedlung seines Spitznamens gebildet hatte, hätte (a) nicht im Besitz einer Waffe sein, sich nicht wie ein Schwerverbrecher oder so verhalten und (b) diesem Angestellten im Minimarkt nicht mit einem gefrorenen Hähnchen seitlich gegen den Kopf schlagen sollen.

Schlimm genug, dass Klinger überhaupt mit Chainbang abhing; genau genommen völlig unverständlich. Chainbang vertrat eine Theorie, wonach sich ein Mensch entweder auf Kosten der Gesellschaft entwickele oder es genau umgekehrt laufen werde. Nicht, dass Chainbang diese Vorstellung in Worte fassen konnte; aber Chainbang hatte sich weit voran bewegt auf einem Pfad, der vom eigenen Licht erhellt wurde und von dem Chainbangs. Und jetzt schien da ein, äh, Schatten zu sein, das war es, ein Schatten, der über seiner Existenz schwebte, ja, sie am Ende sogar vernichtete.

»Steck deine Kleidung in die Waschmaschine«, sagte Mary, die noch immer nicht von ihrem iPhone aufblickte. »Wirf zwei Ibuprofen ein und nimm ein Bad. Unter der Spüle steht eine Packung Bittersalz. Nimm zwei Tassen voll. Lass dir Zeit. Ich werfe deine Sachen dann in den Trockner. Da ist ein Italiener um die Ecke, in der Chestnut Street, der schon am Mittag offen hat. Kleine Nischen, ausgezeichnete Weine und es wird nur Jazz gespielt. Das geht auf mich.« Sie tippte auf die Oberfläche des iPhones, ließ es auf die Tischdecke fallen, reckte die Arme und gähnte.

»Und dann bist du hier verschwunden«, sagte sie mit schläfrigem Lächeln.

DREI

Als Klinger das Hawse Hole betrat, hatte er hundertzwanzig Dollar in der Tasche.

Ein paar Drinks zur Entspannung, dann eine anständige Mütze Schlaf im Tuolumne Meadows Residential Hotel, gleich die Treppe hoch, wo er den Hunderter für eine Woche Logis rüberschieben konnte.

Der Wodka war eine chinesische Marke, von der er noch nie gehört hatte, aber für drei Dollar bekam man einen ordentlichen Schluck und der Drink hatte gut fünfzig Volumenprozent. »Versteh nicht, wie du diesen Scheiß trinken kannst«, sagte ein alter Mann, der zwei Hocker weiter saß. »Das taugt nicht mal als Kühlwasser.«

»Für meinen Geschmack ist er kühl genug«, konstatierte Klinger leutselig. »Aber wart mal, ich prüfe das nach.« Klinger probierte ein zweites Schlückchen, dann ein drittes, jedes Mal weniger zurückhaltend als das Mal zuvor. »Ahhhh«, sagte er anerkennend und stellte das leere Glas auf den Untersatz. »So kühl wie irgend möglich.«

»Kühl wie Kürbisse im Oktober auf einem mit Raureif bedeckten, mondbeschienen Feld, nehm ich an«, sekundierte der alte Mann.

Klinger schüttelte den Kopf. »Ich habe noch nie einen Kürbis auf einem Feld gesehen, weder bei Tag noch bei Nacht.«

»Aber ich war ja auch oft benebelt«, fügte er ehrlicherweise hinzu. Nachdenklich drehte er das Glas zwischen den Fingern.

»Nun mal sachte«, befand sein Nachbar.

»Doch. In etwa schon«, bestätigte Klinger.

»Entweder du genießt ihn«, schlussfolgerte der alte Mann, »oder du bist zu blank, um es richtig anzugehen.«

»Beides.«

»Mach uns noch einen«, sagte der alte Mann zum Barkeeper.

Der Barkeeper kam der Aufforderung nach.

»Danke.« Klinger prostete dem alten Mann mit dem neuen Drink zu.

Der alte Mann nickte. »Erinnert mich an einen berühmten Sänger, Songschreiber und Gitarristen, den ich mal getroffen habe, oben in Bolinas. Kennst du Bolinas?«

»Hab davon gehört.« Klinger nickte. »Ein Stück die Küste rauf.«

»Es sind dreißig Meilen«, sagte der alte Mann, »und du bist nie dort gewesen?«

Klinger schüttelte den Kopf.

»Solltest irgendwann mal hinfahren«, riet der alte Mann. »Da gibt's Bäume und Strände und so 'n Zeug.«

»Ach?«, sagte Klinger und legte keinerlei Interesse an den Tag.

»Jedenfalls«, fuhr der alte Mann fort, »hatte sich dieser Sänger-Songschreiber-Gitarrist jahrelang darin geübt, Alkoholiker zu sein, wie er es ausdrückte. War auch ganz gut darin, wie er es ausdrückte. Aber was, wenn er betrunken war? Er konnte immer noch Gitarre spielen und hätte nie eine falsche Saite angeschlagen.« Der alte Mann nahm einen Schluck von seinem Drink. »Genug, um einem Mann damit auf den Sack zu gehen.«

»Spielst du auch?«, fragte Klinger, als er zugleich begriff, dass das Flackern auf der Oberfläche seines Drinks die Spiegelung der Rotorblätter des Deckenventilators war und kein Kurzschluss in seinem Sehnerv.

»Ist nicht der Rede wert«, sagte der alte Mann. »Ich hatte das klassische Problem.«

Klinger hob eine Augenbraue. »Und welches klassische Problem wäre das?«

»Ich verliere den Faden meiner Geschichte – «

Klinger reckte beide Daumen hoch, ohne dabei sein Glas loszulassen. »Ich habe den ganzen Tag Zeit.«

Der alte Mann nickte. »Da fällt mir noch ein anderer Bursche ein, der mit neun Jahren seiner Mutter eines schönen Morgens verkündete, dass er Musiker werden wolle, wenn er erwachsen war. Nun, mein Junge, erwiderte seine Mutter, das ist alles schön und gut, aber du kannst nicht beides gleichzeitig sein.«

Klinger rang sich ein halbes Lächeln ab. »Die gefällt mir.«

»Mir auch«, pflichtete der alte Mann ihm bei.

»Du kennst sie?«

Der alte Mann nickte.

»Und was ist dann passiert?«

»Ich wurde erwachsen.«

»Und die Musik?«

»Musste ich aufgeben. Kinder aufziehen, Essen auf den Tisch bringen, mich um meine Frau kümmern, einem Job nachgehen. Solche Sachen eben.«

»Ah ... «, sagte Klinger, der kurzzeitig auf dem Schlauch stand. »Nun? Wahrscheinlich hast du Enkel?«

Der alte Mann starrte ins Leere und schüttelte den Kopf. »Nicht der Rede wert.«

Warum trinke ich in diesem Saftladen und tu überrascht, dass ich mich mit diesem menschlichen Wrack unterhalte anstatt mit der Vorstandsvorsitzenden von Hewlett Packard?, fragte sich Klinger. Er nippte an seinem

Wodka. Mittlerweile war das Eis geschmolzen, verdünnte ihn und kühlte ihn zugleich. Er nippte noch einmal.

»Also«, sagte Klinger und stellte sein Glas ab, »du verbringst dein ganzes Leben damit, dich um eine Familie zu kümmern, die jetzt versprengt ist oder wegstarb oder irgendwie verschwunden ist und dich mit nichts zurückgelassen hat, abgesehen von einer Gitarre, in einem Gitarrenkasten unterm Bett, von der du nicht mehr weißt, wie man sie spielt?«

Unvermittelt heftete Klinger seinen Blick auf den Drink. Gelegentlich verfiel er in eine Stimmung und ertappte sich dabei, wie er gegenüber völlig Fremden aggressive Bemerkungen machte; eine Eigenheit, die immerhin eine Chance von fünfzig zu fünfzig garantierte, eine Bierflasche über den Schädel geschlagen zu bekommen, statt einen heftigen Weinkrampf durchleben zu müssen, und er hatte Narben, wo das Haar nie nachgewachsen war, um das zu beweisen. Heute jedoch ...

»So in etwa«, sagte der alte Mann schlicht.

»Scheiße«, sagte Klinger schroff. »Ich wette, du kannst auf der Gitarre chromatisch den Leibhaftigen herbeirufen.«

Der alte Mann schüttelte den Kopf. »Nicht wirklich.«

Klinger ließ seine Hände zum Barhocker hinuntergleiten, schob sie unter den jeweiligen Oberschenkel und starrte auf seinen Drink. »Wie dem auch sei«, sagte er, »wir haben uns über einen Musiker unterhalten. Der für das Alkoholikerdasein trainiert hat.«

Der alte Mann nickte. »Stimmt, haben wir.« Er hob sein Glas und stellte fest, dass es leer war. »Verdammt«, sagte er.

»Mach uns noch einen«, sagte Klinger.

»Danke«, sagte der alte Mann, als der Barkeeper das Eis in seinem Glas mit Jameson bedeckte.

»Was ist an Irischem im Angebot?«, fragte Klinger hoffnungsvoll.

»Standing Stone«, sagte der Barkeeper. »Garantiert dein Tod.«

»Genau so steht's auf dem Etikett«, sagte der alte Mann.

Klinger nickte.

»Wie wär's, Amigo?« fragte ihn der Barkeeper.

»Klar.« Klinger befreite seine rechte Hand und kippte seinen Wodka.

»Weiß nicht, wie du diesen Scheiß trinken kannst«, sagte der alte Mann, während er verfolgte, wie der Barkeeper ein frisches Glas mit einer großzügigen Menge Whiskey füllte.

»Du wirst morgen früh Blut scheißen.«

»Wem sagst du das!«, erwiderte Klinger.

»Dir. Dieser Sänger-Songschreiber-Gitarrist sitzt auf einem Barhocker, vor ihm das Publikum. Er ist völlig betrunken und erzählt. Da steht ein Schnapsglas, randvoll mit Tequila, mitten auf einem zweiten Hocker, direkt unterhalb der Kopfplatte seiner Martin D-35, einer Gitarre, bei der es ihm gelungen ist, sie sein ganzes Leben lang zu behalten.«

»Wie alt ist dieser Typ?«

»Mindestens siebzig.«

»Verdammt«, sagte Klinger anerkennend.

»Keine Ahnung, wie er das geschafft hat.« Der alte Mann sah auf seinen Whiskey. Es hatte Klinger immer verblüfft, dass manche Leute ihren Drink vor sich stehen lassen konnten, und zwar ausnahmslos für eine gefühlte

Ewigkeit. »Er schweift ab, dieser Typ. Er trägt den breitrandigen Cowboyhut, den Conchogürtel, das Brushpopper Shirt mit Perlmuttknöpfen, einen Duster, Bootcut-Jeans und Cowboystiefel mit hohen Absätzen. Draußen regnet es. Erinnerst du dich, wann es für gewöhnlich in Kalifornien regnet?«

Klinger nickte. »Ja.«

»Außergewöhnlich, oder?«

»Sehr.«

»Jedes Jahr, mit der Regelmäßigkeit eines Uhrwerks, kreuzt Ende Oktober, Anfang November Mutter Natur auf. Spätestens zu Thanksgiving ... « Der alte Mann ließ eine Hand auf Armeslänge rechts von sich über die Bar gleiten und wiederholte die Geste auf der linken Seite. »... und wäscht sechs Monate Pisse und Hundescheiße weg. Wäscht sie einfach weg.«

Klinger nickte. »Und die Sünde.« Er nickte wieder.

Der alte Mann hob sein Glas. »Und die Sünde, Bruder.«

Sie prosteten einander zu und tranken.

»Immer wieder mal, während er seine endlose Geschichte erzählt, langt der Typ rüber und greift mit zwei Fingern nach dem Schnapsglas, etwa so. Und er hebt es über die Kopfplatte und um den Schulterriemen herum und nimmt einen Schluck, etwa so.« Der alte Mann demonstrierte die Bewegung. »Dann stellt er es zurück, direkt in die Mitte des Hockers. Und die ganze Zeit lässt er sein Publikum nicht aus den Augen. Nicht für eine Sekunde ... Irgendwann«, fuhr er fort, während er seinen Drink absetzte, »ist der Tequila alle. Aber die verdammte Geschichte geht weiter. Zwei- oder dreimal langt er nach dem Glas, behält die Leute dabei im Auge, führt es an die Lippen, stellt fest, dass es leer ist, lässt sich von dieser Entdeckung nichts anmerken, stellt das Glas wieder ab und macht mit seiner gottverdammten Geschichte weiter.«

»Wovon handelte diese Geschichte überhaupt?«, kam Klinger auf die Idee zu fragen.

»Von der guten alten Zeit im Greenwich Village. Gibt es denn ein anderes Thema?«

»Ich weiß nicht.« Klinger sah ihn an. »Bin nie dort gewesen.«

»Siehst du? Was weißt du schon?«, sagte der alte Mann mit einem Nicken. »Irgendwann schleicht sich jemand von hinten an den Gitarristen heran, der es gut mit ihm meint, nimmt das Glas, will ihm wohl helfen, indem es wieder gefüllt wird.«

»Also ist da jetzt eine Art Freund.«

»Genauer gesagt, eine Frau«, erinnerte sich der alte Mann. »Hübsches Ding.«

»Es ist immer eine Frau.«

»Da ist einiges dran an diesem Nicht-erwachsen-werden-Können«, bekräftigte der alte Mann. »Mehr, als man auf den ersten Blick erkennt.«

»Hört sich für mich so an, als gäbe es nur den ersten Blick.«

»Das könnte irgendwie ein Argument sein, da bin ich mir sicher«, sagte der alte Mann unterkühlt.

»Genau mein Argument«, erwiderte Klinger eindringlich.

»Aber der Typ hinterm Tresen«, der alte Mann blieb beharrlich, »sauer darüber, dass seine Musikveranstaltung zu einer Therapiesitzung wird, die von einem Betrunkenen geleitet wird, sagt der jungen Dame, dass ihr Freund so lange auf dem Trockenen sitzen wird, bis er sich die Mühe macht, das zu tun, wofür er bezahlt wird, nämlich die Songs zu spielen, für die er berühmt ist und die die Welt zu etwas Besserem machten, als wir noch Hippies gewesen waren.«

»Das mag vielleicht auf dich zutreffen«, erinnerte Klinger ihn scharf.

»Trifft es«, sagte der alte Mann. »Natürlich wartet sie. Irgendwann ... « Der alte Mann schnippte mit den Fingern. Sie wollten nicht so recht, also schnippte er ein zweites Mal. » ... macht es unser Gitarrist noch mal.«

»Er langt rüber – «

» – und tut so, als würde er nach dem Schnapsglas greifen.«

»Aber das Schnapsglas ist nicht da.«

»Er greift in die Luft.«

»Ich wette, er ist innerlich zusammengezuckt.«

»Das Zucken war sogar recht gut zu erkennen.«

»Hat er nicht rübergesehen zum zweiten Hocker, wenigstens für einen kleinen Moment, um sicherzugehen, dass er nicht danebengreift?«

»Nee. Er wusste ja, dass es nicht da war. Also ließ er die Hand auf dem Hals der Gitarre ruhen und kam zu seiner Geschichte zurück.«

»Das hört sich unerträglich an.«

»Das war es auch«, stimmte der alte Mann zu, »aber es regnete zu stark für einen eleganten Abgang.«

»Also ... «

»Also macht er es noch mal, irgendwann.«

»Er langt rüber – «

»– tut so, als würde er mit Daumen und Mittelfinger nach dem Schnapsglas greifen.«

»Das noch immer nicht da steht.«

»Was er vergessen hat.«

»Oder von dem er erwartet, dass es jeden Moment dort auftauchen wird.«

»Wie auch immer, wir mussten mitverfolgen, wie er diese Darbietung drei- oder viermal wiederholte, bis jemand schließlich rief, er solle damit Schluss machen und einen Song spielen. Das war der Zeitpunkt, als es jämmerlich wurde.«

»Für mich hört es sich schon die ganze Zeit jämmerlich an.«

»›Ich kann nicht‹, sagt uns der Gitarrist und greift sich an die Kehle. ›Ich bin wie ausgetrocknet.‹«

Klinger fiel nichts Schlagfertiges dazu ein.

»Ein Schweigen senkte sich auf den ganzen Raum«, sagte der alte Mann. »Fünfzehn oder zwanzig Leute saßen dicht an dicht, die am Pooltisch nicht mitgezählt, aber in diesem Moment konnte man hören, wie sich ein Burrito in der Mikrowelle drehte.«

»Ziemlich still«, erlaubte sich Klinger zu bemerken.

»Der Typ hinter der Bar wurde weich, und die Bedienung brachte dem Gitarristen seinen Kurzen. Er achtete darauf, ihn in einem Zug zu kippen. Danach stellte er das leere Glas ab, mitten auf dem Hocker, fing an zu spielen und sang die schönsten, traurigsten und einsamsten Balladen, die man je gehört hat. Er hatte sie auch geschrieben. Und er verspielte sich nicht einmal, vergaß keine Textzeile. Am Ende hat er sogar gejodelt. Richtig elegisch.«

Klinger und der alte Mann waren nicht die Einzigen in dieser Bar des Hier und Jetzt, aber nun breitete sich auch hier Schweigen aus.

»Es konnte einem das Herz zerreißen. Zwei oder drei

Frauen fingen an zu weinen. Ich denke mir das nicht aus. Als der Gitarrist geendet hatte, schmiss der verdammte Barkeeper eine Lokalrunde.«

»Würde ich mir so eine Nummer erlauben«, erklärte der Barkeeper des Hier und Jetzt, »wäre ich bei euch Nichtstuern draußen auf der Straße.«

»Aber wir wären Brüder«, behauptete der alte Mann.

»Bis es Zeit wird für den nächsten Drink«, gab der Barkeeper zurück.

»Nach fünfzehn Minuten«, stimmte der alte Mann zu.

»Brüderlichkeit ist etwas Flüchtiges«, bemerkte Klinger und dachte dabei an Chainbangs Versuch, ihn um seinen Anteil zu prellen. Sagt mal«, rief Klinger, »hat jemand den *Chronicle* von heute?«

»Hier ist einer«, sagte der Barkeeper und reichte ihn über den Tresen. »Ohne Sportteil.«

»Der organisierte Sport pflastert den Weg zum Faschismus«, sagte der alte Mann.

Klinger runzelte die Stirn. »Habe ich das nicht mal irgendwo gelesen?«

Der alte Mann sah Klinger an und schüttelte den Kopf. »Das möchte ich ganz ernsthaft bezweifeln.«

Klinger ging rasch den Lokalteil durch. Er konnte nirgendwo eine Meldung über einen Minimarkt-Angestellten finden, der im Zuge eines Überfalls ums Leben gekommen war. Auch nichts über eine anschließende Festnahme in der Mitte der Webster Street. Das verlieh Klingers Aussichten ein kräftiges Rosa. »Wie wär's mit 'ner neuen Runde?«, fragte er. Der Barkeeper schenkte ein. »Die hier geht auf mich. Das war eine gute Geschichte.«

»Also ich fass es nicht!«, sagte Klinger zutiefst gerührt.

»Danke.«

»Das ist eine Kneipe, oder?«, sagte der alte Mann, nicht ohne Befriedigung. »Was macht es also, dass sie in Tenderloin liegt?«

»So« sagte Klinger, nachdem er das erste Mal an seinem frischen Drink genippt hatte, »und wie ist es überhaupt mit diesem Genie von einem alten Trinker weitergegangen?«

Der alte Mann betrachtete den Schimmer auf seinem frischen Whiskey. »Er hat das Trinken aufgegeben«, sagte er schließlich.

»Tatsächlich?«, fragte Klinger.

»Tatsächlich?«, fragte der Barkeeper.

»Yep«, sagte der alte Mann. Er hob sein Glas auf das Wohl des gesamten Raums. »Und dann ist er gestorben.«

VIER

Als ob mich ein monotheistisches Wesen zu tausend Jahren Schlaflosigkeit verdammt hätte, dachte Klinger, nur um zu demonstrieren, dass es das Sagen hat. Einen anderen Grund kann es nicht geben, ich bin nicht wichtig genug, um – ich brauche etwas Schlaf.

Nach einer Unmenge an geselligem Beisammensein, Freigetränken, geschmissenen Runden, Verschüttetem und längst vergessenem reflexhaftem Hinunterkippen verließ Klinger die Bar mit siebenundfünfzig Dollar und zweiunddreißig Cent von einhundertzwanzig, mit denen er sie betreten hatte, betrunken wie ein privilegierter Angehöriger einer Feudalgesellschaft, der er nicht war.

Vor der Eingangstür des Hawse Hole schickte ihn ein Knick in seiner Rennstrecke eine Treppe hoch in die Lobby des Tuolumne Meadows Residential Hotels. Vor dem Hintergrund eines vergrößerten Fotos des Hetch Hetchy Valleys, aufgenommen bevor der O'Shaughnessy Damm es im Jahre 1923 in ein Wasserreservoir verwandelt hatte, fünf Jahre nachdem das Hotel selbst in zehn mal zwölf Zimmer aufgeteilt worden war, um aus dem Ersten Weltkrieg zurückgekehrte Matrosen der Handelsmarine unterzubringen, nahm ein schläfriger Angestellter einundfünfzig Dollar und dreiundvierzig Cent als Vorauszahlung für drei Übernachtungen entgegen und ließ Klinger mit der Unsumme von fünf Dollar und neunundachtzig Cent zurück, im Austausch gegen einen Schlüssel, der mittels einer Kette aus Perlen mit einem Plastikanker von drei Komma fünf Zentimeter verbunden war.

»Drei Treppen hoch, dann den Gang links, Zimmer 335. Der Stöhner zwei Türen weiter ist ein Dauergast, also kommen Sie mir nicht mit Beschwerden.«

Klinger starrte auf den Schlüssel. »Drei-drei-fünf«, wiederholte er. Sein Atmen war schwer und nicht gerade leise.

Zurück auf seinem Stuhl hinter dem Tresen der Rezeption, nahm der Angestellte eine große Schneiderschere in die Hand. »Genau.«

Ohne Klinger mit einem weiteren Blick zu bedenken, vertiefte er sich wieder in das Promimagazin, das aufgeschlagen vor ihm auf dem Tresen lag.

»Stöhner«, wiederholte Klinger. »Stöhner ...«

»In der Regel macht er's nicht die ganze Nacht lang«, sagte der Angestellte, während die Klingen seiner Schere vorsichtig um das Bein eines Starlets herumschnitten. Er deutete mit dem Hinterkopf auf eine Uhr an der Wand hinter ihm, deren Zifferblatt zwölf chinesische Schriftzeichen aufwies. »Es ist schon spät.«

»Schon spät«, wiederholte Klinger dumpf. Existenzialistisch betrachtet – wie er es hätte formulieren können, hätte ihm genügend Atem für diese Aufgabe zur Verfügung gestanden – ist es nie so spät gewesen wie jetzt. Könnte ich doch nur noch einen Drink bekommen ...

»Nun gehen Sie schon«, legte ihm der Angestellte nahe. Die Spitzen seiner Schere zwickten das Abbild der Schauspielerin direkt zwischen Arm und Brustkorb.

Gehen, dachte Klinger bei sich, als er von der hinteren Wand des Treppenaufgangs abprallte. Wie in Trance fing er den Abprall ab, indem er sich mit beiden Händen an das Geländer klammerte. *Nach Hause gehen.* Das Zimmer, nachdem er es betreten hatte, schien des Aufhebens nicht wert. Da war ein Fenster, zugenagelt. Da war ein Heizkörper, kalt wie die Rüstung eines toten Mannes.

Sollten sie im Universum jemals auf das Herzstück der Entropie stoßen, sinnierte Klinger, wird es sich als ein Haufen Gusseisen unterhalb eines Fensters entpuppen, das sich nicht öffnen lässt, und ich werde mittenmang sein. Vor langer Zeit war der Boden von Wand zu Wand mit Teppich ausgelegt worden, doch jetzt reckten sich seine Polyesterfasern verlangend wie die Härchen im offenen Kelch einer Nahrung spendenden Anemone zwei oder drei Zentimeter in die stinkende Troposphäre – bleib locker, sagte sich Klinger, es ist nur Teppichboden. Lediglich schäbig. Nichts Neues. Nichts Schreckliches. Und außerdem ist es trocken hier drinnen. Da ist ein Dach. Da ist ein Schloss in der Tür ...

Durch die Wand drang ein Stöhnen. Vielleicht ein Weinen zwischen ungehörtem Geschluchze.

Nichts Außergewöhnliches.

Das Bettzeug schien sauber zu sein, ein kleines Wunder, bis er die Decke zurückzog und ein ungewöhnlich langes Schamhaar mitten auf dem Laken entdeckte. Mittels Daumen und Zeigefinger weggeschnippt, sauste es über das Laken und verschwand hinter der Bettkante am Kopfende.

Als wäre es von einer selbstmörderischen Regung besessen, dieses Haar, dachte Klinger, und er schickte sich an, im T-Shirt ab- und irgendwann wieder aufzutauchen. Das gefällt mir. Ich unterstütze selbstmörderische Regungen.

Das Kopfkissen roch wie der Fahrersitz im ältesten Bus der transkontinentalen Flotte, doch Klinger haute sich hin, mit dem Gesicht im Kissen, und ignorierte den Duft. In einer selbstmörderischen Anwandlung floh sein Sinn für kollektive Identität im Sog des mehrfach umstellten

Haars über den Rand des Bewusstseins, hinein in den brodelnden Abgrund des universellen Es jenseits des Internets. Wo jedes Bewusstsein weiterfunkelt, gleichwohl es nur ein erloschener Stern in einer Galaxie dominanter Neuropathien ist. In diesem Falle brachte Klingers Bewusstsein eine voll entfaltete Parabel zustande, mit Bildern, Tönen und Gerüchen – allesamt von eindringlicher Fühlbarkeit, und zwar:

Chainbang, ein Spross indianisch-chinesischer Ahnen, überzeugt Klinger, dass sie ihr Glück machen könnten, wenn es ihnen gelinge, die nötigen Mittel für zwei Bustickets nach Leadville, Colorado, aufzutreiben.

»Meine Vorfahren hatten alle Baggerzähne«, eröffnet ihm Chang Yin und macht den Mund auf. »Steck mal deine Finger in meinen Mund – hier. Fühl mal den Gaumen hinter den Schneidezähnen.« Klinger macht es. Die beiden oberen Schneidezähne führen in Chang Yins Mund nach hinten wie umgedrehte Wassergräben.

»Dreifach ethnischer Volksstamm der Melungeon«, sagt Chang Yin zwischen Klingers Fingern hindurch. »Möglicherweise Mongolen, möglicherweise Choctaw, hey – «, er packt Klingers Handgelenk, zieht die Finger aus dem Mund und verbiegt sie. »Könnte sich um eine Vermischung mit Proleten aus den Appalachen handeln.«

»Okay, okay ... «, sagt Klinger. »Der verschissene Unterschied ... dieser Schwarm ... «

Er schlägt in die Luft.

Nach einer Menge Blödeleien, die ein Molarvolumen am Traum beteiligter Neuronen vernichtet, greift Chainbang im Sinne des Projekts auf seinen Rufnamen Chang Yin zurück (wohl auch um der Entdeckung durch Interpol zu entgehen) als er und Klinger beim Hinuntergehen der drei Stufen eines geheimnisvollen aus Salt Lake City kommenden Greyhound-Busses Gestalt annehmen – mit Pickeln, Grubenlampen, Thermalunterwäsche, Holzfällerhemden, Gummistiefeln und Hosenträgern, alles in Armeerucksäcke gepackt, dazu das Klappern von Feldflaschen und Bechern aus Emaille –, der vor einem eingeschneiten Postamt in Leadville, Colorado, gehalten hat. Kein Hotel, kein Steak, kein Frühstück mit Ei, kein hastiges Glas Whiskey sind in diesen Traum eingepflegt – seine unglückseligen Protagonisten gehen direkt an die Arbeit. Der Zugang befindet sich an einem Prallhang unterhalb vom Highway 24, etwa dreihundert Meter südlich der Stadtgrenze. Chang Yin kennt den Weg.

Chang Yins Vorfahren väterlicherseits hatte man nach Leadville und Umgebung verfrachtet, damit sie in den Minen arbeiten, so, wie sie es im neunzehnten Jahrhundert im Zuge der gesamten Entwicklung des Westens getan hatten, um nach Silber, Gold und vielen Mineralien zu graben – die größte Molybdänmine der westlichen Hemisphäre befindet sich nur wenige Kilometer nördlich von Leadville –, und diese Vorfahren hatten ihr Wissen über örtliche Minen, Stollen, Claims, Entdeckungen an ausgewählten Nachwuchs weitergegeben – und natürlich auch das über verlorene Schätze –, was Klinger in einem einzigen verdichteten Ausbruch sich parallel einstellender Erkenntnis vermittelt wird.

In ihrem Entdeckungseifer und in ihrem Drang nach Freiheit, von der man munkelt, sie sei mit Bargeld zu erwerben, durchlöcherten Chang Yins Vorfahren heimlich das Innere aller Hügel, die jeden bedeutenden Claim oder Fund in den Bergbaugebieten des Westens umgaben, darunter vor allem die in Leadville. Die Stadt und die sie umgebenden Hügel sind ein Gewirr improvisierter Stollen und Probegrabungen, wie die Vielzahl eingebrochener Bodenplatten von Autoabstellplätzen, die Menge an Bohrlöchern und Ausschachtungen für Klärgruben regelmäßig bezeugen. Wenn überhaupt, dann wurden nur wenige dieser Grabungen fachgerecht abgestützt. Viele sind teilweise oder vollständig abgesackt. Es ist verboten, sie zu betreten, und es ist ebenso verboten, jegliche Rohstoffe abzubauen – nicht, weil sich irgendjemand sorge, dass in Eigenregie handelnde Bergarbeiter sterben oder nicht, sondern weil jemandem die Schürfrechte für jeden Kubikzentimeter gehören, so weit das Auge reicht oder nicht reicht, gleichgültig, ob man sich die Mühe macht, diese Rechte zu nutzen oder nicht. Das jedoch hielt Chang Yins Vater und dessen besten Freund, einen gewissen Steamboat Burton, nicht von gelegentlichen Beutezügen unter Tage ab, und wenngleich niemand es wohl je explizit aussprach, kehrten sie nur selten ohne ein oder zwei Nuggets zurück, genug, um die Familie durch die nächsten paar frostigen Monate über Tage zu manövrieren. Das war das Wissen, das Chang Yin senior an Chang Yin junior weitergegeben hatte. Hier ist der Eingang, mein Sohn. So sieht ein Nugget in freier Natur aus. Es gibt immer eins, das andere übersehen haben, wenn du weißt, wonach du suchen musst. Nur Chinesen haben den Mut, in diese Stollen zu gehen, und von uns gibt es nicht mehr so viele in dieser Gegend. Erzähl niemandem, was ich dir gesagt habe, und, denk immer daran, respektiere die Erde, trag einen Helm, hab Ersatzbatterien dabei, geh nie allein und geh nicht zu tief hinein.

Nachdem Gestrüpp und Bruchgestein problemlos weggeräumt waren, folgt Klinger Chang Yin in den Stollen.

Das Erste, was Klinger bemerkt, ist die Veränderung in der Atmosphäre. Draußen all diese Schneeverwehungen. Die Wetterverhältnisse sind so mies, dass nicht einmal auf dem Highway 24 Verkehr herrscht. Noch bevor sie zügig das Geröll haben wegräumen können, war die Straße bereits komplett zugeweht. Ein totales Whiteout.

Nach gut neunzig Metern im Innern des Stollens setzt ein Umschwung ein und es ist feucht, kalt zwar, aber nicht frostig. Ihres Wissens nach ist jahrelang niemand hier gewesen, aber der Geruch nach frischem Erdreich durchdringt die Luft, er ist widerlich und faulig und ähnelt einem ... vermoderten Teppich ...

Klinger runzelt die Stirn, wacht aber nicht auf. Obwohl seine Augenlider zucken, bleiben sie geschlossen. Das Kontinuum geträumter Gier wird abgespult, ohne Unterlass. Der Stollengang fällt schroff ab. Zudem verengt er sich und sie bleiben oft stehen, um genügend Geröll wegzuräumen, damit ein Mann passieren kann. Hier und da ist ein morscher Stützbalken gesplittert, bedrängt von der beharrlichen Geologie dahinter oder darüber. Nur gelegentlich, indem er seine Stirnlampe nach oben richtet, kann Klinger oberhalb einen Querbalken oder irgendeine Art von Stützbalken erkennen, und alle diese Streben, Balken oder Türstöcke scheinen mit Kreosot bearbeitete Bahnschwellen zu sein, im Ganzen oder als Bruchstücke, und er macht sich so seine Gedanken über den Zustand der hiesigen Bahn.

Die Höhe eines Stollengangs geht niemals über zwei Meter und zehn hinaus, in etwa die Länge einer Bahnschwelle, von der dreißig bis sechzig Zentimeter unter Schotter begraben sind. Nie ist ein Gang breiter als neunzig Zentimeter. Häufig sind diese Abmessungen wesentlich geringer und die beiden Männer müssen sich auf der Seite liegend in Reihe vorwärtsschieben, um voranzukommen. Dieser räumlichen Einschränkungen wegen sind ihre Spitzhacken und Schaufeln kurzstielig.

An der ersten Gabelung des Stollengangs biegt Chang Yin voller Zuversicht links ab. Zehn Minuten später, an der nächsten Gabelung, geht er wieder nach links.

Klinger versucht, sich diese Abzweigungen einzuprägen. Er sagt sich, dass auf seinem Rückweg, wenn Chang Yin nach einem Stolleneinbruch getötet worden ist, ein linker Abzweig ein rechter sein wird. Und diese Feststellung stärkt seine Zuversicht, bis er sich umdreht, um eine Schaufel Kies wegzuräumen, und seine Stirnlampe ihm zu seiner großen Überraschung einen Gang offenbart, der direkt hinter ihm nach rechts führt. Ohne ihn zu bemerken, ist er an diesem Gang vorbeigekrochen. Klar, würde er auf dem Rückweg darauf treffen, zählte dieser Gang als Abzweig nach rechts ... Und dann? Würde der möglicherweise auf einen Gang stoßen, der an die Erdoberfläche führt? Oder nicht?

»Mann, Klinger«, sagt Chang Yin, jetzt hinter ihm, »pass auf das Loch auf.« Klinger dreht sich um. Chang Yin sieht ihn an, seine Stirnlampe weist nach unten in ein Loch, das sich zwischen ihnen in der Dunkelheit verliert.

Chang Yin zeigt Klinger einen Stein und legt einen Finger an die Lippen.

Chang Yin wirft den Stein in das Loch.

Zwischen ihnen setzt Stille ein, wie ein Funkschatten im UKW-Bereich.

Von dem Stein hören sie nichts mehr.

»Bestimmt«, sagt Klinger, »ist das Scheißding irgendwo auf den Boden aufgetroffen.«

»Schwer zu sagen, Mann«, sagt Chang Yin nur. Und fügt, als Erklärung für Klinger, hinzu: »Ich bin nicht unten gewesen.« Er lächelt. »Hab kein langes Seil.«

»Du würdest«, sagt Klinger und lässt eine Hand wie schwerelos über dem Loch schweben, »es erkunden, wenn du ein langes Seil hättest?«

»Eins steht mal fest.« Chang Yin dreht sich um und klettert über einen Haufen Abgänge. »Je beschissener es an so einem Ort aussieht, desto weniger Leute haben ihn unter die Lupe genommen. Mit anderen Worten, das qualvolle Sterben des einen ist die goldene Chance des anderen.«

»Golden«, so Klingers Schluss. Und der Gedanke beflügelt seine Motivation.

»Golden«, bestätigt Chang Yin.

Etliche Wegbiegungen und Abzweige später bleibt Chang Yin stehen, um Luft zu holen. Er hält Klinger seine Feldflasche hin. Klinger runzelt im Schlaf die Stirn.

»Das schmeckt ja wie Wasser«, sagt Klinger im Traum.

»Es ist Wasser«, gibt Chang Yin zurück.

Klinger zeigt sich erstaunt. »Da tut sich ein Mensch diese ganze Scheiße an, und alles, was du ihm anzubieten hast, ist Wasser?«

»Wenn sich ein Mensch diese ganze Scheiße antut und ein bisschen Gold findet, kann er sich Whiskey kaufen, so viel er will«, sagt Chang Yin. »Später. Aber jetzt«, er zeigt den Strahl seiner Stirnlampe entlang, »braucht dieser Mensch seine gesamten Fähigkeiten. Es kann alles Mögliche passieren.«

Klinger will von Chang Yin nicht wissen, was das bedeutet.

Sie kommen an eine weitere Weggabelung.

»Hm«, sagt Chang Yin, »lass uns mal die Position bestimmen.«

»Wie, du hast ein GPS?«, frotzelt Klinger.

»GPS funktioniert hier unten nicht«, erwidert Chang Yin.

»Hast du's versucht?«

»Na klar. Doch selbst wenn es funktionieren würde, könnte es dir nicht sagen, welchen Weg du einschlagen sollst. Verdammt, bei diesen Gängen?« Als Chang Yin den Kopf schüttelt, zittert der Strahl seiner Stirnlampe die glitzernden Wände entlang. »Sie verlaufen überall. Meine Vorfahren waren so scharf auf Gold, sie haben in Abständen von nur wenigen Metern parallel Gänge gegraben, dazwischen gerade mal so viel Erdreich und Gestein, dass sie nicht einstürzen. Manchmal haben sie einen Gang direkt durch die Tunnelwand eines anderen Mannes gehauen und das Ganze fiel in sich zusammen. Hatten alle überlebt, baten sie einander um Entschuldigung, legten die Hände aneinander, verbeugten sich und so 'n Scheiß, und dann gruben sie in entgegengesetzten Richtungen weiter. Sie waren verrückt nach Gold. Ist auch komisch.«

»Irgendjemand je reich geworden?« Auch wenn dies eine naheliegende Frage zu sein scheint, die hätte gestellt werden müssen, bevor sie in Salt Lake City in den Bus gestiegen sind – tja, jetzt sind sie nun mal hier, nicht wahr?

»Hin und wieder, so hat man mir erzählt, soll ein Mann aus einem dieser Stollen gekommen und nach

Hause gegangen sein, sich gewaschen haben, in den Bus nach Denver gestiegen und für immer verschwunden sein. Diese Typen waren nicht gerade gesprächig. Sicherlich hatten sie Partner. Ist ein Haufen Arbeit, nach diesen Sachen zu graben. Und kannst du dir das vorstellen? Sie haben fünf oder sechs Tage die Woche regulär in einer Mine gebuddelt, sind rausgekommen und in ihrer freien Zeit gleich wieder zurück. Nächte, Sonntage, wann auch immer. So was von ehrgeizig.«

»Ja, ehrgeizig«, wiederholt Klinger ohne Begeisterung.

»Wenn ein Typ auf richtig was gestoßen ist, hat nie jemand was davon erfahren. Die meisten waren wie mein Daddy und Steamboat. Sie haben gegraben, wenn kein anderer da war, oder an Stellen, die bereits als abgeräumt galten, oder an solchen, von denen jeder überzeugt war, dass es dort keine Spur von Erzen gab, oder an Stellen, die man für zu gefährlich hielt. Daddy und Steamboat haben immer gesagt, die beste Stelle sei die, wo alle anderen bereits aufgesteckt hätten. Was in den Augen einer Minengesellschaft mit Tausenden oder Hunderttausenden an Kosten wertlos erscheint, kann für ein oder zwei Typen mit niedriger Miete und ein paar Kindern, die durchzufüttern sind, ziemlich gut aussehen.«

Nach vierhundert Metern, von denen Klinger sicher ist, dass sie sie im Kreis zurückgelegt haben – »eine Spur verfolgen«, wie Chang Yin es genannt hat –, bleibt Chang Yin stehen. »Hm.« Er blickt sich um. Zieht aus der Brusttasche seiner Latzhose die von Hand gezeichnete Karte seines Vaters heraus und legt sie auf die Schräge eines Schüttwinkels aus Dreck und Steinen, Zeug, das bisweilen zu beiden Seiten eines Stützpfeilers herunterfällt. Er studiert sie. Er dreht sie um neunzig Grad in ihre Ausgangsposition. Er wischt Schmutz weg und studiert sie weiter. Er dreht die Karte um fünfundvierzig Grad, fährt mit der Fingerspitze darüber, hält inne. »Hm.«

Klingers Stirnlampe verliert die Hälfte ihrer bisherigen Leuchtkraft. »Hoppla.« Sie wird wieder heller.

Aus der Gesäßtasche seiner Latzhose holt Chang Yin eine Karte für Tankstellen in Colorado hervor, faltet sie auseinander und legt sie auf die erste Karte. »Nach Norden.« Er berührt ein X, das in den Stützpfeiler geritzt ist. »Direkt nach Norden.«

Klinger starrt ihn verblüfft an. »Woher weißt du das?«

Chang Yin grinst. »Sie machen's wie die Präriehunde.«

»Sie – was?«

Chang Yin reckt einen Finger in die Luft. »Man fängt feste an zu graben, bis man durch die Oberfläche stößt. Man schaut sich unten um, nimmt vielleicht sogar den Kompass heraus. Dann verdeckt man die Öffnung mit ein wenig Gestrüpp, geht wieder nach unten, hinterlässt eine Markierung oder ein Zeichen.« Er faltet die Karte zusammen. »Und gräbt weiter. Auf geht's.«

Klinger folgt Chang Yin, während der die Schritte zählt, immer vom Hacken bis zur Spitze. Die Decke wird hier etwas höher und es fühlt sich so an, als wäre der Boden ebener geworden, obwohl das schwer zu sagen ist. Jetzt verbreitert sich der Gang und die Anzahl der Stützpfeiler nimmt zu. Chang Yin legt seine Karten auf den Boden und studiert sie. Dann sieht er hoch zur Decke. »Wir sind dicht dran«, sagt er. »Hilf mir.« Und er fängt an, die Decke des Gangs mit seiner Spitzhacke zu bearbeiten. Klinger steigt mit ein. Ihnen fällt Dreck ins Gesicht. Und so mancher Stein.

»Scheiße, was machen wir?«, sagt Klinger laut. »Mit

Verve Selbstmord begehen?«

»Hack weiter«, sagt Chang Yin zu ihm.

Schon bald trifft Klingers Spitzhacke auf etwas.

»Das ist es!«, sagt Chang Yin. »Hau rein!«

Klinger haut rein. Zusammen mit Klumpen von der Decke regnet es Splitter. Holz.

»Ist das nicht ein wenig gefährlich?«, schreit Klinger über das laute Geprassel von Materie hinweg.

Chang Yin haut ebenfalls gegen die Decke. »Hack weiter!« Und dann, genau wie Klinger es befürchtet hat, gibt die Decke des Gangs nach.

Klinger zieht zum Schutz vor der Kaskade aus Dreck und Gestein den Kopf ein. In Erwartung des Erstickungstods hält er den Atem an. Ein Totenschädel fällt in den Lichtkreis zu seinen Füßen.

»Heilige Scheiße!« Klinger richtet sich derart schnell auf, dass er mit dem Helm durch die beschädigte Decke stößt, Knochen und sich zersetzende Kleidungsfetzen regnen herab und bleiben an ihm hängen, befremdlich kühle Partikel rieseln ihm zwischen Kragen und kribbelndem Nacken.

Chang Yin lacht, und er lacht laut. Eine Minute vergeht, bis es zusammenhängend aus ihm herausplatzt: »Wir sind direkt unter dem Friedhof!«, und er erneut in Gelächter ausbricht. »Oh, Mann«, gelingt es ihm hinzuzufügen, »du hättest dein Gesicht sehen sollen.«

»Des einen Decke ist des anderen Sargboden«, stellt Klinger kurz und bündig unter Einsatz der Traumlogik fest. »Ein verdammter Sarg!« An dem Totenschädel hängen noch Gewebereste. Mindestens so entsetzt wie angeekelt, schießt Klinger ihn in die Dunkelheit und schreit: »Gold, von wegen!«

»Schau!« Chang Yin streckt den Arm aus.

Seine Stirnlampe erhellt den Gang vor ihnen, der, sowohl eben als auch uneben, geradeaus verläuft. Etwa fünfundvierzig Meter weiter, wie Chang Yin ausführt, durchschneide ein Stollen ihren Gang, die Verbindung zu einem parallel gelegenen Gang, der wiederum unterhalb der nächsten Gräberreihe des städtischen Friedhofes verlaufe.

»Goldklumpen, von wegen«, flüstert Klinger vernehmlich.

»'ne goldene Uhr würde reichen«, kräht Chang Yin, nun auf Händen und Füßen, da sich so besser in den Knochen, den Kleidungsfetzen und Splittern aus Kiefernholz herumwühlen lässt. »Eine Perlenkette! Ein Handspiegel aus dem neunzehnten Jahrhundert! Ein Goldstück, in die Westentasche gesteckt, um den Fährmann zu bezahlen!«

»Goldklumpen, von wegen«, flüstert Klinger. Seine Stimme, heiser vor lauter Hoffnungslosigkeit, treibt eine Wolke Kondensat vor sich her, hinein in die eisige Luft des Hotelzimmers.

»Goldklumpen, von wegen ... von wegen Goldklumpen ... «

FÜNF

Klinger begegnete dem Tag wie einem Erschießungskommando.

Was genau bedeutete das?

Zunächst wurde ihm beim Zählen der fünf Dollar neunundachtzig in seiner Jeans klar, dass er das Geld für eine Tasse Kaffee und einen Donut hatte, möglicherweise, sich jedoch anders als nahezu jeder hier auf der Straße weder einen Cappuccino noch ein Schokocroissant leisten konnte. Verglichen mit einem Erschießungskommando nagte das an seiner Würde.

Als er im letzten Drittel des zwanzigsten Jahrhunderts zum ersten Mal nach San Francisco gekommen war, hatte sich Klinger absolut heimisch gefühlt. Er tauchte im Frühherbst auf, trug Holzfällerhemd und Jeans über langen Unterhosen und wollene Socken in einem Paar abgewetzter Schnürstiefel. Seinen breitkrempigen Strohhut hatte er hinter dem Sitz eines Heutransporters liegen gelassen, dessen Fahrer ihn rechtzeitig geweckt hatte, um ihn an der Auffahrt der 505 zur I-80 West, südlich von Wycoff, Kalifornien, abzusetzen. Der Typ hatte ihn in Weed aufgelesen und ihm den ersten ununterbrochenen Schlaf von vier Stunden gestattet, seit er, Klinger, die Grenze bei Grand Forks, British Columbia, überquert hatte – etwa eintausenddreihundert Kilometer und eine Woche früher.

Aber der Punkt war, dass er sich in diesem Moment, angezogen, wie er war, pleite und allein, nie zuvor einem Ort derart zugehörig gefühlt hatte, wie er sich San Francisco zugehörig fühlte. Auf der Straße lächelten ihm die Leute zu. Im Washington Square Park, zwei Stunden später, saß Klinger im nordöstlichen Teil auf einer Bank mit Blick nach Südosten, die Augen gegen die Vormittagssonne geschlossen. Ein Typ setzte sich neben ihn. Klinger schlug die Augen nicht auf. Der Typ fragte ihn, woher er komme. Aus einem Holzfällercamp dreihundertzwanzig Kilometer nördlich von Spokane, erzählte ihm Klinger, die Augen noch immer geschlossen, nördlich des Idaho-Landzipfels.

Was führt dich nach San Francisco? Ich habe gehört, es sei ein schöner Ort. Verdammt richtig, sagte der Mann. Scheint, als würden die Leute hier gern mit einem reden, erlaubte sich Klinger zu bemerken. Ich kam hier in einem Güterwagen an, sagte der Mann, 1929. Klinger machte die Augen auf. Das Sonnenlicht blendete und er blinzelte, kniff die Augen halb zusammen. Hatte keinen roten Heller, fuhr der Mann fort, und das spielte für die ersten zwei-, dreihundert Leute, die ich traf, überhaupt keine Rolle. Klinger drehte sich zur Seite, um ihn anzusehen. Der Typ trug einen blauen Blazer mit goldenen Knöpfen, ein rotseidenes Einstecktuch, Hosen aus weißem Segeltuch, blaue Socken und schwarze Slipper mit Quasten. Traf auf einen Burschen namens Harry Bridges. Schon mal von ihm gehört? Nicht, dass ich wüsste. Einer der Gründer der ILWU. ILWU ...? International Longshore and Warehouse Union, erklärte der Mann geduldig. Dann lachte er in sich hinein. Der verrückteste Australier, von dem man nur hoffen kann, dass man ihn trifft. Wie auch immer, er hat mir einen Job in den Docks verschafft. Später hat man uns hochgenommen. Haben eine Weile zusammen im Knast gesessen und sind Joe McCarthy auf den Sack gegangen. Ein paar Jahre nach dem Krieg, mit Frau und dem dritten Kind unterwegs, bin ich in die Werbung gegangen. Der Mann lächelte über eine Taube, die sich auf dem Fußweg vor der Bank unter Nicken im Kreis bewegte. Die Bezahlung war besser, aber es hat bei Weitem nicht so viel Spaß gemacht. Jetzt bin ich in Rente. Er seufzte. Wurde in Rente geschickt. Meine Frau parkt mich hier jeden Vormittag für eine Stunde, damit ich Sonne tanke, während sie ihren Tai-Chi-Kurs macht. San Francisco ist gut zu mir gewesen. Er streckte die Hand aus. Ich heiße Jimmy. Klinger erwiderte den Händedruck. Hunger? Klinger nickte. Na dann los. Der Mann erhob sich langsam. Auf der anderen Seite der Columbus gibt's ein gutes Frühstück – obwohl, er zwinkerte, da das hier North Beach ist, kann man über jedes Wort in diesem Satz streiten. Jimmy gab ihm ein Frühstück aus. Doch nicht um Klingers Geschichte zu hören, gab Jimmy ihm ein Frühstück aus, gleichwohl er einiges davon zu hören bekam. Nein, sagte Jimmy zu Klinger, als sie sich die Hände gaben und sich voneinander verabschiedeten, um einander nie wieder zu begegnen, es sei ein Vergnügen gewesen, einem hungrigen Mann beim Essen zuzuschauen.

Und wo zum Teufel ist Jimmy heute Morgen, murmelte Klinger, während er zitternd auf der kühlen Straße stand. Verstorben, zweifellos, auf weniger als der halben Strecke zwischen damals und heute, dachte er mit missmutiger Miene. Selbst Jimmys Kinder könnten mittlerweile tot sein und vielleicht bin ich der einzige Mensch in dieser Stadt, der sich an ihn erinnert. Was für ein elender Mensch bin ich eigentlich? Hab ich jemals jemandem unter die Arme gegriffen, wie er mir unter die Arme gegriffen hat? Wie kann ich anderen helfen, wenn ich mir nicht einmal selbst zu helfen weiß? Das wäre ein Anlass an sich zu arbeiten. Oder eine Entschuldigung, wenn man verkümmert. Die Arbeit in diesem Holzfällercamp war vielleicht die letzte ehrliche Arbeit, die ich gemacht habe. Er blinzelte. Ich kann mich nicht erinnern.

Zurück zum Erschießungskommando. Zwei Tage und nur noch sechs Dollar. Das Schicksal meistern. Immer aufrunden, wenn man in pessimistischer Stimmung ist, und abrunden, wenn es anders ist, eine dürftige Dichotomie, die mich im Zangengriff zwischen fünf und sechs Dollar hält. Klinger atmete heftig genug aus, um seine Lippen zum Flattern zu bringen. Ich hätte jemandem unter die Arme greifen sollen, hielt er sich vor, während er den Gehweg hochschlurfte, mit einem Dollar, einem Essen, mit was zum Rauchen, einer Tüte Chips, einem Müllsack, den man als Regenmantel verwenden kann – irgendwas, irgendwann, eine Sache, wenigstens einmal. Ja? Nein?

Ein Mann, der ihm entgegenkam, versetzte ihm einen Schlag gegen den Brustkorb, von einer Stärke, die beträchtlich über die einer Rempelei hinausging.

»Scheiße, pass doch auf, wohin du – «, Klinger prallte zurück, beide Hände aus den Taschen gerissen und bereit, seine ohnmächtige Verzweiflung ungeachtet der Umstände in den Körper des anderen zu prügeln.

»Tss!«, grinste der anzüglich und gestaltete seine diversen gelben Zähne zur Großaufnahme eines Fensters, durch dessen Glas jemand einen Stuhl gewuchtet hatte. »Für morgens halb neun sind wir ganz schön gereizt, was?«

Klingers Ungestüm, wenngleich urplötzlich entfesselt, ermöglichte einen Moment des Innehaltens, der es Klinger wiederum ermöglichte, seinen Störenfried zu erkennen, bevor er zuschlug. »Frankie«, erwiderte Klinger überrascht, aber nicht so überrascht, um darauf zu verzichten, »Geeze« hinzuzufügen, Frankies Spitznamen in der Gemeinde. Sie gaben einander die Hand, jedoch nicht mit dem Handschlag, der über alle zivilisierten Nationen hinweg bekannt ist und ausgeführt wird, sondern indem sie die Knöchel ihrer Rechten ineinander verhakelten, als packten sie einen Bierseidel.

»Frankie«, begrüßte ihn Klinger, »was zum Teufel machst du so?«

»Oh«, antwortete Frankie leichthin, »etwa hundert pro Tag.«

Es war ein Witz und Klinger lachte. Doch dann blinzelte er, musterte Frankie kurz, der Witz hätte auch die Wahrheit sein können.

»Wann bist du rausgekommen?«

Frankie zuckte mit den Achseln.

»Sauber?«

Frankie schüttelte den Kopf. »Bewährung.«

»Heißt das, du solltest nicht mit mir reden?«

Frankie zuckte mit den Achseln. »Du warst nie lange drin, oder?«

»Nö«, gab Klinger zu. Und obwohl das seinen Status gegenüber dem von Frankie und Chainbang beeinträchtigte, machte es ihm nichts aus, es zuzugeben. In der Tat, ein Status wie der dieser Jungs war es nicht wert, sich dafür die Entbehrung im Knast einzuhandeln. Ein sehr geringer Preis.

»Lass uns wo hingehen.« Frankie lächelte.

Oh, großartig, sagte sich Klinger.

»Lust auf einen Drink?«

Klingers Miene hellte sich auf. Frankie war einer der

wenigen Junkies, die nichts gegen Alkohol einzuwenden hatten. Um die Zukunft konnte er, Klinger, sich später noch sorgen. »Lust auf einen Drink«, erwiderte er.

»Kennst du einen Laden, wo man rauchen kann?«

Und so landeten sie morgens um neun Uhr fünfunddreißig auf zwei Hockern im Hawse Hole.

»Urig«, befand Frankie, während er sich interessiert umschaute.

»Der Laden macht morgens um zwei dicht und wird viereinhalb Stunden später wieder geöffnet.«

»Eine halbe Stunde, nachdem der Zucker reinhaut«, vermutete Frankie nicht ohne einen Anflug von Anerkennung. »Das gibt einem Zeit, sich mit dem Kamm durch die Haare zu fahren.«

»Man sollte meinen, dass die ihren Kundenstamm kennen«, sekundierte Klinger.

Der Barkeeper wischte über das Stück Tresen zwischen ihnen. »Die Herren wünschen?«

Frankie vollführte eine einladende Geste.

»Du zahlst?«, fragte Klinger frei heraus.

Frankie legte einen Zwanziger auf die Bar.

»Heißen Kaffee mit Sahne und Zucker und einen doppelten Jameson«, sagte Klinger ohne zu zögern.

»Willst du den Jameson hinterher oder – «, setzte der Barkeeper an.

»Was für ’n Weibergesöff soll dieser Scheiß sein?«, entlud es sich aus einem Mann zwei Hocker neben Frankie.

»Du siehst aus, als hättest du bereits ’nen harten Tag hinter dir, Kumpel«, sagte Klinger zu dem Unruhestifter. »Ich für meinen Teil werd grad erst wach.«

»Wie steht’s mit dir, Kollege?«, fragte der Barkeeper, während er Kaffee in eine weiße Keramiktasse goss.

»Das Gleiche?«

»Ich nehme einen Stinger«, sagte Frankie mit Bedacht, so, als wende er sich an seinen streitsüchtigen Nachbarn.

»Okay«, sagte der Barkeeper sanft, während er Klingers Kaffee mit sechs Stücken Zucker und einem Viertel Sahne versetzte und vier Unzen Jameson in ein Glas goss.

»Und wie bevorzugst du deinen Stinger?«

»Brandy.«

»Ja?«

»Weißen Crème de Menthe.«

»Ja.«

»Vielleicht fünf zu eins.«

»Alles klar ... «

»Eis.«

»Sicher.«

Frankie wartete.

Der Barkeeper wartete.

»Das war's«, sagte Frankie.

»Ja.« Der Barkeeper drehte sich um und machte sich daran, die Flaschen vor ihm zu inspizieren. »Aha«, sagte er einen Moment später. Er stellte eine Flasche auf den Tresen. »Ich hab nur den grünen Scheiß.«

»Der tut's auch«, klärte Frankie ihn auf.

»On the rocks?«, mutmaßte der Barkeeper.

Frankie nickte geduldig. »Genau.«

Der Barkeeper kippte alles zusammen, servierte es und entfernte sich. »Wenn man nicht weiß, warum die einen fragen«, bemerkte Frankie, »frag sie, wie sie es machen würden, wären sie an deiner Stelle.«

»Worte wie ein Zauberspruch«, sagte Klinger.

»Vor allem in einem Scheißladen wie dem hier«, sagte der Mann zwei Hocker weiter. Er konnte kaum noch die

Augen offen halten. »Stinger, so 'n Quatsch.«

»Du sagst es«, erwiderte Frankie und zündete sich eine Zigarette an.

Klinger hob seinen Doppelten. »Gesundheit und Geld.«

Der Barkeeper stellte ihnen einen Aschenbecher hin.

»Und die Zeit, beides zu genießen«, ergänzte Frankie und blies dabei den Rauch Richtung Decke.

Der Whiskey schmeckte verdammt gut, auch wenn Klinger bemerkte, dass er ein gewisses Spannungsgefühl – man könnte auch von einem Schmerz sprechen – in seinem Zwölffingerdarm verschärfte.

Der Mann, der geglaubt hatte, an Frankies Vorlieben in puncto Drinks Anstoß nehmen zu müssen, legte einen Arm auf den Tresen und seinen Kopf auf diesen Arm und schlief im Nu ein. Ein paar Hocker neben ihm, wo die Bar einen rechten Winkel beschrieb und weiter Richtung Toiletten verlief, konnte Klinger trotz eines vorherrschenden Halbdunkels erkennen, dass die Fläche am Scheitelpunkt des rechten Winkels übersät war mit Gläsern, dazu ein Aschenbecher voller Zigarettenstummel und zwei oder drei ausgeweidete Tüten Tortillachips zu je einem Dollar das Stück. Die beiden Männer, die dort standen, zeigten einander ihre Messer.

Frankie fischte ein L-förmiges Stück Draht aus seiner Tasche und drehte das längere Ende nicht nur zwischen Daumen und den ersten drei Fingern seiner Hand, sondern das Ganze auch zwischen sich und Klinger.

»Brauchst du mal wieder 'nen Treffer?« Er präsentierte den Draht unterhalb der Kante der Bar, sodass nur Klinger ihn sehen konnte.

»Sicher«, sagte Klinger, »aber ich bin kein Taschendieb.«

»Überlass das Klauen mir.« Der Draht verschwand und Frankie widmete seiner Zigarette einige Aufmerksamkeit. »Aber ich war im Bau und hab etwas Rost angesetzt. Neulich Nacht – « Er blies eine Rauchwolke gen Decke. »Egal, ich könnte einen Lockvogel gebrauchen.«

Die beiden Männer am Ende der Bar riefen nach dem Barkeeper, der sich auf seinem Weg nach hinten eine offene Quart Tequila schnappte.

»Seit wann machst du's nicht mehr im Alleingang?«

Frankie zog den Aschenbecher nah genug heran, um seine Zigarette am Rand abstreifen zu können.

»Seit meiner zweiten Verurteilung.«

Die beiden Typen am Ende der Bar stießen mit ihren Gläsern an, kippten ihre Kurzen und knallten die leeren Gläser auf den Tresen.

Klinger nippte an seinem Kaffee. Ein wirklich scheußlicher Kaffee. Noch dazu kalt. Noch dazu verstärkte er umgehend das Zwicken im unteren Bereich seines Darms. Er tauschte Kaffee gegen Whiskey und neutralisierte den Nachgeschmack.

»Hört sich nach einem triftigen Grund für dich an, um, sagen wir mal, Leuten, die ans Haus gefesselt sind, die Lebensmittel zu liefern.«

Frankie gab sich amüsiert. »Heuer bei mir an. Ich wette, diese ans Haus Gefesselten haben alles Mögliche rumliegen. Dinge, die sie nicht mehr brauchen. Goldketten und Schmuck zum Beispiel. Uhren. Hundertdollarscheine. Bettpfannen aus Sterlingsilber.«

Klinger lachte. »Man hat zweimaligen Verlierern seit den Dotcomzeiten keine Schlüsselbunde mehr für Wohnungen in der City anvertraut, Frankie, damals, als niemand zuverlässige Haushaltshilfen auftreiben konnte.«

»Damals habe ich eingesessen, aber ich habe Geschichten gehört«, pflichtete Frankie ihm bei. »Unglaubliche Geschichten.«

»Die trafen höchstwahrscheinlich alle zu«, versicherte ihm Klinger.

Jetzt hörte man vom anderen Ende der Bar dumpfe Schläge. Eins, zwei, drei, vier, vier, drei, zwei, eins. Synkopierte Schläge.

Klinger lehnte sich nach hinten, um an dem schnarchenden Betrunkenen vorbeizuschauen.

»Es hieß, es wär zugegangen wie im Wilden Westen«, fuhr Frankie fort. »Es hieß, das Gold hätte auf der Straße gelegen, hätte nur darauf gewartet, aufgehoben zu werden. Es hieß, jeder nur für sich, Pardon wurde nicht gegeben.«

»Das ist eine verdammt präzise Beschreibung der Dotcomzeiten«, sagte Klinger. »Was machen die Typen da eigentlich?«

Frankie, der nicht den Anschein erweckte, dem anderen Ende der Bar Beachtung zu schenken, sagte: »Du kennst Messerwerfen?«

Eins, zwei, drei, vier.

Klinger dachte kurz nach. »Man wirft ein Messer gegen einen Baum. Bleibt dein Messer stecken, muss der andere sein Messer werfen.«

Vier, drei, zwei, eins.

»Wirft man daneben, verliert man einen Punkt. So was?«

»Ja«, erwiderte Frankie träge. »Man kann's auch so spielen, dass sich zwei Typen zirka zwei Meter voneinander entfernt aufstellen, die Füße jeweils eng zusammen. So wie beim Strammstehen. Wer zuerst dran ist, wirft das

Messer nah an den einen oder an den anderen Fuß des Partners. Vielleicht so zwanzig, fünfundzwanzig Zentimeter daneben. Bleibt das Messer im Boden, muss der Typ seinen Fuß bis dorthin bewegen. Dann ist er an der Reihe. Bleibt das Messer nach seinem Wurf im Boden stecken, muss der Erste seinen Fuß bis zu dem Messer bewegen. Und so weiter. Wer zuerst hinfällt, hat verloren.«

Klinger lachte äußerst verhalten. »Das hört sich so sinnvoll an wie fernsehen.«

»Im Knast«, sagte Frankie, »habe ich das Fernsehen hassen gelernt.«

»Und was hat das mit denen da auf sich – «

»Die Typen spielen eine Variation des Themas«, sagte Frankie. »Zuerst kippen sie einen Tequila.«

»Das hab ich gesehen.«

»Dann werfen sie eine Münze.«

»Das hab ich verpasst.«

»Der Typ, der verliert, legt seine Hand flach auf den Tresen, spreizt die Finger so weit wie möglich, so etwa.«

»Okay.«

»Dann nimmt er sein Messer und sticht auf einen Punkt neben dem Daumen, dann sticht er zwischen Daumen und Zeigefinger, zwischen Zeigefinger und Stinkefinger, zwischen Stinkefinger und Ringfinger und dann zwischen Ringfinger und kleinem Finger. Anschließend macht er's rückwärts.«

Klinger verfolgte, wie Frankie mit dem Mittelfinger seiner Rechten nacheinander zwischen die Finger seiner auf dem Tresen gespreizten Hand stach und es rückwärts wiederholte.

»Eins, zwei, drei, vier«, zählte Frankie, »vier, drei, zwei, eins.«

»Ist das nicht irgendwie schwierig auf einem Tresen?«, fragte Klinger.

Frankie zuckte mit den Achseln. »Hängt von dem Laden ab, in dem du bist.«

»Schätz ich auch«, sagte Klinger.

»Wenn du dich nicht stichst ... «, fuhr Frankie fort.

»... ist der andere dran«, beendete Klinger den Satz.

»Aber zuerst«, belehrte ihn Frankie, »kippt man noch einen Kurzen.«

Als er das aussprach, ging der Barkeeper mit einem Tablett voller Schnapsgläser vorbei, jedes randvoll mit Tequila, dazu einen Salzstreuer und einen Aschenbecher, darin ein Haufen Limettenviertel.

»Dann kommt der nächste Durchgang«, sagte Frankie.

»Bis zum Unvermeidlichen«, schlussfolgerte Klinger.

»Ja«, sagte Frankie. »Und es gibt 'ne Menge Variationen.«

»Zum Beispiel ... «

Frankie zuckte mit den Achseln. »Nach jedem Durchgang wird das Tempo ein wenig erhöht.«

»Das klingt subjektiv.«

»Zahlreich heißt der Parameter«, meinte Frankie. »Bei einer weniger subjektiven Variante sticht man in der ersten Runde einmal durch, kippt seinen Drink und in der zweiten dann zweimal.«

Am anderen Ende der Bar traf eine Messerspitze sechzehnmal den Tresen.

»Die müssen mich gehört haben«, sagte Frankie.

»Lass mich raten«, sagte Klinger.

Frankie streckte die Hand aus, die Innenfläche nach oben. »Nach dem zweiten Durchgang könnte man zwei Kurze kippen.«

»Und so weiter.«

»Voilà«, sagte Frankie.

»Ein bisschen mehr Interaktion als beim Fernsehen.«

Frankie zuckte mit den Achseln. »Du sagst es.«

»Was ist nur aus Canasta geworden?«, fragte Klinger. »Hast du dieses Messerspiel schon mal gespielt?«

»Machst du Witze?«, fragte Frankie. »Ich bin Künstler. Meine Hände sind alles, was ich habe.«

»Natürlich«, sagte Klinger. »Ich vergaß.«

»Die Typen da hinten«, sagte Frankie, wobei er sich umdrehen musste, um sie in den Blick zu nehmen, »die verdienen sich ihren Lebensunterhalt eventuell mit ihrem Verstand.«

Klinger lächelte.

»Wir waren noch nicht bei meiner Lieblingsvariante angelangt«, sagte Frankie schläfrig.

»Die wäre?«

Frankie deutete auf seine Hand. »Statt das Messer zwischen die Finger der eigenen Hand zu stechen, stichst du es zwischen die Finger der Hand des anderen.«

»Das ist 'ne Anleitung zur Eskalation«, sagte Klinger und entfernte seinen Drink aus Frankies Aktionsradius.

Frankie nickte.

Am anderen Ende der Bar schrie jemand: »Scheiße!«

»Scheiße?« Der Kerl, der mit dem Kopf auf dem Tresen lag, wurde wach. »Hat jemand Scheiße gesagt?«

»Verdammt! Scheiße! Aua!«, hörte man die andere Stimme.

Schallendes Gelächter von dritter Seite. »Deine Runde, Arschloch!«

»Aua! Scheiße!«

»Hauen wir ab«, sagte Frankie zu Klinger. »Trink aus.«

»Scheiße, Scheiße, Scheiße ... «
Frankie schob Klinger den Stinger hin.
»Den auch.«
»Verdammte Heulsuse«, verkündete die dritte Stimme.

SECHS

Um zehn Uhr fünfunddreißig am Vormittag verließen Klinger und Frankie Geeze das Hawse Hole an der Polk direkt unterhalb der Geary.

»Verdammte Scheiße«, sagte Frankie. Als Antwort auf den verhangenen Himmel setzte er eine sehr dunkle Designersonnenbrille auf und strich anschließend die Nadelstreifenrevers seines Jacketts glatt.

Klinger war die Qualität von Frankies Anzug aufgefallen. Laut jedoch bemerkte er: »Die müsste den Regen von deinen Glupschern abhalten.«

»Sag mal«, meinte Frankie, »ich müsste mal wohin.«

»Warum bin ich nicht überrascht?«, erwiderte Klinger.

»Hast du Hunger?«

»Hast du eine Tür gesehen, durch die ich nicht hindurchpasse?«

»Nein«, sagte Frankie ohne Umschweife.

»Na also«, sagte Klinger.

»Ich kenn bloß den Laden«, sagte Frankie.

»Du bezahlst?«

»Mann«, sagte Frankie, »jemand wie ich schwitzt keine Zwanzigdollarscheine.«

Klinger sah Frankie ungläubig an. »Du willst in einen Laden, wo ein Frühstück zwanzig Dollar kostet?«

Frankie erwiderte seinen Blick. »Hab ich das gesagt?«

»Na ja, nein. Nicht direkt. Aber wenn dir so was vorschwebt, zeige ich dir einen Laden, wo man nur ’nen Zehner bezahlt, und du gibst mir dann die Differenz.«

»Wie ich sehe, habe ich’s hier mit ’nem Erbsenzähler zu tun.«

Klinger straffte sich zu seiner Größe von einem Meter

zweiundsiebzig. »Nicht umsonst wohne ich in einem SRO-Hotel.«

Frankie ging weiter. »Ich wette, auch für nicht sehr viel.«

Klinger zog den Kopf ein. »Stimmt.«

»Trotzdem, ich stelle fest, ich muss vorsichtig sein, was dich betrifft.«

»Hey!«, sagte Klinger betreten, »du bist hier nicht auf dem Gefängnishof.«

Als jemand, der nie schnell aus der Fassung zu bringen war, blieb Frankie wieder stehen, sah Klinger wieder an, ging wieder weiter. »Das glaubt mir keiner«, murmelte er und lachte. Plötzlich drehte er sich um und fragte: »Liest du die *New York Times?*«

»Täglich«, log Klinger.

»Hier.« Frankie gab Klinger einen Zwanziger und zeigte auf einen Eingang. »Wenn du durch diese Tür passt, hol eine. Behalt den Rest.«

Genau genommen befand sich neben dieser Tür der Durchgang zu einem Zeitungsstand von zunehmendem Seltenheitswert, wo nur Waren und Geld hindurchpassen mussten. Pornomagazine, Zigaretten, Porno-DVDs, Kaugummi, Pornovideokassetten und mehr als nur ein paar Zeitungen, darunter, voilà, die *New York Times*.

Klinger tätigte den Kauf und steckte sich siebzehn Dollar achtzig in die Tasche. Was sein Kapital auf dreiundzwanzig Dollar neunundsechzig anwachsen ließ, wie er glücklich ausrechnete. Die Sache entwickelte sich gut. Genau: die Sache, Singular. Wie in: Ich sehe, dass du es auf die Reihe bekommst. Wie in: Kopf hoch. Klinger dachte sich, dass die Zeitung mindestens zur Hälfte auch Frankies Zeitung sei. »Willst du reinschauen?«

»Wo reinschauen?«

»In die Zeitung. Die Nachrichten. Was so los ist. Irak und der Scheiß.«

Frankie lächelte und schüttelte den Kopf. »Du hast was von 'nem verdammten Trip.«

Indem sie sich durch Tenderloin nach oben mühten und dann hinaus, stiegen sie schließlich die südwestliche Seite von Nob Hill hoch. Dort, an der Kreuzung Pine und Hyde, zeigte Frankie Klinger ein Eckcafé und erklärte ihm, es sei ein Laden, der hauptsächlich auf die Bewirtung von Krankenhauspersonal eingestellt sei. Sein Daumen zuckte über seine Schulter in Richtung Eingang des St. Francis Memorial direkt gegenüber, auf der anderen Seite der Hyde Street. »Ich hab 'ne Verabredung«. Über den Verkehr auf der Pine Street hinweg wies Frankie mit einer flüchtigen Handbewegung auf die höchste Stelle von Nob Hill. »Auf dem Hügel.« Er klopfte Klinger auf die Schulter. »Egal, was passiert, verlier nicht die Zuversicht, ich komme zurück. Kurz danach erlebst du einen Zahltag.«

»Ich bin mir nicht sicher, ob mein Kreislauf den Schock verkraftet«, sagte Klinger ohne Ironie.

»Du hast genug Kohle für diesen Laden«, versicherte ihm Frankie. »Genieß dein Frühstück. Und, hey«, er schnippte in Höhe der Schulter mit den Fingern, »auch deinen Lunch.«

Klinger runzelte die Stirn. »Von welcher Zeitspanne reden wir?«

»Wie?«, fragte Frankie. »Hast du's eilig?«

Klinger zog eine Schulter hoch. »Nein, ich ... «

Frankie hob eine Hand und wie durch ein Wunder glitt ein grünes Taxi lautlos an den Bordstein. »Man muss das Gesicht wahren«, sagte Frankie mit einem Augenzwinkern.

Er zog den Kopf ein und kroch auf den Rücksitz des Taxis, schloss die Tür und der Wagen glitt lautlos davon. »Clean Air Vehicle« stand auf dem Deckel des Kofferraums und »Gentleman's Club«. An der nächsten Kreuzung, Hyde und Bush – Letztere eine Einbahnstraße in östlicher Richtung –, schwenkte das Taxi nach links auf einen Zebrastreifen voller Rollstühle und Krücken und verschwand.

Frühstück und Mittagessen an ein und demselben Tag, dachte Klinger, während er sich in der Betrachtung der Eingangstür des Cafés verlor.

Zweieinhalb Stunden später hielt Klinger die auf der letzten Seite des Feuilletons platzierte ganzseitige Anzeige für einen fesselnden Thriller auf Armeslänge von sich, als Frankie vis-à-vis von ihm in die Nische rutschte.

»Ich habe mich gerade gefragt«, sagte Klinger, während er den Kulturteil zusammenfaltete und ihn auf den Stapel neben seinem lupenreinen Teller legte, »wann ich zuletzt zwei Artikel zum Thema Handlungsballett am Stück gelesen habe.«

»Ja ... «, gelang es Frankie zu entgegnen. Wenngleich das Wort keinen Frikativ enthielt, hörte es sich aus seinem Munde an wie Zementbrei, der über die Rutsche hinter einem Zementlaster entladen wird. Seine Unterlippe hing ein wenig schlaff nach unten und er machte sogar einen noch entspannteren Eindruck als zuvor.

Obwohl die *Times* mit Blick auf die Westküste kürzlich eine aggressive Berichterstattung angeworfen hatte, war Klinger nirgendwo auf den Fall eines Mini-Markt-Angestellten gestoßen, dem man mit einem tiefgekühlten Huhn den Schädel eingeschlagen hatte. Egal, er sah keinen Grund, das gegenüber Frankie zu erwähnen.

»Alles glattgegangen auf dem Hügel?«

»Wunderbar ... «

Eine Kellnerin erschien mit einer Kanne Kaffee und fragte Frankie, ob er etwas wünsche.

»Ich ... «, brachte Frankie zustande, »ich hab alles ... «

Sie zeigte auf Klingers Tasse. Klinger zuckte mit den Achseln. Als sie ihm einschenkte, fragte sie: »Schon mal was von einem Dichter namens Jim Gustafson gehört?«

Frankie sah keine Notwendigkeit, darauf zu antworten, aber sie sprach auch nicht mit ihm.

»Nicht dass ich wüsste«, antwortete Klinger höflich.

Die Bedienung parkte die Knöchel ihrer freien Hand auf der Hüfte. »Von diesem Abend, als er tausend Leuten im Exploratorium vorlas, wie man im Malvina's sitzt und Kaffee trinkt, bis einem die Hände zittern, als wären sie Tragflächen eines Billigjets?« Sie lächelte und nickte. »Ich habe ihn mit zu mir genommen und ihn gevögelt, bis er sich übergab.«

Das fand sogar Frankie interessant. »Ach ... «

»Hat nicht lange gedauert«, fügte sie hinzu.

»Ich erinnere mich an das Malvina's«, sagte Klinger. »Drüben in North Beach. In der Nähe vom Washington Square.«

»Jim meinte das alte Malvina's«, klärte die Bedienung ihn auf. »An der Union Ecke Grant. Bevor es zum Washington Square gezogen ist.«

»Ist es immer noch dort?«

»Da bin ich überfragt«, erwiderte sie. »Ich wohne in Bernal Heights.«

»Und der Dichter?«

»Tot, töter, am sötesten«, sagte sie. »Hat sich ins Grab gesoffen.«

»Tut mir leid, das zu hören.«

»Wir hatten unseren Spaß.« Sie sammelte Klingers Teller ein. »Danach hab ich ihn rausgeschmissen. Darf es noch was sein?«

Frankie sah aus, als bekomme er ein Achselzucken hin, doch die Geste blieb ihm versagt.

»Ich denke, das war's«, sagte Klinger zur Bedienung. »Die Rechnung, bitte.«

»Schon erledigt.«

Klinger sah ihr nach, als sie wegging.

»Ja ... « Frankies Augen waren so gut wie geschlossen und hin und wieder schmatzte er, ein ganz kleines bisschen.

Klinger faltete die Hände auf der Resopalplatte und wartete. Keine zwei Minuten später kam die Rechnung. Das Ganze belief sich auf neun Dollar und siebenundachtzig Cent, wofür Klinger mehr Essen im Magen hatte als an jedem anderen Tag in seiner jüngeren Erinnerung. Noch dazu hatte er zweieinhalb Stunden Raum in einer Immobilie in Anspruch nehmen können. Er legte einen Zehner und zwei Eindollarscheine auf das Tablett. »Behalten Sie den Rest.«

Elf Dollar und neunundsechzig Cent fanden Zugang in das linierte Kassenbuch in seinem Kopf.

»Sehr nett von Ihnen«, sagte die Kellnerin. Sollte ihr aufgefallen sein, dass Klingers Tischnachbar eingenickt war, ließ sie es sich nicht anmerken. Stattdessen zeigte sie Klinger ein weiteres Mal die Kaffeekanne. Klinger hob beide Hände hoch und ließ sie flattern. Die Kellnerin lächelte und ging mit der Kaffeekanne und den zwölf Dollar davon. Nachdem er ein paar Minuten an seiner Tasse herumgefummelt hatte, langweilte es Klinger, seinem Gastgeber dabei zuzusehen, wie er überzeugend einen Mann imitierte, der unter »zuerst das Geschäftliche« ein vierzigmaliges Blinzeln verstand. Obendrein tat Klinger vom Missbrauch des Kunstleders allmählich der Hintern weh. Kein Grund für Arroganz, immerhin saß er hier gleichermaßen gesättigt und warm wie schon seit Wochen nicht mehr, wenn nicht gar seit Monaten.

Schließlich fragte er Frankie, wie lange er schon draußen sei.

Frankie runzelte leicht die Stirn. »Etwa zwei Wochen«, sagte er ohne jegliches Bestreben, die Augen zu öffnen.

Klinger sprach mit gedämpfter Stimme. »Wie zum Teufel hast du es in zwei Wochen geschafft, abhängig zu werden?«

Frankie lächelte flüchtig.

»Wer spricht von ›werden‹?«

Oh, erinnerte sich Klinger, natürlich.

»Und nebenbei«, fügte Frankie hinzu und gestattete dem Hauch eines Runzelns, über seine Brauen zu huschen, »sehe ich so aus, als wär ich abhängig?«

Zum ersten Mal seit Wochen lachte Klinger ohne Bitterkeit.

Frankie machte die Augen ein wenig weiter auf. »Ich will dir mal was über Abhängigkeit erzählen.«

Klinger erwiderte nichts darauf. Er würde sich das anhören müssen, ob er wollte oder nicht.

»Ein Musiker hat mir mal erzählt«, sagte Frankie, »wenn du eine Sechzehntelnote siehst oder eine ganze Reihe und du abhängig bist«, Frankie glitt mit der flachen Hand über den Tisch, »sieht jede dieser Sechzehntelnoten aus wie eine halbe Note.«

»Eine halbe Note«, echote Klinger.

»Und du«, fuhr Frankie fort, »hast den gaaaanzen Tag Zeit«, Frankies Handfläche glitt über den Tisch zurück, »jede von ihnen richtig zu spielen.«

»Das ist«, Klinger spitzte den Mund, »überzeugend.«

Selbst durch die trennende Sonnenbrille hindurch konnte Klinger Frankies Augenlider flattern sehen. Es erinnerte ihn an die Spiegelung der sich drehenden Rotorblätter eines Deckenventilators auf der Oberfläche seines Drinks am ... War das gestern gewesen?

»Aber«, sagte Klinger, »du bist kein Musiker.«

»Aber«, sagte Frankie und hob so mahnend wie träge seinen Zeigefinger, »ich bin ein Künstler.«

»Aha«, sagte Klinger. »Ich vergaß.«

»Pass auf«, empfahl ihm Frankie. Wieder segelte seine Hand über die Resopalplatte, in Richtung Fenster, hinter dem, wie Klinger jetzt bemerkte, sich ein Hund hinhockte, um seinen Darm zu entleeren, geduldig von seiner Besitzerin dabei beobachtet.

»Ich betrachte den wimmelnden Boulevard ... « Frankie hielt inne. Einen Moment später fragte er: »Wo war ich stehen geblieben?«

»Den wimmelnden Boulevard«, soufflierte Klinger. »Du bist ein Künstler.«

Wieder glitt Frankies Hand über die Resopalplatte. »Hin und her stiefeln die Ziele ... « Frankie lächelte. »Jedes von ihnen eine halbe Note.«

»Und du hast den gaaaanzen Tag Zeit«, sagte Klinger lächelnd, »sie richtig zu spielen.«

»Nicht alle. Beileibe nicht alle.« Frankie brachte den

Zeigefinger erneut in Position. »Nur das eine. Das zu hundert Prozent passende.«

»Du bist ein Künstler«, musste Klinger anerkennen.

Frankie heuchelte keinen Widerspruch.

Klinger lehnte sich auf seiner Seite der Sitznische zurück und spielte an seiner Kaffeetasse herum. Sollte Frankie eine Pause auffallen, sei sie nun peinlich oder nicht, ließ er sich nichts anmerken. Ich habe es satt, Kaffee zu trinken, dachte Klinger, so viel steht fest.

Er sah hoch. Die Uhr an der Wand über der Eingangstür sagte ihm, dass es Viertel nach eins war. Auch diese Uhr hatte chinesische Ziffern. Was zum Teufel hatte es mit diesen chinesischen Ziffern auf sich? Auf einem Schild neben der Uhr las man etwas von Öffnungszeiten zwischen sechs Uhr morgens und zwei Uhr nachts. Ein Schild auf der anderen Seite der Uhr wies darauf hin, dass der Mindestlohn in San Francisco neun Dollar neunundsiebzig Cent betrage.

Klingers Blick sank nach unten, bis er an der Bedienung haften blieb, die hinter dem Tresen eine neue Kanne Kaffee zubereitete.

»Ich wette, du hast Durst«, verkündete Frankie, als könne er Klingers Gedanken lesen.

»Ja«, gab Klinger zu. »Ich hab fast mehr Koffein intus, als ich vertragen kann.« Er legte die Handfläche links unten auf seinen Bauch. Obwohl durch einen Zustand des Gesättigtseins überlagert, lauerte dort das Zwicken. »Wird Zeit, der Wirkung zu begegnen.«

»Gehen wir«, sagte Frankie, ohne etwas von einem Antrieb, den eigenen Vorschlag umzusetzen, preiszugeben.

Klinger stand auf.

»Wir fahren mit dem Taxi nach North Beach«, sagte Frankie, der immer noch saß, die Augen enge Schlitze. »Dir etwas zu trinken beschaffen.«

»Um über deine zu hundert Prozent passenden halben Noten sprechen«, sagte Klinger. »Aber es scheint fair, zu erwähnen, dass ich fast auf dem letzten Loch pfeife.«

Frankie öffnete eine Hand über der Resopalplatte und ein zweifach gefalteter Zwanzigdollarschein fiel heraus. »Nur zu.« Klinger bestaunte den Zwanziger. Frankie schob sich aus der Nische. »Taxi und Drinks gehen auf mich.«

Klinger schüttelte den Kopf. »Zwei Wochen?«

Frankies hellsichtige Geste wurde seinerseits nicht weiter kommentiert.

Als sie den Fußweg erreichten, sagte Frankie: »Mein Gott«, und griff in die Innentasche seines Jacketts.

»Du hast sie bereits auf«, eröffnete ihm Klinger.

Frankie berührte das Gestell seiner Sonnenbrille. »Oh.«

Der Hund war an der Parkuhr in unmittelbarer Nähe der Straßenecke angebunden. Bei Klingers Anblick stand er auf und wedelte mit dem Schwanz. Klinger hielt ihm die Rückseite seiner Fingerspitzen hin. Der Hund leckte daran, ohne groß zu schnüffeln, verdoppelte den Ausschlag seines Schwanzes. Klinger kraulte ihm die Ohren. »Da freut sich aber jemand, mich zu sehen.«

»So ein Hündchen Tag für Tag«, sagte die Besitzerin und warf dabei einen Beutel mit Abfall in den Abfalleimer hinter der Parkuhr, »ist alles, was der Körper braucht.«

»Ja«, murmelte Klinger, als ein Taxi wie aus dem Nichts am Bordstein hielt. Ohne groß nach hinten auf die Frau oder ihren Hund zu blicken, öffnete Frankie die Tür an der Bordsteinseite und glitt über den Rücksitz. »Broadway Ecke Columbus«, sagte er zu dem Taxifahrer. »Komm schon, Mann«, sagte er zur offenen Tür.

»Wie heißt er?«, fragte Klinger die Hundebesitzerin.

»Douglas Engelbart junior«, erwiderte sie.

»Der – « Klinger runzelte die Brauen. »Wer?«

»Er wurde nach Douglas Engelbart benannt.«

Der Hund setzte sich und blickte sein Frauchen erwartungsvoll an. »Ich weiß nicht – «, begann Klinger.

»Doch, tun Sie.« Die Frau verfütterte einen Hundekuchen an den Hund. »Er hat die Maus erfunden.«

»Die Maus?«, wiederholte Klinger stumpf.

Frankie kicherte, aber worüber oder mit wem oder was, wäre schwierig gewesen zu sagen.

Die Frau ahmte mit der Hand ein Drücken nach. »Zeigen und Klicken? Engelbart«, sie lachte, »kannst du zeigen und klicken?« Der Hund wackelte mit dem Schwanz.

»Engelbart«, sagte Klinger zu dem Hund. Der Hund sah Klinger an. »Wir sehen uns.« Der Hund wandte den Kopf ab. »Sehe ich dich später wieder?« Der Hund legte den Stirnabsatz in Falten und drehte den Kopf in die andere Richtung.

»Er erkennt den fragenden Ton«, sagte die Frau, »aber er hat keine Ahnung, was Sie fragen.«

Klinger nickte nachdenklich.

»Los jetzt!«, sagte Frankie.

SIEBEN

»Das Problem mit dieser App«, sagte die Stimme im Telefon, »ihr Speicherbedarf sorgt für Probleme beim Cache. Basta.«

Das Mobiltelefon ans rechte Ohr gedrückt, wickelte Phillip Wong mit der linken Hand Fettuccine auf die Gabel, deren Zinken er gegen die Wölbung des Löffels in seiner Rechten hielt. »Du machst meine App für das Versagen einer veralteten Hardware verantwortlich«, widersprach er. »Die Scheiße liegt am Dual-Core.« Er schob sich Pasta puttanesca in den Mund.

Als Teil der musikalischen Kulisse vergoss Enrico Caruso eine flüchtige Träne.

»Phil, Phil, Phil«, schalt das Telefon. »Hast du überhaupt eine Vorstellung, was den Anteil der User von Dual-Core-Smartphones im Verhältnis zu jedem anderen verdammten auf dem Markt erhältlichen Smartphone betrifft?«

»Das ist nicht mein Problem, Marci.«

Phillip ließ die Gabel fallen, nahm das Telefon in die Hand und blickte auf das Display. Aus einem unerfindlichen Grund erinnerte er sich plötzlich an einen Bauhelfer, den er vor ein paar Wochen auf einer Baustelle gesehen hatte, wie er Betonziegel stapelte, das Telefon zwischen Ohr und Schulter geklemmt. Für diesen Typ müssten sie einen speziellen Sarg zimmern, der am oberen Ende in ein Dogleg ausläuft, hatte Phillip damals gedacht. Wenn ich mir das Shiatsu per Hausbesuch nicht leisten könnte, würde ich das Schicksal ähnlich herausfordern. Er parkte das Telefon auf der anderen Schulter und nahm die Gabel wieder in die Hand. »Nebenbei bemerkt, es ist halb zehn. Kann das nicht bis morgen warten?«

»In zweieinhalb Stunden«, stellte Marci klar, »ist es morgen, Phillip.«

»Scheiße, Marci«, jammerte Phillip, »das ist die erste warme Mahlzeit, die ich seit ... seit ... « Es wollte ihm nicht einfallen, wann er das letzte Mal etwas Warmes gegessen hatte. Er fügte irgendeine Zahl ein. »... zwei Wochen gegessen habe.«

»Zeig mir, wo geschrieben steht, dass du etwas Warmes essen darfst«, sagte Marci.

Phillip schaffte es nicht, diese geistreiche Bemerkung mit einem Lachen oder einer Antwort zu würdigen.

»Wichtiger noch«, fuhr Marci fort, »verfügt dein affengeiles Telefon über einen Debugger und einen Compiler?«

Phillip legte die Gabel hin, kippte die zweite Hälfte seines Sangiovese weg und gab dem Kellner mit dem leeren Glas ein Zeichen. »Nein«, erklärte Phillip dem Telefon, »aber es hat mich an einem Donnerstagabend zu einem freien Tisch in einem italienischen Restaurant in North Beach gelotst.«

»Eine gute App«, stellte Marci fest. »Ein Jammer, dass du sie nicht geschrieben hast.« Nicht von ungefähr, fluchte Phillip innerlich, dass jemand diese Tussi zur Direktorin für Compliance ernannt hat. »Stimmt«, gelang es ihm zu kontern, ungeachtet der Pasta in seinem Mund. »Ich benutze sie jedes Mal, wenn ich auswärts essen darf.« Sein Telefon ächzte. »Was ist das?«

»Ich habe dir gerade eine Monografie über Softwarearchitektur für Echtzeit-Caching als PDF geschickt – kompatibles Echtzeit-Caching. Es ist ein wenig theoretisch und Mathematik ist auch dabei, aber du kannst die Weisheit vielleicht auf einen Patch für deinen Code übertragen, und zwar rechtzeitig für eine Demonstration am Sonntagmorgen.«

»Sonntagmorgen?« Phillip schrie es fast hinaus. Der Kellner erschien mit der Flasche Wein und füllte Phillips Glas zur Hälfte. Phillip gestikulierte. Der Kellner runzelte die Stirn. Phillip gestikulierte ein weiteres Mal. Ohne zu zögern nahm der Kellner ein zweites Glas von einem Gedeck auf dem Nebentisch, füllte auch das zur Hälfte, neigte leicht den Kopf zur Seite und ging. Phillip stürzte das erste halb volle Glas zur Hälfte hinunter.

»Sonntagmorgen ... « wiederholte er etwas gefasster.

»Es bedurfte der gesamten Überredungskunst, deren dieses Mädchen hier fähig ist, um sie dazu zu bewegen, es für Samstagabend zu canceln. Ich habe dir zwölf Stunden verschafft.«

»Zwölf Stunden«, wiederholte Phillip wie betäubt.

»Willst du dich nicht bei mir bedanken?«

»Ich bin ... «, Phillip stieß mit der Luft vor ihm an, »völlig platt vor Dankbarkeit.«

»Mit Dankbarkeit allein kommt man nicht voran«, fiel Marci über ihn her. »Was ich brauche, sind Resultate. Was ich brauche, ist ein Programm, das nicht abstürzt. Was ich brauche, ist der Phillip, mit dem ich aufs College gegangen bin, der Phillip, der zu schüchtern war, mit mir zu schlafen, der Phillip, der das Programm geschrieben hat, das unseren Kursroboter anwies, den Roboter des MIT mit einer Kettensäge in zwei Teile zu zerlegen, und als das Wettbewerbskomitee unser Programm auseinandernahm, stießen sie zuerst auf siebzehn Bytes im Header, die *Ich ♥ Marci Kessler* durchbuchstabierten inklusive dreier extravaganter Leerzeichen, und als Zweites kamen sie dahinter, dass es nicht einen epigonalen Gedanken in den insgesamt fünfundzwanzigtausend Befehlen gab.«

»Aber, Marci«, protestierte Phillip, »das war ein Roboter. Hier handelt es sich um eine nebensächliche App für eine Einsame-Herzen-Webseite, designt, um potentielle Vergewaltiger herauszufiltern.«

»Na und?«

Phillip kippte die zweite Hälfte seines ersten halben Glases hinunter, stellte das leere Glas auf den Tisch nebenan und nahm das zweite halb volle Glas in die Hand. »Na, Roboter sind nun mal keine Menschen«, stellte er klar.

»Was hat das miteinander zu tun?«, schrie Marci.

Hätten sie jetzt bei einer Videokonferenz gesessen, hätte Marci verfolgen können, wie Phillip mit der Schulter zuckte, als er sein Telefon ans andere Ohr führte und die erste Hälfte seines zweiten halb vollen Glases trank. »Womit es etwas zu tun hat, Marci«, sagte er und setzte das Glas ab, »nennt sich Cache. Algorithmen für Menschen benötigen einen größeren Cache als Roboter-Algorithmen.« Er rülpste. »Es ist – Pardon! – tatsächlich so simpel.«

Er konnte hören, wie Marci tief Luft holte.

»Phillip«, sagte sie, »wie viel zahlt dir Corazonics?«

»Du weißt verdammt gut, wie viel du mir zahlst«, sagte Phillip. »Auf den Penny genau.«

»Richtig, Phillip. Auf den Penny genau. Aber ich will es von dir hören.«

»Einhundertfünfundzwanzig Dollar die Stunde«, sagte Phillip erschöpft. Und das ist es gemeinhin auch wert, dachte er für sich.

»Richtig«, sagte Marci zu ihm. »Wie oft rechnest du ab?«

»Alle zwei Wochen.«

»Und die letzte Rechnung?«

»Nun, ich bin froh, dass du darauf zu sprechen kommst, Marci«, sagte Phillip und begab sich in die Rolle des Angreifers. Er sah auf das Display seines Smartphones, wischte sich durch das kürzlich erhaltene PDF und die jüngsten Text-und Sprachnachrichten, bis er schließlich bei seiner Cloudbasierten Tabelle für seine Beratertätigkeit angelangt war: »Achtzehntausenddreihundertfünfundsiebzig Dollar.«

Trotz ihres beträchtlich dicken Fells schnappte Marci nach Luft. »Eine stattliche Summe«, brachte sie schließlich hervor.

»Ich habe jeden verdammten Cent davon verdient«, sagte Phillip monoton. »Hast du eine Ahnung, wie viel von meinem Leben in dieser Abrechnung steckt?«

»Ich bin sicher, dass es auf der Rechnung steht«, gab Marci ausweichend zurück.

»Einhundertsiebenundvierzig Stunden«, eröffnete er ihr. »Zwei Siebentagewochen mit Zehneinhalbstundentagen. Und falls vierzigtausend Zeilen in C++ nicht beweisen, dass ich mich damit beschäftigt, wenn nicht sogar da reingekniet habe, dann wird es dein brandneues und völlig unverschämtes elektronisches Schlüsselsystem tun. Ich war bei der Arbeit und bei der Sache – Kompilieren, Debuggen, Programmdurchlauf. Mit Vollgas, sollte ich hinzufügen, wobei ich festhalten möchte, dass es sich um Vollgas bei hoher Oktanzahl gehandelt hat. Tatsache ist, ich bin kürzlich auf etwas aufmerksam geworden, Marci.«

»Wechsel nicht das Thema«, warf Marci schnell ein.

Ein wenig zu schnell.

»Nun, Marci«, sagte Phillip ruhig, »ich wechsel nicht das Thema. Nicht wirklich.«

»Phillip – «

»Als wir diesen Vertrag miteinander abgeschlossen haben«, fiel Phillip ihr ins Wort, »wurden mir Aktienanteile zugesagt.«

»Und wenn es irgendwelche gottverdammten Aktienanteile gibt«, tönte Marci zurück, »wirst du der Erste sein, der es erfährt.«

Phillip nahm eine Auszeit. Er sah auf seine Pasta. Ohne etwas davon essen zu müssen, wusste er, dass sie mittlerweile so kalt war wie der nicht angerührte Salat. Kalt wie das Herz am anderen Ende der Telefonverbindung. Zu kalt, um etwas davon zu haben. Jetzt sagte er, und zwar so, als käme es spontan: »Mir ist was von IPO zu Ohren gekommen.«

Marci schwieg.

»Marci?«

»Phillip?«

»Nun?«

»Nun was?«

»I-P-O.«

»Das wäre super«, druckste sie herum.

»Vor allem, wenn wir etwas schriftlich festgelegt hätten.«

Schweigen.

»Mein großer Fehler, natürlich«, sagte Phillip einfach. »Weil ich mir nichts Schriftliches habe geben lassen.«

Weiteres Schweigen.

»Mein größerer Fehler«, fuhr Phillip mit noch immer ruhiger Stimme fort, »dass ich dir vertraut habe.«

Schweigen.

»Weißt du, wie ich dahintergekommen bin?«

Keine Antwort.

»Es steht innen an der Tür der zweiten Kabine der Herrentoilette in der siebenundzwanzigsten Etage. So war das.«

Schweigen.

»Die Rede ist von deinem Sitzenpinkler-Blog.«

Schweigen.

»Hallo, Marci?«

Schweigen.

»Was soll das eigentlich? Du weißt und ich weiß, dass andere Programmierer nicht wesentlich mehr draufhaben als ich, und die, die mehr draufhaben, kannst du dir nicht leisten. Die sind quasi alle vertraglich unter Verschluss – und der Schlüssel zu ihrem Schloss heißt: Aktienpaket. Als ob du das nicht wüsstest. Also frage ich mich, frage mich ganz persönlich, was soll der ganze Druck? Dieser Vertrag ist zum Kotzen. Ich bin nur am Arbeiten, arbeite aber nie ausreichend oder gut genug, ständig gibt es mehr zu tun, als ein einzelner Programmierer schaffen kann, und in den letzten Monaten ging es immer um bescheuerte Bausteine, die wenig bis gar nichts mit unserem ursprünglichen Leitbild zu tun haben, das da lautet: Entwickle, programmiere und verkaufe diese App, bring sie auf den Markt, kassiere und nimm dir das nächste Projekt vor. Richtig?«

Nach einer langen Pause seufzte Marci und sagte: »So war die Abmachung. Und ist es immer noch.«

»Wie viele Partner gibt es noch mal?«

»Du kennst die Antwort genauso gut wie ich.«

»Du, Steve, Vikram, Bill, Mary P. und Mary Y. Sind das alle?«

Wie mit Widerwillen füllte Marci eine Lücke im Gespräch: »Du hast Steves Vater vergessen.«

»Ah ja. Das Startkapital. Ich schätze mal, du willst ihn nicht hinters Licht führen.« Nach einer Pause formulierte Phillip die Aussage als Frage. »Ich schätze mal, du willst Steves Vater nicht hinters Licht führen?«

Schweigen.

»Marci?«, fragte er ungläubig.

»Ja, Phillip?«, lautete die frostige Antwort.

Aus, Schluss, vorbei, sagte sich Phillip. Er drehte den Stiel seines Weinglases zwischen den Fingern. Die Tischdecke darunter verzog sich. Ein verdammtes Jahr. Er drehte den Stiel in die andere Richtung. Das Tischtuch glättete sich wieder. Wäre es nur so einfach. In Zeiten wie diesen, ermahnte er sich, ist es besser, nicht so viel zu trinken. Er hob das Glas und trank die Hälfte davon. Oder gar nicht, fügte er hinzu und stellte das Glas zurück auf den Tisch. Wenn man nicht selbst auf sich achtet, dachte er verbittert, tut es auch kein anderer für einen. Nicht mal der eigene Sohn.

Vielleicht erst recht nicht der eigene Sohn.

»Phillip ... «, begann Marci vorsichtig.

Ganz gewiss nicht deine längste Bekanntschaft und deine beste Freundin von der Fachschule, diese Managerin, von der du dachtest, sie sei die gerissenste, die dir jemals begegnet sei, und noch dazu gut aussehend – obwohl, was die letzte Qualifikation mit dem Vergleich zu tun hatte, hatte er bereits längst vergessen. Warum also von ihr erwarten, dass sie auf einen achtete, wo sie doch offenkundig seit Langem damit beschäftigt ist, ausschließlich auf sich selbst zu achten?

Phillip stieß einen tiefen Seufzer aus und sackte völlig

in sich zusammen. Über einen langen Zeitraum hatte sich sehr viel Anspannung in ihm breitgemacht, und er wusste das, selbst wenn er es sich nicht eingestand. Obwohl er diese Konfrontation eine ganze Weile hatte kommen sehen, hatte er es abgelehnt, sich selbst zu gestatten, den Grund dafür zu erkennen. Marci, Marci, Marci. Personifiziertes Täuschungsmanöver, Ausweichmanöver und mit ein wenig Unterstützung vom Verlobten, den Phillip immer als verdorben, unehrlich und korrumpierbar abgestempelt hatte, stets die beste Gelegenheit beim Schopfe packend – auf dass rein gefühlsmäßige oder mitmenschliche Beziehungen aus der Vergangenheit zerstört werden.

»Tut mir leid, Phillip«, sagte Marci plötzlich.

Er hörte es kaum. »Wie bitte?«

Marci sagte nichts.

»Wirst du die Rechnung begleichen?«, fragte er.

»Ich werde ... sehen, was ich tun kann.«

»Es ist nicht meine Schuld, dass das Ergebnis Mist ist«, rief Phillip ihr in Erinnerung. »Aufgaben, die speziell mir übertragen wurden, damit ich hinschmeiße.« Er hielt inne. »Stimmt's?«

»Du hast keine Veranlassung, diesen Standpunkt einzunehmen«, erwiderte Marci auf der Stelle. »Es ist nicht so, als hätten wir dich nicht schon bezahlt – wie viel gleich noch mal?«

»Mehr als dreihunderttausend«, sagte Phillip.

»Nicht schlecht für ein Jahr«, meinte sie.

»Ein Jahr meines Lebens«, bekräftigte er. »Ein Jahr, in dem mir nicht mal Zeit blieb, meine Wäsche von der Reinigung zu holen. Dennoch, ich habe es als Investition gesehen.«

»Und«, fragte sie, »was hast du mit dem Geld gemacht?«

Phillip schob die Lippen nach vorn. Eine geringe Miete für sein schäbiges Apartment, gelegentlich am Abend in bescheidenem Umfang einen draufmachen, so wie heute, und so hatte er das meiste noch. »Das geht dich nichts an, Marci. Ganz zu schweigen, dass es völlig am Thema vorbeigeht.«

»Welches Thema?«

»Du ziehst mich über den Tisch. Du weißt es. Ich weiß es, all die zuvor erwähnten Scheißer wissen es und – was ich schlimmer finde?«

»Was findest du schlimmer, Phillip?«, sagte Marci, plötzlich mit Schärfe in der Stimme. »Darfur? Bangladesch?«

»Was schlimmer ist«, sagte Phillip und weigerte sich, nach dem Köder zu schnappen, »ist, dass auch wenn ich es gewusst habe, ich es verdrängt habe, und dass ich es verdrängt habe, liegt daran, dass ich dir und deiner Nullnummer von einem Ehemann in spe vertraut habe.«

»Lassen wir doch Billy aus dem Spiel.«

»Bill aus dem Spiel lassen? Gern. Nur ist das nicht möglich. Oder – hey, vielleicht doch. Eine Sache würde das ermöglichen. Eine kleine Sache.«

»Und die wäre?«

Er testete ihre Aufmerksamkeitsspanne. Er konnte den Druck bei ihr förmlich hören. Vermutlich stöberte sie gerade durch die letzten Einträge auf ihrer Hochzeitsliste. Das Gespräch war fast beendet. Er musste nur noch kündigen, sie könnten quasi auflegen und jeder von ihnen könnte sich der nächsten Vielzahl von Aufgaben zuwenden.

»Die Sache wäre folgende: dass du mir gleich zu Anfang diese Falle gestellt hast. Du hast mich in dieses Start-up geholt, es gab die Zusage für Aktienanteile, eine Zusage, von der du nie beabsichtigt hast, sie einzuhalten. Stimmt's oder stimmt's nicht? Wenn es stimmt, nun, dann lasse ich Bill gern aus dem Spiel.«

»Was sagst du da, Phillip?« Ihre Stimme war jetzt pures Eis, arktisches Eis, meterdick.

»Ich meine ... ich meine ...« Phillip starrte auf die zwei Zentimeter Sangiovese, die im zweiten Glas verblieben waren, das eigentlich sein drittes Glas war. Es hätte etwas Wohltuendes gehabt, es quer durch den Raum zu schleudern. Eine Geste nur, aber wohltuend. Ebenso wäre es vielleicht befriedigend gewesen, den Tisch umzuwerfen. Es hätte womöglich auch seinem inneren Gleichgewicht gutgetan, es mit dem Personal auszutragen. Das aber hätte keine Vorteile gehabt. Keine Aktienanteile, keine Fairness ... Man betrieb hier eine bescheidene, kleine cucina italiana und sie wurde gut betrieben. Das Essen schmeckte und der Preis für den Wein war angemessen. Es war nicht ihr Fehler, dass Phillip mit den falschen Leuten unter einer Decke steckte, in einem anderen Gewerbe, an einem anderen Ort. Nein. Das war Phillips Fehler und nur Phillips Fehler allein. Phillip konnte nur einer Person die Schuld geben, konnte nur sich selbst die Schuld geben, und das war eine Lektion, die den meisten Leute, die es geschafft hatten, das reife Alter von sechsundzwanzig Jahren zu erreichen, bereits erteilt, ihm aber irgendwie vorenthalten worden war.

Bis heute Abend.

»Ich kündige«, erklärte Phillip seinem Telefon.

»Reich das schriftlich ein«, erwiderte Marci schnell. »Formulier das Schreiben als respektvolle Kündigung, dazu eine Verzichtserklärung und schick es mir als PDF-Datei. Zusammen mit einer Kopie deiner Schlussrechnung über eine dort ausgewiesene Summe von netto fünf. Ich werde mich darum kümmern, dass du innerhalb von sechzig Tagen vollständig ausbezahlt wirst, und unsererseits erhältst du eine erstklassige Beurteilung.«

Noch bevor Phillip darauf hinweisen konnte, dass netto fünf fünf Arbeitstage bedeute, nicht dreißig oder sechzig, hatte sie die Verbindung beendet.

Seine Hand samt Telefon ruhte auf der rot-weiß karierten Tischdecke. Das Telefon war genauso heiß wie sein rechtes Ohr. Beides war heißer als sein Essen. Er starrte auf den nahezu vollen Teller mit Pasta puttanesca. Er zog die rot-weiß karierte Serviette aus dem Ausschnitt seines Hemdes, tupfte sich pro forma die Lippen ab und legte die Serviette fein säuberlich auf seine Salatgabel.

Ein Jahr, dachte er, sofern er überhaupt etwas dachte. Aber er kannte Marci noch aus dem Computerclub an der Highschool, was zehn Jahre bedeutete oder knapp achtunddreißig Prozent seines Lebens, und das schien ein Verrat, den keine Summe an Erkenntnissen wiedergutmachen konnte. Ein seltsames Geräusch des Telefons teilte Phillip mit, dass die Batterie schwach war.

Phillip lenkte seine Aufmerksamkeit auf das Gerät. Auf seinem Display blinkten verschiedene Widgets, tanzten, flossen dahin, tauchten auf und verschwanden wieder. Fünf davon hatte er im Alleingang erstellt, drei kontrollierte Corazonics.

Sollte es doch krepieren.

Er ließ das Telefon in seine Brusttasche fallen.

Nachdem er die Rechnung bezahlt hatte, schlenderte Phillip auf der Kearney Street Richtung Norden zur

Kreuzung an der Columbus. Dort, im Café Niebaum-Coppola, saß er so lange, bis er den bestellten haitianischen Rum samt Espresso getrunken hatte. Der Laden war zu hell erleuchtet und die Filmplakate und die vielen Gäste, die sich angezogen fühlten, waren nichts für ihn. Er überquerte die Kearney Street und als Nächstes die Washington und betrat Mr. Bings, wo er Cola mit Rum bestellte. Nicht lange, und er ließ den Drink stehen und zehn Dollar auf dem Tresen liegen, weil sich das europäische Fußballspiel auf dem Großbildschirm zu einer gefühlten Totalsumme der Bedeutungslosigkeit entwickelte. Von dort ließ er sich treiben, den Block hoch zum Vesuvio, wo er bei einer weiteren Cola mit Rum abhing und zugleich eine Partie Schach verfolgte. Doch wie sich herausstellte, spielten die beiden Spieler eine Partie nach, die Samuel Beckett entwickelt hatte, um sie fast am Ende von *Murphy* im Irrenhaus spielen zu lassen, was Phillip allerdings nur erriet, weil einer der Spieler die einzelnen Züge aus einer Ausgabe des Romans vorlas. In der ersten Hälfte der Partie rückten die Figuren eher zaghaft aufeinander zu. In der zweiten Hälfte zogen sie sich zurück. Wo war der Sinn?

Er schlenderte die Columbus hoch. Überquerte den Broadway, bog links in die Vallejo ein und dann rechts in die Powell. Ganz am Ende des Blocks, wo die Powell Street auf die Columbus trifft, hob er an einem Bankautomaten zweihundert Dollar ab, die er um die schwindenden Reste der zuvor abgehobenen zweihundert Dollar faltete, um das so entstandene Geldbündel in die rechte Vordertasche seiner Jeans zu schieben, unterhalb des Saums des Tweedjacketts, das er bei Barney's in New York gekauft hatte, in dem Jahr, als sie die Schlacht der beiden Roboter für sich entschieden hatten. Es war das einzige Tweedjackett, das er besaß, und es hatte Lederflicken an den Ellbogen.

Einen Block weiter, bei Gino & Carlo an der Green Street, ging Phillip zu Margaritas über. Miles Davis aus der Jukebox. Die Bar platzte aus allen Nähten, es ging fröhlich und lärmend zu. Phillip fühlte sich fast wie zu Hause. Er bestellte eine zweite Margarita. Sie schmeckte gut, er fühlte sich dadurch besser, es machte nichts, dass sich der Raum um ihn drehte. Ein heftiges Jahr voller Stress tropfte von seinen Schultern wie Regen von einem Hund, floss über den Boden der Bar und verschwand durch die Ritzen in einen weiß Gott wie tiefen Karma-Keller darunter; nicht wie Ratten ein sinkendes Schiff verlassen, dachte er lächelnd, sondern wie Parasiten, die einen Wirt zurücklassen, den sie ausgesaugt haben. Das fühlt sich großartig an, sagte sich Phillip. Er wiederholte es sogar, laut, ganz nebenbei, zu einem Typ, der neben ihm saß. Das kann man wohl sagen, erwiderte der Typ, kaum zu verstehen über das Geschrei der anderen Gäste hinweg, und sie stießen miteinander an. Kurz darauf verfiel Phillip auf die Idee, zu Enrico's zu gehen, wo er sich lange nicht hatte sehen lassen und weil man dort noch sehr spät Essen serviert bekam; zudem hatte er die verschwommene Vorstellung, dass das Essen dort gut sei und nach dem Reinfall mit dem italienischen Abendessen hielt er sich für hinreichend hungrig, um es noch einmal zu versuchen. Ganz genau erinnerte er sich an die selbst zusammengestellte Kombination – Oliven aus der Region, serviert in Öl aus dem Napa Valley und dazu frisch gebackenes Brot –, die er dort würde bestellen können, ganz zu schweigen von einem guten Glas Wein, und begleitet von einem vor sich hin gemurmelten »Adiós« an die Adresse seines Hockernachbarn, brach Phillip auf in die Nacht.

Auf der anderen Seite der Green Street lungerten zwei Männer im Eingang eines dunklen Ladens herum, der spezialisiert war auf gebrauchtes Vinyl, gebrauchte Stereoanlagen und gebrauchte Musikinstrumente.

»Da kommt er«, sagte der eine zum anderen.

ACHT

Eineinhalb Stunden später kam »das Ziel« aus dem Chat Noir auf der Südseite des Broadway, direkt gegenüber von Enrico's, wandte sich erst nach Osten, blieb stehen, wandte sich dann nach Westen, atmete geräuschvoll aus.

Der Bürgersteig war voll, das Neonlicht grell.

Hui, dachte Phillip Wong. Mit einsneunzig bin ich wahrlich kein Wicht, doch nach den zwei Rusty Nails ziemlich dicht.

Er fand Gefallen an dem Reim und fing an, vor sich hin zu murmeln:

Wahrlich kein Wicht und doch ziemlich dicht. Wahrlich kein Wicht ...

Klinger, der Richtung Osten ging, kam sozusagen backbords auf das Ziel zu und stieß mit der linken Schulter gegen dessen linke Schulter. »Oh, Entschuldigung, Kumpel«, sagte Klinger und wich nach rechts aus. Das Ziel, das sich um die fünfundvierzig Grad weggedreht hatte, bemerkte das kaum. »Kein Problem«, sagte es, just als Frankie Geeze steuerbords mit ihm zusammenstieß.

»Oh, hey, hey, pass auf, wo du hinläufst«, sagte Frankie freundlich. Dabei machte er einen Schritt nach vorn und vollführte dann eine Vierteldrehung. »Alles okay, Kollege?«

Phillip Wong wandte sich nach rechts und nach Lage der Dinge vielleicht eine Viertelstunde davon entfernt, im Rinnstein ein Nickerchen zu machen, straffte er sich, strich vorn sein Jackett glatt und aktivierte die Würde, die ihm noch geblieben war, sah die beiden Fußgänger an und sagte: »Mir geht's gut, danke. Alles prima. Kein Problem. Kein Problem. Bin kein Wicht.« Er räusperte sich. »Gibt immer einen Lichtblick«, fügte er gedankenverloren hinzu. Die Aussicht auf acht oder zehn Stunden Schlaf, weder durch volllaufende Caches unterbrochen noch durch rüde Anrufe, stimmte ihn recht zuversichtlich.

»Das freut mich«, sagte Frankie.

»Mich auch, Kumpel«, sagte Klinger und ging weiter nach Osten. »Noch 'ne angenehme Nacht.«

»Sag mal«, fragte Frankie Geeze, als Phillip Wong sich nach links drehte und verfolgte, wie Klinger Richtung Kreuzung an der Kearny verschwand, »kannst du mir sagen, wo das Ferry Building ist?«

Phillip Wong drehte sich wieder um. »Das Ferry Building?« Er runzelte die Stirn. »Das Ferry Building ... «

»Is okay«, meinte Frankie. »Ich find das Scheißding schon. Du – «

Phillip zeigte nach Westen, zum Broadway-Tunnel, dann hob er die ausgestreckte Hand über Frankies Kopf, schwang sie zum Broadway, bis sie nach Osten zeigte. Dann drehte er sich mit noch immer ausgestreckter Hand und zeigte in etwa nach Südwesten. »Runter bis zum Ende des Broadway, über die Embarcadero nach rechts. Dann bist du am Wasser. Du kommst direkt zu Pier 7. Kannst es nicht verfehlen. Eigentlich ein Pier zum Angeln, obwohl es dort keinen Fisch mehr gibt, und überall helle Lampen. So helle wie ich.«

Phillip lachte in sich hinein. Er verwandelte den mehr oder weniger waagerechten Zeigefinger in den aufrechten Pädagogikfinger. »Nördlich vom Ferry Building«, erklärte er dem geduldig zuhörenden Frankie, »sind die Nummern der Piers ungerade. Südlich vom Ferry Building ... « Phillips Stimme verlor sich.

»Sind sie gerade«, kam ihm Frankie zu Hilfe.

»Genau«, sagte Phillip und schwankte ein wenig. »Zu spät für Fähren«, meinte er mit Bedauern.

»Das macht nichts«, sagte Frankie. »Ich bin dort mit ’nem Mädel in einer Bar verabredet. Wie weit ist es?« Frankie schob seinen Nadelstreifenärmel zurück und warf einen Blick auf eine noble Armbanduhr an der Innenseite seines Handgelenks. »Mist.«

Phillip verzog das Gesicht. »Das müssen achthundert Meter sein.« Mit der Linken zog er das linke Revers seines britischen Tweedjacketts nach vorn und wollte in die Innentasche greifen. »Ich könnte mal mein Telefon – «

»Nicht nötig, Kumpel«, sagte Frankie jovial und berührte das Handgelenk des Ziels. »Mir bleibt noch ’ne halbe Stunde.«

»Oh«, sagte Phillip und ließ sein Revers los. »Dann schaffst du es zu deiner Verabredung. Locker.«

»Ja«, erwiderte Frankie. »Genug Zeit, den Vollmond zu genießen.«

Phillip wandte sich wieder nach Osten. Dort, keine Handbreit über Berkeley, hing ein riesiger Mond, rund und von einem tiefen Orange.

»Muss grade aufgegangen sein«, sagte Phillip überrascht. »Wow.«

»Wenn er dort untergeht«, meinte Frankie, »sind wir am Arsch.«

Phillip lachte in sich hinein, innerhalb einer knappen Minute zum zweiten Mal.

»Ich muss los«, sagte Frankie und setzte sich in Bewegung.

Phillip, der den Mond betrachtete, nickte abwesend.

Auf dem Broadway, in Höhe des zweiten Drittels hinter der Kearny, ging Frankie an Klinger vorbei, der, die Hände in den Taschen, dort entlangschlenderte, und bog rechts in die Montgomery ein. Ein paar Minuten später, direkt unter dem Eingang zur Parkgarage am Verdi Place, holte Klinger ihn ein.

»Und?«

Frankie zeigte einen Packen frisch erbeuteter Zwanziger, die in der Mitte gefaltet waren.

»Eine vordere Jeanstasche, noch dazu unter dem Saum eines Jacketts.« Klinger staunte. »Saubere Arbeit.«

»Ich hatte schon befürchtet, dass ich im Knast an Fähigkeiten eingebüßt habe«, sagte Frankie nur.

»Nie im Leben«, versicherte ihm Klinger. »Hätte ich ein Abiturzeugnis vom zweiten Bildungsweg, ich würde es dir überlassen.«

»Aber um ehrlich zu sein«, fuhr Frankie ohne Eitelkeit fort, »der Typ hat mir so viel Zeit gelassen, ich hätte ihm die Unterhosen ausziehen können. Es wäre ihm nicht aufgefallen.« Frankie klappte den Packen auf und blätterte mit dem Daumen durch die Scheine.

»Hier.« Sprach's und gab Klinger ein paar Scheine. »Zähl nach«, fügte er hinzu, ohne Neigung, es selbst zu tun.

Trotz des schummrigen Lichts zählte Klinger fünf Zwanziger, einen Zehner, vier Eindollarscheine und erklärte: »Einhundertvierzehn.«

»Fifty-fifty.« Frankie schob seinen Anteil in die Brusttasche seines Jacketts und klopfte drauf. Dann klopfte er auf die Brusttasche, wo Klinger seinen Anteil verstaut hatte. »Danke. Und jetzt trennen sich unsere Wege.«

Klinger runzelte die Stirn. »Das reicht dir?«

»Sicher.« Frankie lächelte. »Wer muss schon essen?«

Das Gebrüll schwoll an zu einem Geheul, das man eher von einem Menschen erwartet, der aus einem schlechten Traum erwacht, als von einem Opfer, in dessen Tasche man gegriffen hatte. Bevor einer der Gauner reagieren konnte, pflügte Phillip von hinten in sie hinein und stieß Frankie kopfüber auf die steil abfallende Montgomery Street. Als Phillip dabei an Klinger abprallte, packte er Klinger an der Taille.

Obwohl normalerweise ein Drückeberger, wenn es um körperliche Auseinandersetzungen ging, tat Klinger, was er meinte, tun zu müssen, und schlug, die Hände ineinander zu einer Faust geballt, Phillip von oben in den Nacken. Mit nur wenig erkennbarem Effekt. Da Phillip die abschüssige Montgomery hinuntergesaust war, unterstützt und zusätzlich beschleunigt von der Schwerkraft, schickte sein Schwung (dank Frankie jedoch mit Einbußen) die beiden Männer über die gesamte Breite des Bürgersteigs Richtung Boden.

Eine Besonderheit dieses Bürgersteigs ist seine Eigenschaft als östliche Begrenzung eines zweigeschossigen Parkhauses. Die obere Ebene ist über den Broadway erreichbar. Der Zugang zur drei Meter darunter gelegenen unteren Ebene erfolgt über den Verdi Place, der von der Montgomery abgeht.

Das obere Parkdeck aus gegossenem vorgespanntem Beton, mehr oder weniger auf einer Höhe mit dem Broadway, erstreckt sich Richtung Süden über den Eingang am Verdi Place, bis es schließlich eineinhalb Stockwerke über der Montgomery aufragt. Dieses Parkdeck wird von einem Träger mit fünfundvierzig Zentimeter Seitenlänge gestützt. Zwischen der Spitze dieses Trägers, dort, wo sie auf das Pflaster des Verdi Place trifft, und dem südlichen Ende des Parkdecks, etwa fünf Wagenbreiten entfernt, öffnet sich ein langes, rechtwinkliges Dreieck. Sein oberer Schenkel verläuft waagerecht und reicht vom Scheitelpunkt an der Verdi Street bis zur nach Norden gelegenen Außenwand des nächsten Gebäudes im Süden. Diese Mauer bildet mit dem oberen Parkdeck einen rechten Winkel und führt etwa zwei Meter vierzig hinunter zum Gefälle des Bürgersteigs der Montgomery. Geht man den Hügel in nördlicher Richtung hinauf, stellt dieser Bürgersteig die Hypotenuse des rechtwinkligen Dreiecks dar, die entlang dieses Winkels bis zum Unterbau des Pflasters am Verdi Place spitz zuläuft. Dieses Dreieck ist in Gänze offen. Vielleicht gab es früher eine Verzäunung dieser Öffnung oder Taubennetze oder ein Geländer. Jetzt aber nicht mehr.

Es war diese Öffnung, durch die Phillip Wongs nach vorn gerichtete Kraft Klinger treiben sollte, Klingers wilden, wenn auch nur kurzzeitigen Widerstands ungeachtet. Wäre Klinger jedoch tatsächlich in der Lage gewesen, das Endergebnis vorauszusehen, hätte er womöglich überhaupt keinen Widerstand geleistet. Von hinten herbeigeführt, kam es zu einer Drehung und Klinger fiel nach rechts, wo es den Hügel hinunterging, und als er nahezu waagerecht durch die Öffnung schoss und dabei wie eine perfekt gestoßene schwarze Acht keine wie auch immer geartete Bande streifte, schälte der Träger nicht nur Phillip Wong von Klingers Hüfte, als wäre Klinger eine Kartoffel und sein Angreifer die Schale, sondern erwischte das Opfer – denn Phillip Wong blieb in diesem Fall das Opfer, oder nicht? – auch voll am Schädel, tötete es zwar nicht umgehend, aber beraubte es seines Bewusstseins.

Klinger seinerseits fiel nach unten auf einen brandneuen Jaguar XKR, zerbeulte dessen kobaltblaues Blech beträchtlich, rollte sich ab und fiel ein weiteres Mal, diesmal auf den Beton zwischen den Wagen. Der erste Aufprall schickte ein formidables Donnern samt Nachhall zwischen die geparkten Autos, das Klingers lautes Ächzen als Folge des zweiten Aufpralls übertönte.

Das kann nicht klappen, sagte sich Klinger, während er sich auf den Rücken rollte, aber irgendwie muss man wieder hochkommen. Er klammerte sich im Dunkeln an einen Reifen des Jaguars. Du musst wieder hoch! Warum ist die Alarmanlage dieses Wagens nicht angegangen? Hoch mit dir ...

Er blinzelte in die Dunkelheit und hörte ein Stöhnen.

»Frankie«, flüsterte er.

Klinger zog sich zunächst an der Stoßstange des Jaguars hoch, dann an der den Namen versinnbildlichenden Figur auf der Motorhaube. Die untere Kante der Öffnung lag zu hoch, um einen Blick darüber zu gestatten. Klinger bewegte sich nach Süden, entlang des Gefälles des Bürgersteigs, bis er darüber schauen konnte. Dort, quer über dem Bürgersteig, das Gesicht in einem Baumkübel, lag die zusammengesunkene Gestalt seines einstigen Partners Frankie Geeze.

Frankie erinnerte stark an einen Haufen Wäsche.

Klinger reckte seinen Kopf nach oben, über die Hypotenuse, und sah den Hügel hoch. Dort entdeckte er einen zweiten Haufen Wäsche und von dort kam wiederholtes Stöhnen.

Obwohl es sich hier um North Beach handelte, war die Straße dunkel und es schien niemand in der Nähe zu sein. »Frankie«, zischte Klinger. Er stützte sich mit einem

Fuß auf die Stoßstange eines Jeep Cherokee und hievte ein Drittel seines Körpers durch die Öffnung. »Frankie!«

Beim Tasten nach einem Halt auf dem Bürgersteig, um sich vollends durch die Öffnung hieven zu können, wurde Klingers linke Hand feucht. Er hielt kurz inne. Im Licht der ihm zur Verfügung stehenden kläglichen Beleuchtung schimmerte die Hand dunkel. Klinger sah nach links. Eine leidlich schimmernde Spur führte zu dem zweiten Haufen Wäsche.

Beim Verüben einer Straftat kommt jemand zu Tode; egal wie, man spricht von »erschwerenden Umständen«. Es spielt auch keine Rolle, wer stirbt. Es könnte ein Opfer sein, es könnte ein Augenzeuge sein, es könnte einer der Täter sein, es spielt keine Rolle. Der Teufelsdämon des beschämenden »Erwischt!« reißt einem anderen eine Klaue vom Hornschuh: Ein Mittäter wandert in den Todestrakt.

Klinger sackte gegen den Beton. Scheiße, sagte er sich. Was sachte als Generieren von Einkommen begonnen hatte, war zu einer todernsten Angelegenheit geworden. Doch bevor er eine folgerichtige Verbindung zwischen Sinneszellen und Muskeln herstellen konnte, näherten sich von beiden Enden des Blocks blaue und rote Lichter und Sirenen mit zwei oder drei Klangfärbungen. Beide Füße noch immer auf der Stoßstange des Jeeps, drehte Klinger sich um, ging in die Hocke und hatte jetzt, den Kopf unterhalb des Bürgersteigs, die Außenwand des Parkhauses im Rücken.

Mit dieser Sache hier hat Frankie 'ne Menge zu verlieren, sagte sich Klinger, doch wenn er eins nicht macht, dann mich verpfeifen. Allerdings ... Er drehte sich wieder um und reckte den Kopf hoch genug, um einen

Blick auf den nächstgelegenen Wäschehaufen werfen zu können. »Frankie«, zischte er. »Steh auf!«

Scheinwerfer schwenkten durch die oberen Zweige des Baums, an dessen Stamm Frankie zusammengekrümmt dalag, als ein Feuerwehrfahrzeug keine fünfundvierzig Meter entfernt vom Broadway in die Montgomery einbog. »Frankie«, flehte Klinger. »Beweg dich!«

Keine Reaktion.

Die Scheinwerfer kletterten den Baum hinunter, durch Äste, Gabelungen und Zweige, bis der Baumstamm wie ein Kilometerstein leuchtete. Klinger zog den Kopf ein, sodass sich nur Stirn und Augen oberhalb des Bürgersteigs zeigten. Die Sirene schwoll ab, veränderte ihre Tonhöhe. Das Feuerwehrfahrzeug kam mit einem Zischen der Druckluftbremse zum Stehen. Klinger duckte sich. Türen wurden geöffnet und wieder geschlossen, Krächzen aus einem Funkgerät. Im Dunkel unterhalb der Öffnung, das jetzt wie willkürlich von blauen, roten und weißen Lichtern durchschnitten wurde, fällte Klinger spontan eine Entscheidung. Er stieg von der Stoßstange des Jeeps, ging im Entengang die Mauer entlang, bis sie höher war als seine ein Meter zweiundsiebzig, und schoss anschließend vorbei an dem Jaguar und den restlichen Wagen Richtung Norden. Auf seinem Weg durch das Parkhaus hörte er, dass von Süden her ein zweites Feuerwehrfahrzeug eintraf, gefolgt von einem Rettungswagen. Ganz in der Nähe schwang sich die unverkennbare Sirene eines Streifenwagens auf in die Nacht. Wenig überraschend, befindet sich das Polizeirevier gerade mal viereinhalb Blocks entfernt an der Vallejo Ecke Stockton. Dann eine zweite Sirene. Und, weiter entfernt, eine dritte. An der Kreuzung Montgomery und Broadway war jetzt schwer was los. Klinger kam an einem Pick-up vorbei, dessen Ladefläche voll mit Müll war. Er schnappte sich einen dunklen Stofffetzen, wischte sich damit das Blut von der Hand und begrub den Lumpen danach unter einer Ansammlung von Rasentrimmern.

An der Westseite des unteren Bereichs führte eine Rampe hoch zur Broadway-Ebene des Parkhauses.

Klinger stieg sie hoch, brachte dabei seine Kleidung in Ordnung und strich sich das Haar glatt. Oben angelangt, schlängelte er sich durch die dicht an dicht parkenden Fahrzeuge bis zu dem Wächterhäuschen direkt am Ausgang zur Straße. Ein Mann auf einem Stuhl, das Dunkel um ihn herum nur von einem Fernseher beleuchtet, sah ihn flüchtig an.

»Hey, Kumpel«, sagte Klinger, »hast du den Typ gesehen, der diesen Jaguar Roadster da unten fährt?«

»Nein«, sagte der Mann, den Blick inzwischen wieder auf den Fernseher geheftet. »Was ist mit ihm?«

»Er muss noch in der Bar sein«, erwiderte Klinger.

»Er's immer in der Bar«, sagte der Wächter. »Ihm gehört die Scheißbar.«

»Deshalb häng ich gern mit ihm ab«, sagte Klinger. »Im Gegensatz zu dir.«

Der Wächter konzentrierte sich weiter auf seinen Fernseher, brummte schwach.

»Das müssen Fälschungen sein«, sagte ein Mann auf dem Bildschirm zu einer Frau.

»Nö«, erwiderte sie voller Stolz, »allerdings würdest du nie von allein dahinterkommen.«

Gelächter aus der Konserve begleitete Klinger hinaus auf den Broadway. Er tauchte ein in den Strom einiger Dutzend anderer Leute Richtung Westen, der sich durch weitere Dutzende hindurchschlängelte, die aus der Gegenrichtung kamen. Fünfundvierzig Meter hinter ihm blockierte das hintere Ende eines Feuerwehrleiterfahrzeugs, das überwiegend von dem Eckgebäude an der Montgomery verdeckt wurde, eine der zwei nach Osten führenden Fahrspuren des Broadway. An der Kearney überquerte Klinger den Broadway bei Grün und ging direkt den Hügel hoch. In seinem Rücken war von Südwesten her ein recht frischer Wind aufgekommen und das half. Nachdem er sich den autofreien Block hochgemüht hatte, der mit seinem Anstieg von nahezu fünfundvierzig Grad zu steil ist für Autos, ging er die Stufen zur Vallejo hoch und an der Green Street vorbei. An der Union Street wandte er sich nach links, einen halben Block weiter erneut nach links in eine Gasse namens Varennes Street. Über die Varennes gelangte er zurück zur Green Street, wo er wieder links abbog und, zehn Meter weiter, wieder nach links, und zwar in den Eingang von Gino & Carlo, wo es ihm trotz doppelt so vieler Gäste wie normalerweise binnen zwei Minuten gelang, seine Hände um einen doppelten Jameson on the rocks zu schließen.

Der Geschmack konnte kaum das Bittere des Adrenalins überlagern, das ihm den Gaumen verzinkt hatte.

NEUN

Er stellte das leere Glas auf die Bar und ging Richtung Tür. Der lebhafte Vorbote aus Südwest, der ihn die Kearny hinauf begleitet hatte, löste jetzt sein Versprechen auf Regen ein. Klinger schlug den Kragen hoch, bahnte sich seinen Weg durch die Raucher, die sich am Eingang zusammendrängten, und trat auf den Bürgersteig.

An der Stockton ging er nach links und eilte, Wind und Regen zwischen den Zähnen, nach Süden. Abgesehen von abgedunkelten Restaurants, wo Angestellte in den hinteren Bereichen rund um große Tische saßen, waren alle Ladenfronten in Chinatown verrammelt. Ohne ersichtlichen Grund fiel Klinger ein, dass 94133 die Postleitzahl von Chinatown war.

Um einem ansonsten unvermeidlichen Durchnässen zuvorzukommen und in der Hoffnung, der Regen werde nachlassen, harrte er am südlichen Ende des Stockton Tunnels aus, bis ein vorbeifahrender Gelenkbus – drei Elemente, die beiden hinteren mit jeweils zwei Paar Doppelreifen – ihn nach allen Regeln der Kunst durchnässte. So viel zu dieser spontan gefällten Entscheidung. Er trat hinaus in den strömenden Regen und schleppte sich die restlichen elf Blocks hoch zum Hawse Hole.

Der Mensch ist ein Gewohnheitstier. Es wäre Klinger nie in den Sinn gekommen, den Bus zu nehmen. Oder in eine andere Bar zu gehen. Oder einen Fußgänger wegen eines Regenschirms zu überfallen.

Die Bar war noch offen. Klinger bat um ein Handtuch. Der Barkeeper warf ihm eins zu, das bereits feucht war, aber noch immer wesentlich trockener als Klinger. Er wischte sich über das Gesicht, legte das Handtuch über einen Hocker, setzte sich darauf und bestellte einen Becher heißes Wasser mit Zucker, Limette und einem doppelten Jameson.

»Oho«, sagte der Barkeeper und machte sich an den Drink. »Wohl Kasse gemacht, was?«

Klinger besann sich auf Größe in Form von Zurückhaltung. »Die Lungenentzündung lässt mich von besseren Zeiten träumen. Nimm den Whiskey aus dem Spender. Alles andere wie gehabt. Was kann man einem Mann für heißes Wasser schon in Rechnung stellen?«

»Vier Dollar und fünfzig Cent«, bekannte der Barkeeper schlagfertig. »Und das ist immer noch billiger als eine Krankenversicherung.«

»Verstehe.« Der Drink schmeckte auch nach Krankenversicherung.

Noch bevor fünf Minuten vergangen waren, bestellte Klinger bereits den nächsten Drink.

Hinten, am Knick der Bar, spielten zwei Typen das Messerspiel – eins, zwei, drei, vier. Vier, drei, zwei, eins.

Schnapsgläser und Messerklingen schimmerten im düsteren Licht.

Der Barkeeper hatte Tequila in sechs Fingerhüte gefüllt und servierte sie auf einem Tablett am Knick der Bar. Die dicken Böden der Schnapsgläser erzeugten im Dunkeln kleine Lichtbögen. Der Barkeeper kam mit einem Aschenbecher voll ausgedrückter Limettenviertel zurück an die Registrierkasse und tippte achtundvierzig Dollar ein. Als die Kasse aufsprang, stopfte er drei Zwanziger in die Lade, nahm einen Zehner und zwei Eindollarscheine heraus, schloss die Kasse und versenkte das Trinkgeld in einem Steinkrug neben der Kasse.

Eins, zwei, drei, vier, vier, drei, zwei, eins.

Einhundertvierzehn Dollar plus elf Dollar neunundsechzig macht einhundertfünfundzwanzig Dollar und neunundsechzig Cent, dachte Klinger. Abzüglich der neun Dollar, die ich hier gerade ausgegeben habe (plus einen Dollar Trinkgeld macht das zehn Dollar), bleiben einhundertfünfzehn Dollar neunundsechzig, minus zwölf Dollar plus ein Trinkgeld von drei Dollar für den doppelten Jameson in North Beach bleiben dem streunenden Kater noch einhundert Dollar neunundsechzig Cent. Nach einem langen Arbeitstag, aber nicht schlecht. Es sei denn, Frankie Geeze zählte dazu, auf dem Bürgersteig k.o. geschlagen, keine anderthalb Meter entfernt von einem in gleicher Weise ausgeknocktem Ziel, und wie würde sich das noch entwickeln?

Klinger drehte den dampfenden Becher zwischen den Fingern beider Hände, während er darüber nachdachte. Sollte das Ziel noch am Leben sein, steckte Frankie in einer Zwickmühle. War das Ziel tot, könnte Frankie behaupten, man habe ihn fertiggemacht bei seinem Versuch, dem Opfer zu Hilfe zu kommen, als es überfallen wurde. Das könnte so lange funktionieren, bis die Cops Frankies Jackett filzten, was etwa fünf Minuten dauern würde, und danach würde es eng werden für Frankie.

Eins, zwei, drei, vier, vier, drei, zwei, eins.

Das eben war blöd, dem Typ hinterm Tresen zu signalisieren, dass ich mehr Kohle habe als sonst, sagte sich Klinger. Wenn ich mit diesem kriminellen Leben weitermache, sollte ich anfangen, solchen Mist im Auge zu behalten. Sich einen Doppelten der Spitzensorte in einem gerammelt vollen Laden zu gönnen, wo alle drüber sind und niemand einen kennt, ist das eine. Was anderes ist es, dort mit Geld um sich zu werfen, wo man

Stammgast ist und bekannt dafür, chronisch blank zu sein. Das riecht nach einem Riesentreffer. Das spricht sich rum. Und als Nächstes ...

Riesentreffer. Pass mal auf. Hundert Dollar und obendrein ein Riesendilemma. Zeit, den Tatsachen ins Auge zu blicken ... zwei Riesendilemmas und dafür grade mal ’nen Hunderter. Ein Wunder, dass ich nicht tot bin oder im Knast oder beides. Aber in Wirklichkeit hatte Klinger keinen Grund, sich zu beklagen. Als die Sonne vor zwei Tagen für ihn aufgegangen war, hatte er nichts gehabt.

Oder war diese spezielle Sonne erst gestern aufgegangen?

Klinger überlegte. Die letzte Nacht hatte er im Hotel verbracht. Die Nacht zuvor hatte er in einem Bett aus Strauchigem Salbei im Buena Vista Park geschlafen.

Mary Fiducione hatte ihm zu einem heißen Bad, einer Mahlzeit und einem Hunderter verholfen. Also war es erst seit gestern Morgen, dass er ... Dass er was?

Klinger bestellte einen dritten Drink.

Jetzt sind’s nur noch sechsundneunzig Dollar und neunzehn Cent.

Er hatte noch zwei Nächte im Hotel. Moment. Er warf einen Blick auf die chinesische Uhr an der Wand über der Registrierkasse. Null Uhr dreißig. Die Uhr in der Bar ging immer eine Viertelstunde vor, aber, immerhin, er hatte den Rest der heutigen und die morgige Nacht im Hotel. Schlau wäre es, sich eine Flasche zu kaufen, wenn er die Absicht hätte, sich in den Schlaf zu trinken, und drei oder vier weitere Nächte im Hotel im Voraus zu bezahlen, womit ihm immer noch ein paar Dollar fürs Essen blieben.

Setz auf das, was kommt, wie sein Vater zu sagen

pflegte. Was in etwa alles war, was er von seinem Vater in Erinnerung hatte.

Ein Typ betrat die Bar, sah sich um und erweckte den Eindruck, als wäre der Hocker neben den Messerspielern ein veritabler Hochsitz, auf dem er es sich bequem machen konnte. Er nickte dem Barkeeper zu, der Barkeeper ließ einen Bierdeckel kreiseln. Sie wechselten ein paar Worte miteinander. Der Barkeeper kam wieder nach vorn, stellte zwei Schnapsgläser und ein Whiskeyglas hin und sagte zu Klinger: »Du hast einen Freund im Schnapsgeschäft.« Er deutete mit dem Kopf auf den Knick der Bar. »Stehst du immer noch auf Jameson?«

Klinger sah den Tresen entlang, aber sein Gönner war völlig in dem Spiel versunken und beachtete ihn nicht. »Hab nichts dagegen einzuwenden.«

»Und noch mal dasselbe?«

Klinger nickte.

Der Barkeeper stellte einen Kaffeebecher zu seinen anderen Utensilien und machte sich an die Arbeit. Klinger atmete wieder den Dampf ein, der dem Rest seines Grogs entströmte, hielt sich den Becher mit beiden Händen unter die Nase, starrte auf die Bar vor sich, unterdrückte das gelegentliche Frösteln, das seinen gesamten Körper erfasste. Die Zukunft zog sich zu einer quälenden Zeitspanne von zwei, vielleicht drei Tagen zusammen, inmitten der Flaschen und der Bierwerbung hinter der Registrierkasse, unterhalb der chinesischen Uhr, auf einem ordentlich verschmutzten Proszenium, im neunzehnten Jahrhundert von Hand geschnitzt – wobei sich der Schauplatz in der Mitte des saftlosen Röhrenmonitors von Klingers Vorahnung zu einem letzten Bildpunkt verengte.

Vier, drei, zwei, eins, eins, zwei, »Au! Scheiße!«, kam der Aufschrei vom anderen Ende der Bar. »Scheiße, Scheiße, Scheiße!« Seine Hand im Mund, hüpfte einer der Spieler im Kreis, während der andere und der neue Freund der beiden ihn auslachten.

Der Barkeeper stellte für Klinger einen frischen Grog und einen doppelten Jameson auf saubere Bierdeckel und brachte die restlichen Drinks ans andere Ende des Tresens.

Alle hoben die Gläser beziehungsweise den Becher, prosteten einander zu, tranken. Für die Messerspieler war es wie üblich ein Spitzentequila, und weg damit.

Der Barkeeper ging über den Lattenrost zur Kasse, tippte die Summe ein, legte einige Zwanziger in die Lade, nahm einen Fünfer heraus, ein paar Vierteldollarmünzen und tat alles in den Krug fürs Trinkgeld.

So kommt man über die Runden, sagte sich Klinger. Er atmete den Dampf seines frischen Grogs ein. Es duftete nach Qualität.

Und Klinger? Klingers Situation war die von neun Zehnteln der Menschheit, was bedeutet: Wenn du kein Geld ausgibst, ruft niemand zurück.

So ist sie, die kleine Weggabelung, die mir bleibt, dachte Klinger bei sich, ein oder zwei Weggabelungen später, vom Pfad der Rechtschaffenheit auf den Pfad der etwas größeren Rechtschaffenheit. Ich habe nicht mal mehr einen Führerschein. Weshalb sollte man mich berücksichtigen? Kommst du zu einer Weggabelung, soll Yogi Berra gesagt haben, geh sie entlang. Aber Klingers Lesart des Szenarios lautete: Kommst du zu einer Weggabelung, geh zur Pfandleihe.

Guter Whiskey, schlechter Whiskey, wenn ich nicht

bald aus diesen Klamotten rauskomme, dann –

»Hallo« Der Barkeeper wieder. »Jemand zu Hause?«

Klinger besann sich auf die Gegenwart und blinzelte. Der Becher befand sich noch immer vor seinem Gesicht, die Ausgewogenheit seines Inhalts wärmte ihn von innen. Die chinesische Uhr sagte ihm, dass es fünf Minuten nach ein Uhr morgens war.

»Ich bin hier«, erklärte Klinger. »Wo soll ich sonst sein?«

Der Barkeeper nickte. »Der Typ, der dir die Drinks ausgegeben hat ... «

Klinger wartete.

»Er würde gern mit dir reden.«

Klingers Blick glitt den Tresen entlang. Das Spiel lag quasi auf Eis, die beiden Messerspieler lehnten am Tresen, unterhielten sich. Der dritte Typ hielt Klinger den Rücken zugewandt.

»Klar doch«, sagte Klinger. »Und worüber?«

Der Barkeeper lächelte. »Keine Ahnung.« Und er machte sich daran, die kleine Spülmaschine unterhalb des Tresens mit benutzten Schnapsgläsern zu bestücken.

Klinger raffte sich auf, hinüberzurufen. »Hey.« Die drei Männer sahen in seine Richtung. »Danke.« Klinger hob seinen Drink. »Was liegt an?«

Der Typ auf dem Barhocker gestikulierte.

Klinger nahm seinen Drink mit hinüber.

Der Typ war größer, als es vom anderen Ende des Tresens den Anschein gehabt hatte. Das galt auch für seine Freunde.

»Klinger«, sagte er zu dem Typ, den man für großzügig hätte halten können.

»Tommy«, sagte der Typ. Tommy und Klinger gaben

einander die Hand. Die Messerspieler wurden nicht vorgestellt.

»Ich muss mal pissen«, sagte einer der beiden. »Ich auch«, schloss sich der andere an. Sie verzogen sich.

Klinger beobachtete ihren Abgang.

»Du bist ein Freund von Frankie Geeze«, sagte Tommy.

Klinger versteinerte nicht völlig, aber er wappnete sich mit Vorsicht.

»Stimmt«, bestätigte er. »Habe zufällig heute Vormittag etwas Zeit mit ihm verbracht«, fügte er hinzu. »Wir waren frühstücken.«

»Hab euch gesehen«, sagte Tommy. »Deshalb habe ich Bruce da gebeten«, er zeigte auf den Barkeeper, »dich anzusprechen. Ich hätte einen kleinen Job. Wirklich nur ’nen kleinen.« Tommy kniff die Augen zusammen. »Brauchst du einen kleinen Job?«

»Kommt drauf an«, log Klinger ausweichend. »Ich mag’s klein. Große Sachen stressen mich.«

»Ja«, Tommy lächelte, »Stress ist Scheiße.«

Klinger bekam ein Lächeln hin. »Wie klein?«

Tommy zuckte mit den Achseln. »Kleine Fahrt mit dem Taxi, kleine Lieferung, noch ’ne kleine Fahrt mit dem Taxi, kleine Aufwandsentschädigung. So in etwa.«

Klinger nickte.

»Das Taxi zahl ich schon mal.« Tommy holte eine Brieftasche hervor, derart prall gefüllt, dass er einen Moment lang unbeholfen wirkte, als er sie aus der Seitentasche seiner Lederjacke zog. Er löste drei Zwanziger heraus, legte sie auf den Tresen und daneben legte er noch einen Hundertdollarschein. »Wenn du zurückkommst, gehört der Hunderter dir.«

Klinger warf einen Blick auf die Uhr. »Es ist ... «

»Keine Sorge«, klärte Tommy ihn auf. »Das Licht ist aus, aber die Tür wird offen sein. Einfach nur klopfen.« Er pochte mit den Knöcheln seiner mit der Brieftasche befrachteten Faust auf den Tresen – eins-zwei, eins-zwei, eins. »Bruce trinkt nach Feierabend gern noch ’n paar Bier.« Er klopfte Klinger mit denselben Knöcheln leicht auf die Schulter. »Er hat auch gern Gesellschaft.«

»Berufsrisiko«, meinte Klinger mit einem Nicken.

»Bock, was reinzuziehen?«, fragte Tommy.

Klinger schüttelte den Kopf. »Ich komm nicht klar mit Speed«, sagte er, »das Scheißzeug brennt zu sehr.«

»Wer hat denn was von Scheißspeed gesagt?« Tommy hörte sich an, als hätte man seine Gefühle verletzt.

»Ja, nun«, sagte Klinger. »Wenn das so ist ... «

»Warte, bis die Jungs zurück sind.«

»Und was soll ich liefern?«

»Nichts Besonderes.« Tommy lächelte. Seine eng stehenden Zähne waren gelb, das Zahnfleisch war rosa und zurückgebildet.

Er deutete auf Klingers Jacke. »Steckt bereits in deiner Tasche.«

»Hey.« Klinger lächelte dünn. »Schätze mal, du bist ein Freund von Frankie.«

»Hat mir alles beigebracht, was ich weiß, und das meiste von dem, was ich vergessen habe«, erwiderte Tommy. »Ich habe großen Respekt vor Frankie.«

Klinger nickte schwach. »Frankie ist der Beste.«

Die beiden Messerspieler kamen zurück. Auf ein Zeichen von Tommy gab jeder der beiden Klinger die Hand. »Alles klar?«, sagte jeder der beiden, »Alles klar?« Der zweite Handschlag ließ ein flaches Etwas in den gekrümmten Fingern von Klingers Rechter zurück.

»Geh lieber noch mal pissen, bevor du losgehst«, sagte Tommy zu Klinger. »Könntest in ’nen Stau geraten oder so.«

Klinger stattete der Herrentoilette einen Besuch ab und zog sich pro Nasenloch eine Line rein. Als er zurückkam, machte er Anstalten, jedem der drei die Hand zu schütteln, so, als wolle er das Tütchen wieder zurückgeben, aber sie winkten ab.

Das Telefon klingelte und Bruce nahm ab. »Hat jemand ein Taxi bestellt?«, fragte er in den Raum.

»Cathedral Hill Apartments«, sagte Tommy zu Klinger. »Gegenüber von St. Mary’s. Sag dem Portier, er soll Apartment 1426 anrufen, und warte dann.« Er drehte sich zum Tresen.

»Brucie. Noch ’ne Runde.«

Klinger war im Taxi und bereits vier Blocks entfernt, als ihm aufging, dass die Substanz in seinen Nebenhöhlen möglicherweise nur zur Hälfte aus Kokain bestand und die andere Hälfte vermutlich Heroin war. Er hätte es sich denken können. Zumindest nahm er an, dass es sich um Heroin handelte. Als das Taxi an der Geary und Van Ness anlangte, war sich Klinger ziemlich sicher, dass er über seine Nasennebenhöhlen Speedball verstoffwechselte, und das begeisterte ihn. Mannomann – er staunte nicht schlecht, während das Taxi den Anstieg erklomm –, das ist mal ’ne echte Erholung. Ist lange her, dass ich durchgefroren war, nass, und nichts gespürt habe. Geschweige denn dass es mir scheißegal war. Er tastete nach dem Tütchen in seiner Tasche. Vielleicht hol ich mir nicht mal eine Lungenentzündung.

Die Ampel an der Gough zeigte Rot.

»Kann nicht links abbiegen«, sprach der Taxifahrer in

den Rückspiegel. »Muss außen rumfahren.« Er beschrieb mit dem Zeigefinger einen Kreis. *»Loop De Loop.«*

»Ja, ja«, gab Klinger vergnügt zurück. »Schon in Ordnung«, fügte er hinzu; was er jedoch dachte, war: »Mach mal locker.«

Der Fahrer gab »Hydrogen« und sein Taxi summte hügelabwärts zur Laguna, wo er rechts in die Post Street einbog, wieder rechts hügelaufwärts in die Gough, nach rechts zurück in die Geary, um schließlich schräg über die Kreuzung mit ihren vier ausgestorbenen Fahrspuren in den Kreisverkehr vor den Cathedral Hill Apartments zu fahren.

Klinger sagte ihm, er solle warten.

Ein Portier verschaffte Klinger mittels Summer Zutritt zur Lobby und telefonierte dann. Fünf Minuten später trat eine kleine alte Dame aus dem Fahrstuhl und begrüßte Klinger wie einen lange verschollen geglaubten Neffen. »Meine Verordnung«, rief sie entzückt, und sie tauschte einen Umschlag, der, auf beiden Seiten von oben bis unten bedruckt, mehr wie eine mit Gebrauchsinformationen versehene Arzneimittelpackung aussah, gegen den Umschlag, den Klinger aus seiner Jackentasche gezogen hatte. »Bitte geben Sie Dr. Flagon mein neues Rezept, von dem ich mir wünsche, dass es bis allerspätestens morgen um diese Uhrzeit eingelöst wird«, sagte sie mit Nachdruck. »Erinnern Sie ihn unbedingt daran, und hier ist eine kleine Entschädigung für Ihre Mühe, mein lieber junger Mann.« Sie drückte Klinger einen gefalteten Zwanziger in die Hand. »Sie müssen so spät noch arbeiten«, sagte sie, schmückte das Ganze noch aus, »und dann der Regen.« Sie tätschelte ihm den Arm. »Ich bin Ihnen so dankbar. Sehen Sie zu, dass Sie etwas Trockenes anziehen.«

Während sich diese Farce abspielte, war der Portier in die intensive Lektüre einer Ausgabe des *Wall Street Journal* vertieft, die ausgebreitet über der Telefonanlage auf seinem Empfangstisch lag.

Binnen zwanzig Minuten nach seinem Aufbruch war Klinger wieder zurück im Hawse Hole. Der Preis für die Taxifahrt belief sich auf gerade mal sechzehn Dollar. Spendabel, gab Klinger dem Fahrer einen Zwanziger. Die »Open«-Anzeige im Fenster war ausgeschaltet genau wie das Martiniglas aus grünem Neon über dem Eingang. Klinger klopfte, eins-zwei, eins-zwei, eins. Bruce ließ ihn herein. Tommy steckte den bedruckten Umschlag weg, ohne ihn zu öffnen. Als Klinger Tommy die beiden restlichen Zwanziger geben wollte, meinte der, Klinger solle sie behalten. Der Hunderter war unter einem doppelten Jameson auf dem Tresen vor Anker gegangen. Klinger nippte daran, bevor er sich für eine weitere Line in die Toilette zurückzog. Anschließend machten sie Party bis zum Morgengrauen.

So kam es, dass sich Klinger eine Stunde nach Sonnenaufgang angezogen auf dem Bett des Hotels wiederfand und mit zweihundertsechsundfünfzig Dollar und neunzehn Cent auf der Habenseite seinem Herzen lauschte, das unregelmäßig schlug und beinahe so laut wie der Regen gegen die blinden Fensterscheiben, dabei jedoch ruhig atmete, weil das die Wirkung von Speedball auf Klinger ausmachte. Von anderen Stoffwechselprozessen wusste er nichts. Nach einer Weile setzte er sich auf, zog die Schuhe aus, klopfte das hoffnungslos dünne Kopfkissen zurecht und legte sich wieder hin, ohne einen Gedanken daran zu verschwenden, auch die restlichen Kleidungsstücke auszuziehen.

Er verschränkte die Hände hinterm Kopf. Na also, dachte Klinger mit einem zufriedenen Seufzen, wurde auch Zeit, dass ein Job mal geschmeidig läuft.

So kam es, dass Klinger fast einen Herzinfarkt bekam, als nach etwa drei Minuten Phillip Wongs Mobiltelefon in der Brusttasche seiner, Klingers, Jacke, klingelte und die dünne Schicht aus Bindegewebe zwischen seinem klammen Hemd und seinem klopfenden Herzen in Schwingungen versetzte.

ZEHN

Der Klingelton schraubte sich in Form von Wendy Carlos' *Creation of Tron* in Klingers andauernde chemische Abläufe, wenngleich Klinger durchaus einen längeren Verbleib auf dem Planeten Erde als den, für den er vorgesehen war, hätte testen können, ohne per Zufall auf diese Form der Benachrichtigung zu stoßen.

In Wirklichkeit aber erschreckte ihn der Klingelton zu Tode.

Er fummelte so lange in seiner Brusttasche herum, bis er das Telefon herausgefischt hatte, von dem ihm überhaupt nicht bewusst gewesen war, dass es existierte. Er hätte nicht vorsichtiger damit umgehen können, hätte es sich um einen lebendigen Skorpion gehandelt. Es handelte sich jedoch um ein Smartphone, und sobald es erkannt hatte, dass es die Aufmerksamkeit bekam, der sein Signal galt, öffnete es die Verbindung. »Hallo?«, sagte jemand und dann: »Phillip?« und »Phillip, du bist ein echter Mistkerl.«

Klinger konnte das eine Ende des Telefons nicht vom anderen unterscheiden. »Hallo?«, fragte er verunsichert.

»Was, um Himmels willen, machst du hier unten?«

»Wo unten?«

»In Tenderloin.«

Daran nahm Klinger jetzt Anstoß. »Wie wäre es mit, ich kann es mir nicht leisten, woanders zu sein?«

»Kannst es dir nicht leisten? Ich habe deinen Scheck. Ich – Sag mal, Phillip, bist du krank? Du sprichst total durch die Nase.«

»Wer will das wissen?«

»Wie, hast du jetzt eine Software, die anstelle von deiner Stimme meine verfremdet? Hier ist Marci, du Trottel.«

»Marci, Marci ... «

»Ich weiß, dass du nicht in der Bar bist«, sagte die Stimme bohrend, »weil ich bereits dort vorbeigeschaut habe.«

Das machte Klinger hellhörig. Er schwang die Beine über den Bettrand.

»Welche Bar?«

»Was ist überhaupt ein hawse hole?«

»Du bist jetzt dort?«

»Ich habe mich unauffällig verhalten. Es ist gerade mal Viertel nach neun am Morgen und hier sind Typen, die sehen aus, als wären sie seit letzter Woche hier.«

»Das ist der Laden. Genau.«

»Ich steh draußen auf dem Bürgersteig. WhereIz sagt, dass du ganz in der Nähe bist.«

Klinger versuchte, schneller zu denken als eine App mit dem Namen WhereIz. Fließt Elektrizität schneller durch Zellfortsätze oder schneller durch Kupfer? Wie sieht es mit Zellfortsätzen unter Speedball aus? Du meinst, so wie supraleitendes Kupfer? Vielleicht eine Frage des Stoffwechsels. Klinger gestattete sich kein Nachsinnen darüber, ob die Umgangssprache vor dem Zusammenbruch stand.

»Als Superapp versagt WhereIz nie«, stellte die weibliche Stimme klar. »Ich bin bereit, wenn die an die Börse gehen. Hallo?«

»Ich bin hier«, gab Klinger widerwillig zurück. Normalerweise machte er sich in einer Rattenfalle wie dieser die Mühe, die Position der Feuerleiter zu erkunden. Hätte er seine Hausaufgaben gemacht, hätte er das Telefon auf dem Kopfkissen zurücklassen und abhauen können. Vielleicht könnte er das Telefon durchs Fenster auf das Dach auf der anderen Straßenseite schicken? Und sie würde dort danach suchen? Vielleicht könnte er das Telefon mit einem Stuhlbein totschlagen? Vielleicht ...

Vielleicht sollte ich den Stier bei den Hörnern packen, dachte Klinger plötzlich: Sie hat einen Scheck erwähnt.

»Sagen Sie«, erklärte er dem Telefon und bediente sich dabei seiner raffiniertesten Telefonstimme, »ich habe gerade versucht dahinterzukommen, wie man jemanden mit diesem Ding anrufen kann, damit ich vielleicht erfahre, wessen Telefon das ist. Ich bin nicht sonderlich vertraut mit Mobiltelefonen. Ich konnte nicht einmal herausfinden, wie ich Zugriff auf das Adressbuch bekomme.«

»Wahrscheinlich ist es passwortgeschützt. So viel steht fest«, schlussfolgerte die Stimme, als wäre es für sie nicht längst schon klar, »Sie sind nicht Phillip.«

»Wer Phillip auch immer sein mag, ich bin es nicht.« Als wüsstest du das nicht, hatte Klinger seinerseits geschlussfolgert. »Und wer sind Sie noch mal?«

»Ich bin eine Freundin von Phillip. Vielleicht seine beste Freundin, wenn nicht gar seine einzige. Wo haben Sie das Telefon eigentlich gefunden?«

Gute Frage. Klinger nickte nachdenklich. Eine logische Frage. »Auf dem Bürgersteig«, sagte er einfach so. »Direkt vor der Bar, gegen sieben heute Morgen.« Er dachte nach. »Woher haben Sie gewusst, dass Sie im Hawse Hole nach diesem Phillip suchen müssen?«

»Diese App, WhereIz«, erwiderte Marci begeistert. »Ich nannte sie Ihnen bereits. Wenn Sie das Telefon eingeschaltet haben, zeigt WhereIz eine Straßenkarte und richtet einen pulsierenden Punkt ein, dort, wo sich Ihr

Telefon befindet. Überall auf der Welt. Selbst hier.«

»Aha.« Klinger verspürte den Drang, das Telefon wiederholt zwischen die obere Kante der Schublade und den Frontrahmen des Nachttisches zu rammen, bis es sich in seine Bestandteile aus Punkten auflöste.

»Aber Sie sind nicht in der Bar«, erinnerte ihn Marci.

»Ich bin nicht in der Bar«, bestätigte Klinger. »Obwohl, statistisch gesehen ... «

»Ja?«

»... ist es kaum zu glauben, dass Sie mich verpasst haben.«

»Ich verstehe ... denke ich.« Marci seufzte. »Also, wo sind Sie, wenn Sie nicht in der Bar sind?«

Wow, dachte Klinger, das war mit absoluter Sicherheit ein Seufzen ungeduldiger Hartnäckigkeit. Diese Schnecke kümmert es einen Scheiß, wie viel Zeit ich in der Bar verbringe. Während mich ausnahmslos die Zeit interessiert, die ich dort verbringe. Wir beide haben gegensätzliche Absichten. Zweifellos dazu bestimmt, einander zu neutralisieren.

Er schüttelte den Kopf. Das ist albern.

Genau in dem Moment, als sein Verstand dieses Adjektiv formulierte, überkam Klinger mit einem Male ein Frösteln. Ich brauche eine heiße Dusche und etwas zu essen, ermahnte er sich.

»Ich bin oben«, sagte Klinger unvermittelt. »Im Hotel.«

»Welches Zimmer?«, kam es ohne großes Zögern zurück.

Aus irgendeinem Grund machte Klinger einen Rückzieher. »Treffen wir uns in der Bar.«

»Nein«, widersprach Marci kurz und bündig. »Dort darf immer noch geraucht werden.«

»Die Bar ist ein Drecksloch«, stimmte Klinger zu. »Ihr Name ist eine Verbrämung.«

»Und das Hotel?« Marci blieb beharrlich.

»Kaum davon zu unterscheiden«, lautete Klingers Warnung.

»Hey, mein Freund«, sagte Marci, »ich stehe draußen, schon vergessen? Wie ernüchternd sollte es also werden?«

»Wie schnell ich was vergesse«, murmelte Klinger säuerlich. Frankie Geeze, so seine innere Ansprache, du lebenslustiger Wichser, du hast im Bau ganz sicher nichts von deinen Qualitäten eingebüßt. Klinger dachte kurz nach. Es sind vor allem hirnrissige Aktionen wie diese hirnrissige Aktion mit dem Telefon, die dich in den Knast gebracht haben. Das und deine Sucht. Wie mein alter Kumpel Georgie mal zufällig anmerkte, Klinger, mein Junge, hat Georgie mal angemerkt, ich hab 'ne Menge Taschendiebe in meinem Leben kennengelernt, und alle waren sie Junkies. Das hat mit ihren Nerven zu tun. Normalerweise sind sie in dem, was sie tun, ziemlich gut, also mit einem L-förmigen Draht eine Tasche ausräumen. Aber ich kann sie nicht leiden. Talentiert, geschickt und schlau mögen sie ja sein, und viele von ihnen sind es tatsächlich, aber sie überschätzen sich alle, weil sie alle Junkies sind, und ein Junkie interessiert sich nur für eine einzige Sache und das ist sein Stoff. Ich frage mich, dachte Klinger und fuhr dabei mit dem Daumen über die Kante des Telefons, ob es das ist, was Georgie unter »sich überschätzen« verstanden hat. Mich mit diesem Telefon zu überraschen war eine verdammt schwache Aktion.

»Entschuldigung?«

»Wie ist die Zimmernummer?«, fragte Marci.

»Sagen Sie mal«, antwortete Klinger, »was ist das für ein Geräusch? Ist dieses Telefon angezapft oder so?«

»Mal davon abgesehen, dass unsere Regierung jedes Telefon anzapfen kann, das sie anzapfen will«, erwiderte Marci, »welches Geräusch?«

»Dieses Geräusch«, sagte Klinger. »Sie hören es nicht?«

»Wie hört sich dieses Geräusch an?«, fragte Marci, um ihn bei Laune zu halten, allerdings nicht ohne einen Anflug von Ungeduld.

»Biiiieee«, Klinger produzierte einen hohen Ton. Und schob einen tiefen nach: »Uuuup.«

»Der Akku ist fast leer«, antwortete Marci wie aus der Pistole geschossen. »Schnell, wie ist Ihre Zimmernummer?«

Klinger holte Luft. Dann: »Drei-fünfunddreißig. Gehen Sie die Treppe ganz nach oben.«

»Wie komm ich rein?«

»Neben dem Eingang zur Bar wurde ein Fenster mit einem Stück Sperrholz vernagelt, darüber dann Maschendraht und Beton. Das Ganze ist grau gestrichen. Links daneben ist eine Tür, genauso gestrichen.«

»Die sehe ich. Igitt!«

»Die Klingel ist übermalt, ganz oben rechts in der Ecke des Rahmens. Ein Typ im ersten Stock wird Ihnen öffnen. Sagen Sie ihm, Sie kommen vom Sozialamt – «

Das Telefon war tot. »Hallo?«

Klinger sah auf das Display. BATTERY LOW, mehr war nicht zu sehen. Während er sie betrachtete, wurde die Anzeige schwächer, das Telefon gab einen bemitleidenswerten Piepton von sich und die Anzeige verschwand.

Hä?

Klinger ließ das unnütze Gerät auf das Kopfkissen fallen.

Er dachte über seine derzeitigen Verhältnisse nach. Seine Klamotten waren immer noch feucht, da war dieses Telefon außer Funktion und da waren zweihundertsechsundfünzig Dollar und neunzehn Cent.

Punkt.

Und jetzt also Besuch. Ihn überkam ein Frösteln. Er hatte keinen Besuch gehabt seit ... Er konnte sich nicht erinnern, wann er mal Besuch gehabt hatte. Selbst im Knast hatte er keinen Besuch bekommen. Vor allem im Knast. Außerdem war es sehr lange her, dass er über eine Bleibe verfügt hatte, wo man ihn hätte besuchen können. Ihn fröstelte wieder. Saubere, trockene Klamotten wären ganz angenehm. Erst mal den Besuch hinter sich bringen, dann steht saubere, trockene Kleidung auf dem Programm und vielleicht auch ein Ortswechsel, sofern ich zu Geld komme, tolle Aussichten.

Das Telefon kam ihm wieder in den Sinn. Wie auch immer – da machte er sich nichts vor–, es ist das Telefon, dem der Besuch gilt, nicht mir. Sie hat sich nicht einmal nach diesem Typ erkundigt ... Phillip. Mit einem »l« oder mit zwei? Egal. Ihr geht es um das Telefon. Nicht um Phillip mit einem »l« oder zwei, sondern um dieses Teil. Tot oder lebendig, dachte Klinger und bezog sich auf das Gerät, denn Phillip interessierte ihn nicht die Bohne. Gleichgültig, ob unversehrt oder nicht. Was ist überhaupt drin in so einem Telefon? Telefonnummern?

Vielleicht springt Kohle dabei raus?

Klinger berührte das tote Mobiltelefon. Er hatte nie eins besessen. Aber natürlich hatte er davon gehört, dass sie ein Entwicklungsstadium erreicht hatten, das sie mehr oder weniger zu Computern machte. Er wusste, dass Mary Fiducione es sich dank der Telefone hatte leisten können, ihren Job aufzugeben. Er wusste, dass Straßenräuber Touristen um ihre Telefone erleichterten, so, wie sie sie um ihre Sneakers oder Kameras erleichterten. Das war nicht schwer. Eigentlich war es wesentlich einfacher, als einem Trottel ein Paar Schuhe abzunehmen. Man schlägt ihm mit der einen Hand ins Gesicht, greift sich das Telefon mit der anderen und sieht zu, dass man Land gewinnt. Ein Kinderspiel. Tatsächlich waren es überwiegend Kinder, die diese Art von Straftat begingen. Klinger drängte sich die Frage auf, ob diese Where-Iz-App den Cops bekannt sei oder nicht. Mit dem Opfer in den Streifenwagen steigen, die Nummer seines »entführten« Telefons anrufen – voilà. Wieder etwas für die Statistik.

Sicherlich hatte bereits jemand daran gedacht, das Ganze Telefonentführung zu nennen.

Klinger sah sich im Zimmer um. Nicht mal ein Kleiderschrank. Sein Blick fiel auf die Nachttischschublade. Hätte er Duck Tape, könnte er das Telefon auf der Rückseite der Schublade oder an ihrer Unterseite befestigen. Prima. ’ne Portion Duck Tape liefern lassen. Der nächste Plan eventuell ... unter der Matratze? Also bitte. Unter der Deckenbeleuchtung? Versuch’s mal mit Kreativität. Er zog die Schublade des Nachttisches auf und fand ein Exemplar von *Dianetik: Der Leitfaden für den menschlichen Verstand* und sonst nichts. Er schob die Lade wieder zu.

Schließlich schlitzte Klinger mit dem Daumennagel eine Ecke der Alufolie auf, die eine der Fensterscheiben bedeckte, und schob das Telefon durch den Schlitz, sodass es mit der Kante auf der waagerechten Leiste des Fensterkreuzes stand, zwischen der Fensterscheibe und der Alufolie. Als Versteck. Das Ergebnis konnte sich sehen lassen.

Es klopfte. Klinger öffnete.

»Hallo«, sagte sie.

»Hallo«, sagte Klinger. Er trat zur Seite.

Sie kam herein.

»Setzen Sie sich, setzen Sie sich.«

Nach einem Moment der Unentschlossenheit setzte sie sich graziös-geziert auf die Bettkante, auf den Knien ein Mittelding zwischen Hand- und Aktentasche.

»Keine Sorge.« Klinger lachte in sich hinein. »Läuse können Polyester nicht überwinden. Jedenfalls nicht so ohne Weiteres.«

»Das ist Seide«, korrigierte sie ihn kühl.

Sie stand auf, strich mit der flachen Hand über die Bettdecke, begutachtete ihre Hand und setzte sich wieder.

»Kessler«, sagte die Frau, dabei unfähig, dem Bedürfnis zu widerstehen, jedes elende Detail des Zimmers, in dem sie sich befand, auf sich wirken zu lassen. Sie streckte die Hand aus. »Marci Kessler.«

»Klinger.« Er gab ihr die Hand, kein Aufeinandertreffen von Knöcheln diesmal, kein Griff nach einem Steinkrug. »Lassen Sie sich Zeit«, ermunterte er sie. »Hier gibt's 'ne Menge zu sehen.«

Ihr Blick wanderte hoch zu ihm. »Ich sehe kein Telefon.«

»Gleich zur Sache kommen«, Klinger nickte, »das gefällt mir. Haben Sie ein Ladegerät?«

Sie schüttelte den Kopf. »Wie sind Sie noch gleich an

Phillips Telefon gekommen?« Sie lächelte leicht. »Ich habe es vergessen.«

Klinger nickte. »Ich habe es auf dem Bürgersteig gefunden.« Er deutete mit dem Daumen auf das Betthaupt. »Gleich als Erstes heute Morgen.«

»Gleich als Erstes heute Morgen ... «, wiederholte sie nachdenklich.

Klinger betrachtete seine Besucherin. Sie war fünfundzwanzig, sechsundzwanzig. Kurzes, schwarzes Haar, schicker Haarschnitt, ganz in Schwarz gekleidet, die Verpackung dezent, aber teuer. Und die Frau selbst war ... Klinger runzelte die Stirn. Sah sie gut aus? Er dachte darüber nach. Könnte sein. Ihre Stärke jedoch überwog, und, was, ihr Fokus? Und konnte sie auch auf Abwehr eingestellt sein? Unnahbar. Aber das ist in Ordnung, sagte sich Klinger sarkastisch. Schließlich war sie nicht hergekommen, um attraktiv zu wirken.

»Ich frage mich ... «, sagte sie.

»Ja?«

»Ich habe gestern Abend gegen neun Uhr mit Phillip gesprochen. Vielleicht war es zwischen neun und neun Uhr dreißig.« Sie berührte das Display ihres Telefons. Es waren kurze Signaltöne zu hören. »Neun Uhr fünfzehn bis neun Uhr achtundvierzig.«

Klinger nickte. »Bevor es anfing zu regnen.«

»Ach«, sagte sie, ohne jegliches Interesse vorzutäuschen, »hat es letzte Nacht geregnet?«

Klinger versicherte ihr, dass es geregnet habe.

Ein unbehagliches Schweigen setzte ein. Klinger konnte Gequassel aus einem Fernseher hören, aus einem der Nachbarzimmer, und er nahm an, dass sie es auch hören konnte. Draußen, im Flur, knarrte eine Diele. Vier Etagen unter ihnen fiel die Haustür mit einem Knall ins Schloss.

»Hören Sie«, sagte sie schließlich, »wo ist das verdammte Telefon?«

»Es ist hier«, erklärte Klinger.

»Wollen Sie es mir nicht geben?«

»Kommt drauf an«, bekannte Klinger offen, »wie die Übereinkunft aussieht.«

»Übereinkunft? Welche Übereinkunft?«, fragte sie mit gespielter Naivität. »Ging es um einen Handel? Mein Freund hat sein Telefon verloren und Sie haben es gefunden. Sie geben es mir und ich gebe es ihm.« Sie lächelte. »Ganz einfach.«

»Ja«, sagte Klinger.

»Was soll das also mit dieser Übereinkunft?«, fragte sie.

»Keine Ahnung«, erwiderte Klinger. »Wie wär's mit: Woher soll ich wissen, dass Sie es ihm geben?«

»Das werden Sie nicht wissen«, sagte sie. »Sie müssen mir schon vertrauen.« Und wieder lächelte sie. »Warum sollte ich es ihm nicht zurückgeben? Schließlich«, fügte sie schlau hinzu, »habe ich mein eigenes.« Sie hielt es in die Höhe.

»Ich weiß nicht, wo ich in meinem Leben gelandet wäre«, sagte Klinger ohne Ironie, »wenn ich Leuten vertraut hätte.«

Sie setzte ein kleines, verächtliches Lächeln auf. »Und wo genau sind Sie in Ihrem Leben gelandet?«

»Immerhin lebe ich noch«, verkündete Klinger mit spontaner Gewissheit. »Eine Art Triumph.« Er zuckte leicht mit den Achseln. »Wenn Sie mich fragen.«

Nach einer wohlüberlegten Pause sagte sie: »Vertrauen ist eine merkwürdige Sache, nicht wahr.«

»Okay«, sagte Klinger, als wäre er geduldig. »Ich langweile mich schnell.« Er probierte es mit einem Schuss ins Blaue. »Dieser Phillip ist gar nicht das Thema. Was ist mit dem Telefon?« Sie schien darüber nachzudenken. »Phillip ... braucht dieses Telefon wirklich.«

»Gut.« Klinger hob die Hände. »Ich habe den ganzen Tag Zeit. Schließlich«, er zeigte auf die Umgebung, »wohne ich hier.«

Marci zog eine Augenbraue hoch.

»Mit anderen Worten«, Klinger wurde plötzlich sehr deutlich, »Phillip oder sein Telefon interessieren mich einen Scheiß, und es interessiert mich einen Scheiß, was dabei für ihn drin ist oder für Sie. Ich habe mich um meinen eigenen Kram gekümmert, bis Sie hier aufgetaucht sind, Werteste. Jetzt, da ich das Telefon habe und Sie es haben wollen, will ich nur wissen, was für mich dabei herausspringt.«

Marci blinzelte.

»Phillips augenblickliche Dankbarkeit?«

Klinger lachte ihr ins Gesicht.

Marcis Blick blieb fest. »Wie wäre es mit meiner augenblicklichen Dankbarkeit?«

Klinger sah sie an. Ihre Haut war makellos, ihre Kleidung sauber, sie roch besser als alles andere in diesem Zimmer und sie war so trocken wie ein Martini für zwanzig Dollar. Klinger seinerseits hatte noch immer das Gefühl von Nässe, ihn fröstelte, er war pleite, allein, er stank nach Pisse, Adrenalin und dem Zigarettenrauch anderer Leute und war, milde ausgedrückt, unrasiert, und wenn er sich hätte rasieren wollen, hätte er sich die entsprechenden Utensilien besorgen und dann eine Insel aus Stoppeln um die verschorfte Stelle auf seiner Wange stehen lassen müssen, bis sie abgeheilt war.

»Jetzt machen Sie mal ’nen Punkt, verdammt noch mal!«, fuhr er sie an.

Und unwillkürlich schwang in seinem Ausfall ein Ton bitterer Aufrichtigkeit mit.

Ich bin zu müde für so was, sagte er sich. Und, so wurde ihm augenblicklich klar, ob die Tussi nun schlauer ist als ich oder nicht, sie ist zumindest nicht müde. Er sah es in ihren Augen. Sie war intelligent, unerschrocken und frech.

Und draufgängerisch?

Das gab Klinger zu denken. In seinem Umfeld war er an das gewöhnt, was man als hohes Maß an Eigeninteresse bezeichnen könnte. Aber er hatte nie über die notwendigen persönlichen Voraussetzungen verfügt, um sich in den Augen eines anderen Mannes den Status als Beute erworben zu haben. Oder gar in den Augen einer Frau. Er war der Mühe nie wert gewesen. Es war so einfach. So einfach war es immer gewesen. Er mochte es so einfach.

»Hören Sie ... «, begann er unvermittelt. Dann hielt er inne. Was zur Hölle passierte hier mit ihm? Hatte diese Frau, diese völlig Fremde, ihm plötzlich die Nerven geraubt?

Ihr Lächeln verströmte Vertrauen in die eigene Gewissheit. »Exakt.« Sie nickte. Ihre einzige Regung. »Wo ist das Telefon?«

Klinger holte es aus seinem jämmerlichen Versteck und gab es ihr.

»Tja«, meinte sie, nachdem sie es einen Moment lang geprüft hatte. »Es ist tot.«

»Ja«, stimmte Klinger ihr zu.

»Und Sie haben kein Ladegerät?«

Er schüttelte den Kopf.

»Sehe ich aus wie jemand, der ein Ladegerät hat?«

Marci ging nicht darauf ein.

»Also hat keiner von uns beiden ein Ladegerät.« Sie zog den Reißverschluss einer Seitentasche von diesem Mittelding zwischen Hand- und Aktentasche auf und ließ das Telefon hineinfallen.

Klinger kam ins Grübeln. Auf der einen Seite hatte er womöglich die Chance fahren lassen, mehr Kapital aus der Aktion von vergangener Nacht zu schlagen. Etwas Simples wie eine Belohnung, möglicherweise. Auf der anderen Seite könnte er so wohl einer drohenden Anklage entgehen. Totschlag in Zusammenhang mit einer begangenen Straftat, zum Beispiel, sofern es sich um Totschlag gehandelt hatte. Allerdings schien die Schwere von Letzterem mehr zu wiegen als die von Ersterem. Waren diese Person und das verfluchte Telefon erst mal über alle Berge, würde er sich in einem anderen Domizil für Flöhe wieder den sorgenvollen Gedanken über seine Existenz hingeben und wäre, zumindest was diese Frau betraf, quasi für immer verschwunden. Was ihn betraf, würde diese Person nur ein weiteres lebendes Geschoss sein, dem er auf dem Hindernislauf des Lebens hatte ausweichen müssen.

»Ich ... nehme an, dass Sie jederzeit Zugriff auf ein Ladegerät haben«, sagte Klinger. »Zweifellos«, seine Miene hellte sich auf, »hat Ihr Freund Phillip ein Ladegerät. Nicht?«, beendete er den Satz kleinlaut.

Marci zog den Reißverschluss der Seitentasche zu und stellte das Mittelding zwischen Hand- und Aktentasche auf den Boden neben das Bett. »Zweifellos.« Sie stand auf und begann ihre Jacke auszuziehen, sehr zu Klingers Bestürzung.

»Oh«, sagte er nervös. »Was wird das jetzt?«

Nach einem Moment des Zögerns hängte Marci ihre knielange Jacke an den einsamen Haken an der Zimmertür, der sich mittig unterhalb eines bedruckten und mit REGELN betitelten Pappschildes befand, worunter die wichtigste KEINE BESUCHER lautete.

»Jetzt?«

Marci drehte sich zu Klinger und berührte einen Knopf ihrer Bluse.

»Jetzt dürfen Sie mich ficken.«

ELF

Ein leichtes Zittern erklomm sein Brustbein, strebte am Manubrium auseinander und verschwand. Das war's. Die einzigen konkreten Geräusche im Zimmer waren das zarte, wie weit entfernte Knistern, das so charakteristisch ist für Seide, und das Klimpern von Armbändern. Das Einzige, was es zu betrachten galt, war das vergängliche Leuchten ihrer Haut, noch von keiner Vergangenheit gezeichnet, viel zu gegenwärtig, etwas wie Ahnung heraufbeschwörend, ganz und gar herausfordernd für die Phantasie. Und was Klingers Phantasie ihm offerierte, war Schrecken. Hätte sich der Geist der Lust erhoben, hätte er sich am Strand von Klingers leichter Panik in Schaum verwandelt. Aber da war keine Lust. Nur Widerstreben. Nur der überfallartige Gedanke an Geld in der Tasche, nur das plötzlich einsetzende vage Gefühl, wo genau diese Tasche in diesem Moment sein könnte, nur infolge einer Fremden in seinem Zimmer. Nur das schwache Licht, das seiner Höhle durch den Ausgang zu allem anderen zuteil wurde, eine Tür, eine Pforte, ein Vektor, erzeugt von einem Vakuum, das ihn in nur drei oder vier Tagen ausgedörrt, auf dem Trockenen nach draußen, auf das weite Feld saugen würde.

Klinger hob die Hände und es mochte wie eine flehentliche Geste ausgesehen haben. Er brachte sogar das Wort »bitte« hervor.

Sie hielt beim Ausziehen inne. »Kein Grund, darum zu bitten«, sagte sie lächelnd.

Klinger schüttelte den Kopf und bewegte die Hände schwach in der Luft.

Marci ließ die Schultern ihrer Bluse hinunter zu den

Ellbogen gleiten. Ihr durchscheinender schwarzer BH mutete an wie ein Ornamentmuster aus nicht zu entziffernden Arabesken auf dem elfenbeinfarbenen Astrolab ihres Oberkörpers.

Klinger, dessen Verstand sich auf der Suche nach einer Erklärung beinahe selbst misshandelte, setzte noch einmal an: »Es ist nicht so, dass ... «, stammelte er, »ich ... «

Ein Schatten der Verunsicherung huschte von einer sorgfältig gezupften Augenbraue zur anderen. »Was ist es dann?«

»Es ist nur ... Sie haben das Telefon«, platzte es aus Klinger heraus.

Sie sah auf ihre Tasche.

»Bitte!«, stieß Klinger zwischen zusammengebissenen Zähnen hervor. »Nehmen Sie es und gehen Sie.«

Flehte er sie an? Vielleicht bekam sie den bettelnden Ton mit. Vielleicht war er nicht zu überhören, vielleicht hatte sie ihn schon mal vernommen. Aber der Klang dieser Bitte war anders. Marci begegnete dem auf ihre Art. Sie schälte den transparenten Stoff von ihren Brüsten. »Ich werde bald heiraten.« Ein Ärmel der Bluse glitt von ihrem Arm. »Ich möchte Erfahrungen machen.«

Klinger schüttelte unwillkürlich den Kopf, aber die Ablehnung war eine willentliche.

»Nein.« Er wedelte mit den Händen, als versuche er kraftlos eine herabstürzende Mauer abzuwehren. »Ich meine ... ich bin nicht ... es ist ... «

Jetzt schüttelte sie den Kopf. »Jeder hat doch irgendwas zum sexuellen Genuss beizusteuern«, versicherte sie ihm. »Das macht das Wesen der Erfahrung im Bereich des Natürlichen aus.«

Klinger, der noch immer den Kopf schüttelte, atmete

hörbar aus. »Das ist nicht natürlich«, war das Einzige, was ihm als Aussage einfiel.

Der zweite Ärmel glitt vom zweiten Arm. »Es ist das Natürlichste von der Welt«, behauptete sie voller Überzeugung. »Und Erfahrung macht es nur noch besser.« Ihre Augenlider flatterten. »Hat man mir zumindest so in etwa erzählt.«

»So – so«, stammelte Klinger, »warum üben Sie dann nicht mit Ihrem ... Ihrem Zukünftigen?«

»Er hat zu viel zu tun«, stellte sie sachlich fest. Die Bluse fiel zu Boden. »Ich sehe ihn kaum.«

»Das ... das ist wirklich schade«, brachte Klinger hervor.

Sie trat einen Schritt vor.

Klinger trat einen Schritt zurück.

Marci runzelte die Stirn, nur ein wenig, aber sie war auch ein wenig amüsiert. »Ist das Ihr Ernst?«, fragte sie, außerstande, ein Lächeln zu unterdrücken.

Klinger nickte heftig.

Marci legte die Fingerspitzen einer Hand an ihren Mundwinkel, als sinniere sie über Klingers Zurückhaltung.

Klinger, den niemals ein Anfall von Migräne ereilt hatte, spürte, dass einer im Anzug war; als würde eine schmale Klinge in seine rechte Gehirnhälfte eindringen. Er kniff ein Auge zu.

Sie machte einen weiteren Schritt auf ihn zu. »Wie war Ihr Name noch mal?«

»Smith«, sagte Klinger spontan. Er machte das Auge auf. »Ich meine Klinger. Er lautet Klinger.«

Ihre Hände befanden sich mittlerweile auf Hüfthöhe, am Reißverschluss ihres Rocks. »Sie werden dem nicht gerecht«, sagte sie mit rauer Stimme.

Klinger runzelte die Stirn. »Entschuldigung – oh.« Er schüttelte den Kopf. »Sie meinen, ich klinge nicht besonders.«

Jetzt schüttelte sie den Kopf. »Sie klingen nach gar nichts.«

»Nun«, erwiderte Klinger ohne Umschweife, »womöglich haben Sie die Botschaft nicht verstanden.«

Der Schieber des Reißverschlusses blieb auf seinem Weg nach unten bei Zentimeter Drei oder Vier stecken. »Was soll das heißen?«

Sie schien alarmiert. Klinger fuchtelte mit den Händen in der Luft, die ihn von dieser fremden Frau trennte, als handele es sich um Spinnweben, durch die er sich hindurchtasten müsse. »Nichts, überhaupt nichts«, bekräftigte er. »Es ist nur, dass ich – ich ... «

Marcis Eifer begann zu schwinden. »Es ist nur, dass Sie *was*?«, fragte sie, scheinbar aufrichtig. »Na los.« Sie zog den Schieber des Reißverschlusses in die gesellschaftlich akzeptierte Position. »Sie können's mir sagen.« Sie verschränkte die Arme über den Brüsten und runzelte die Stirn. »Sind wir schwul? Impotent? Kaputt?«

Klinger begann, den Kopf zu schütteln, ging zu einem Nicken über. Dann, als er noch mal nachdachte, schüttelte er ihn wieder.

»Und?«, fragte sie. »Nur zu. Keine Sorge. Mich können Sie nicht schockieren. Als Direktorin für Compliance habe ich alles gehört.«

Klinger entschloss sich zu reden, bevor sie ihm mit einer Therapie drohte. »Es ist nur ... «, begann er.

Marci nickte.

»Es ist nur, dass ... «, setzte Klinger erneut an.

»Kommen Sie schon«, ermunterte sie ihn.

»Es ist nur so, dass es mich einen Scheiß interessiert«, wandte Klinger scharf ein, mit mehr Energie in der Stimme als vordem.

Wenigstens diesmal schien es Marci die Sprache zu verschlagen.

»So einfach ist das«, sagte Klinger, und er verlieh seiner Stimme einen anderen Tonfall, als wolle er Marci beschwichtigen. »Es hat nichts mit Ihnen zu tun. Ehrlich.«

Es sah so aus, als würde Marci darüber nachdenken.

»Vertrauen Sie mir«, sagte Klinger zu ihr und unterdrückte bewusst den bittenden Klang in seiner Stimme. »Es ist, wie es ist.«

Marci betrachtete ihre verschränkten Arme, die Hände, die ihre Brüste sanft umschlossen. »Wenn ich auch nicht viel Erfahrung habe«, sagte sie, »so wird doch das, was ich zu sammeln versucht habe, das Wenige, worüber ich nun mal verfüge, durch Ihre erklärte Reaktion missachtet.« Sie ließ die Finger beider Hände unter den oberen Rand des jeweiligen BH-Körbchens gleiten und atmete tief ein, so, dass der Atem zwischen ihren Zähnen zischte. »Bin ich denn so gar nicht nach Ihrem Geschmack?«, fragte sie und beobachtete Klinger aus zusammengekniffenen Augen.

Klinger biss sich auf die Lippe. Zunächst einmal war sie anziehend. Sie hatte eine schöne Haut und war, soweit er es beurteilen konnte, eine schöne Frau. Klinger nagte innen an seinem Mundwinkel. Die Erfahrung würde sich einstellen, klar. Aber das war nicht Klingers Thema. Klingers Thema war, dass es Klinger am Arsch vorbeiging. Ein Punkt, der, wenn überhaupt, einem anderen gegenüber nur sehr schwer vermittelbar war, erst recht gegenüber einer jungen Frau. Sie, nach deren Launen sich zu richten, ein großer Teil der männlichen Welt sich glücklich schätzen würde, konnte schwerlich nachvollziehen, dass nach Lage der Dinge die Entlohnung für Leute wie Klinger jenseits ihrer Zahlungsfähigkeit lag. Selbst profunde Erfahrung von der Art, wie sie Klinger in ihren einzelnen Facetten nur allzu vertraut war, würde dieser Frau, diesem Mädchen, dieser ... sexy Führungskraft allenfalls einen Hauch an Einsicht in die Untiefen von Klingers Verzweiflung gewähren. Wenn Sexualität einen Stimulus in Richtung auf das Leben darstellt, dann ist sie genau der Stimulus, den Leute wie Klinger für sich bereits vor langer Zeit ausgeblendet haben und dessen Reaktivierung sie geflissentlich zu vermeiden suchen, dient für sie nämlich jeder Stimulus in Richtung auf das Leben – Sex eingeschlossen, Sex vielleicht als der bedeutendste von allen – nur der Verlängerung der Agonie; und wenn man wirklich Pech hat, sogar ausschließlich.

»Ziehen Sie sich an«, sagte Klinger unvermittelt. In seiner Stimme schwang überraschend Autorität mit, und es genügte, um Marci zu verblüffen. Ihr Teint bekam Farbe.

Sie ließ die Hände sinken, streckte die Arme aus, die Handflächen nach oben. »Finden Sie mich nicht begehrenswert?«

»Sie sind gewiss sehr schön«, sagte Klinger leise, ohne einen Hauch Interesse in der Modulation seiner Stimme. »Zweifellos wird sich Ihr zukünftiger Ehemann entsprechend dazu verhalten.«

Sie schien darüber nachzudenken. Ließ ihn jedoch dabei nicht aus den Augen. »Ich hatte noch nie einen Orgasmus«, verkündete sie plötzlich.

Während dergleichen für bestimmte Menschen ein vorzügliches Gesprächsthema sein mochte, fand sich Klinger am Ende seiner Geduld. Die Büchse der Pandora, sagte er sich. Lass dich nicht drauf ein. Er zeigte auf die Tasche. »Dafür gibt's doch sicherlich 'ne App.«

Gegen eine Abfuhr gewappnet, lächelte Marci. »Telefone werden leistungsfähiger«, sagte sie. »Aber nicht so leistungsfähig.«

Schweigen breitete sich zwischen ihnen aus.

»Ich kann Ihnen nicht helfen«, sagte Klinger schließlich.

Marci sah ihn an, dann sah sie sich im Zimmer um. Etwa vier Meter zwanzig mal drei Meter sechzig. Vorhänge, einstmals beige, jetzt braun, mit Spuren von Fingern in Schulterhöhe. Alufolie an den Fenstern, eine Art Faraday'sches Netz für Arme, um teuflische elektromagnetische Strahlung abzuschirmen zusammen mit dem letzten Anflug von Tageslicht; darunter ein ewig kalter Heizkörper, viele Male grau lackiert. Eine an einem Kabel von der Decke baumelnde verstaubte Glühbirne, daran eine Zugschnur aus Metallperlen und als Abschluss des Ganzen ein ausgeblichener Wunderbaum, der keinerlei Kieferduft mehr verströmte. Grauer Teppichboden, der auf die Farbe Schwarz zusteuerte, mit abgetretenem Flor, von dem sich selbst sein Formaldehyd längst in die unangenehm riechende Umgebungsluft verabschiedet hatte, genauso wie jeglicher Komfort für Füße, von denen man die Schuhe abgestreift hatte. Ein brauner Schleier an der Decke, Ablagerungen von Zigaretten, direkt über dem klamm anmutenden Abdruck eines menschlichen Körpers auf der grauen Decke des Bettes. Ein Nachttisch, darauf weder eine Uhr noch ein Buch, weder ein Telefon noch ein Radio. Man hatte die Wände tapeziert, gestrichen, nochmals tapeziert, nochmals gestrichen – grau, grau, grau – und in diesen Lagen offenbarten viele Abdrücke von Reißnägeln eine lange, verblassende Spur verschwundener Bilder, Symbole, Fotos, Zeitungsausschnitte, Pin-ups, Gebete, Kalender. Marci drehte sich zu Klinger um. »Ausgerechnet hier auf einen Mann zu treffen, den ich respektieren kann«, sagte sie schließlich. Sie hob ihre Bluse vom Boden auf, wandte Klinger den Rücken zu, fing an, sich wieder anzuziehen.

»Gab es in Ihrem Leben niemals eine nette Frau?«, fragte sie.

»Je netter sie waren«, erwiderte Klinger ohne zu zögern, »desto schneller habe ich sie ruiniert. Danach haben sie nur noch Ärger gemacht. Zum Schluss ist mir klargeworden, dass ich mir jede Menge Schwierigkeiten erspare, wenn ich Frauen aus meiner Gleichung streiche. Und auch den Frauen.«

»Und wie lange ist das her?«

Klinger schnaubte. »Keine Ahnung.«

Sie drehte sich um. »Wie gefällt Ihnen das?«

»Sie sehen ohne Kleidung gut aus, Sie sehen mit Kleidung gut aus«, brachte er vor.

Sie zog eine kleine Grimasse. »Nett, dass Sie das sagen. Und jetzt?«

Klinger zuckte mit den Schultern. Obwohl er die ganze Nacht wach gewesen war, stand ihm der Sinn nicht länger nach Schlaf. »Tja, ich denke, ich werde einen Kaffee trinken gehen. Danach einen Abstecher zum Goodwill, mir ein paar trockene Klamotten kaufen.«

Marci schlüpfte in ihre Jacke. »Wie wär's mit Frühstück?«

Das überraschte Klinger.

»Kennen Sie hier einen Laden?«

Klinger nickte stumm.

Sie warf einen Blick auf eine kleine Uhr an dem Handgelenk, woran keine Armbänder hingen. »In etwa einer Stunde könnten wir einen Akku kaufen.«

Klinger blinzelte. »Wir?«

Marci nickte. »Wenn Phillips Telefon die Information ausspuckt, die ich brauche, ist für Sie eine Belohnung drin.«

»Belohnung ... «, wiederholte Klinger, sprach es fast nur vor sich hin. »Was für eine Belohnung?«

»Nun«, Marci lächelte ironisch, offenkundig wieder im Besitz ihrer alten Zuversicht, »da Sie das Gute und Wahre verschmäht haben, wie wär's dann mit ein wenig Geld auf die Hand?«

»Geld ... «, sagte Klinger leise. »Oh, Geld ... «

»Du lieber Himmel!« Marci zog die Stirn in Falten. »Ist Geld auch so ein Lebenszeichen, dem Sie abgeschworen haben?« Sie schüttelte den Kopf mit einer gewissen Strenge. »Das kann einfach nicht wahr sein. Sollten Sie sowohl auf Sex als auch auf Geld verzichten wollen, wären Sie so gut wie tot.« Sie drohte ihm mit dem Finger, sodass ihre Armbänder klimperten. »Wenn nicht sogar faktisch tot.«

Klinger schüttelte den Kopf. »Ist es nicht.« Dann nickte er. »Es ist kein Lebenszeichen ... «

»Auf das ich verzichte«, soufflierte Marci.

»Dem ich aus dem Weg gehe«, ersetzte er. »Verstehen Sie mich nicht falsch«, fuhr er fort, mit einem Mal im Redefluss, »ich schätze Geld. Tu ich tatsächlich. Es ist nur so, dass Geld wie ein Fluch auf meiner Existenz lastet.

Mein ganzes Leben lang«, bekräftigte Klinger, »lastete Geld wie ein Fluch auf meiner Existenz.«

»Hören Sie mir zu«, sagte Marci, plötzlich vollkommen ernst. »Sie guter, guter Mensch.« Sie streckte ihm ihre Hände entgegen. Klinger fiel die Kinnlade herunter. Sie drehte ihre Handflächen nach oben und ließ ihre Finger tanzen. »Na los«, sagte sie. Klinger blinzelte. Sie wartete. Klinger legte seine Handflächen auf ihre. Sie umschloss seine Hände. Sie umschloss sie sanft, aber sie umschloss sie fest zugleich. Sie suchte seinen Blick. »Hören Sie mir zu?«

Klinger nickte.

»Ich kann Sie nicht verstehen«, sagte sie. »Klinger«, fügte sie hinzu und nannte ihn zum ersten Mal beim Namen.

»Ich höre zu«, sagte er.

»Marci«, sagte sie zu ihm.

»Marci«, wiederholte er.

»Schauen Sie mich an«, sagte sie.

Klinger hob den Blick. Es war das erste Mal seit sehr langer Zeit, dass er einem anderen Menschen in die Augen sah. Er vermied es, selbst seinem eigenen Spiegelbild Auge in Auge gegenüberzustehen – vor allem seinem Spiegelbild. Es gibt mehr als einen Grund, weshalb man solche Zimmer nicht mit Spiegeln ausstattet. »Ich höre zu«, sagte er unvermittelt.

»Geld«, erklärte ihm Marci in völligem Ernst, »sollte wie ein Fluch auf dem Leben anderer lasten, nicht auf Ihrem.« Sie drückte seine Hände.

»Auf dem Leben anderer. Verstehen Sie?«

Klinger betrachtete sie erstaunt und nicht wenig alarmiert. Welches Geld? Welche anderen Leute? Es hatte nie irgendwelches Geld gegeben. Nichts. Und es gab keine anderen Leute, jedenfalls keine, die der Rede wert gewesen wären, keine anderen Leute, die zählten, keine Leute, die überhaupt zählten.

Im Grunde hatte Klinger keine Ahnung, wovon sie sprach.

»Nun«, sagte sie. »Verstehen wir uns?«

»Klar.« Klinger nickte und log. »Klar.« Er lächelte verlegen. »Kann ich meine Hände zurückhaben?«

»Nur wenn Sie mir versprechen«, sagte sie ernst, »in Ihrem täglichen Leben das zu beherzigen, was ich Ihnen gerade gesagt habe, und vor allem«, sie drückte seine Hände, »bei den Menschen in Ihrem Umfeld.«

Klinger beäugte sie misstrauisch unter vorgewölbten Augenbrauen. Als sie zu Ende gesprochen hatte, beschrieb er mit dem Kopf eine Acht. Es hätte ein Zeichen hastiger Zustimmung sein können. Es hätte auch ein störrisches Zucken aus Ablehnung sein können. Es hätte auch eine Fliege in einem Orgonakkumulator sein können, die verzweifelt zu entkommen versucht.

»Okay«, sagte Marci. »Gut.« Sie ließ seine Hände los, hielt inne, um zu lächeln, und hob dann ihre Hand- oder Aktentasche vom Boden neben dem Bett hoch.

»Gehen wir frühstücken.«

ZWÖLF

Draußen goss es.

»Hören Sie«, sagte Klinger, als sie unten auf der Straße waren. »Ich brauche einen Drink.«

Sie warf einen Blick auf ihre Armbanduhr. »Es ist halb elf am Vormittag.«

Klinger sah sie verblüfft an. »Was hat das damit zu tun?«

Sie hob die Hände.

Am Ende der Bar hatten die beiden Flanellhemden das Messerspiel aufgegeben. Der alte Mann saß auf seinem Stammplatz an der Tresenmitte und hinter dem Tresen stand Bruce und bediente die Registrierkasse.

Sie setzten sich neben den alten Mann auf zwei Hocker.

»Ach du meine Güte«, sagte Marci.

Klinger, der sich einen *Chronicle* gegriffen hatte, der, bis auf den Sportteil vollständig, auf dem Tresen gelegen hatte, sah sie an. Ihr Blick glitt hinüber zum Barkeeper, der, wie Klinger umgehend bemerkte, Stiefel mit Riemen plus Schnalle über dem Spann trug, dazu Chaps, eine Weste und die Schirmmütze eines Polizisten, alles schwarz, alles in Leder, alles ohne zusätzliche Bekleidung.

»Muss Samstag sein«, sagte der alte Mann und blätterte ohne aufzublicken eine Seite im Sportteil um.

»Freitag«, sagte Bruce zur Registrierkasse. »Ich fang früh an.«

»Man sollte meinen, er hätte sich die Zeit für einen Besuch im Sonnenstudio genommen.«

Bruce wackelte mit dem Arsch. »Meine Stammkunden mögen ihr Brötchen nicht scharf gebacken.« Ohne sich umzudrehen, drückte er eine Taste der altmodischen Registrierkasse. Die Lade sprang mit ihrem unermüdlichen Ka-Tsching! auf.

»Behaart und bleich«, konstatierte der alte Mann.

Bruce drehte sich um, warf für seine neu angekommenen Gäste zwei Cocktailservietten auf den Tresen.

»Eure Wünsche?«

Klinger blickte von der Zeitung auf. »Nur zu«, sagte Marci. »Das geht auf mich.«

»Grog.« Klinger wandte seine Aufmerksamkeit wieder der Zeitung zu. »Mit einem doppelten Jameson.«

»Was ist das?«, fragte Marci.

Bruce stellte Klinger einen Kaffeebecher hin und klärte sie auf, während er den Drink zubereitete. »Heißes Wasser, Saft einer halben Limette, Zucker, denn süß wie Honig ist im Hawse Hole nur meine Wenigkeit, und Whiskey.« Er stellte den Kaffeebecher auf einen Untersatz. »Reine Medizin.«

Marci hatte es aufmerksam verfolgt. Als Bruce fertig war, sagte sie: »Das sieht gut aus. Ob ich mal einen probiere?«

»Nehmen Sie den hier«, sagte Klinger, während er den Lokalteil aufschlug.

Marci schüttelte den Kopf. »Zu viel Whiskey. Könnten Sie mir einen mit halb so viel machen?«

»Ja, durchaus.« Bruce stellte Marci einen Becher hin und fing von vorn an.

Unterdessen war Klinger auf Lesenswertes gestoßen.

SAN FRANCISCO – Donnerstagnacht riefen Passanten die Polizei zum Schauplatz eines zweifachen Überfalls in North Beach.

Polizei- und Rettungskräfte trafen um 23 Uhr 16 an dem zwischen Broadway Street und Pacific Avenue gelegenen Gebäude 900 Montgomery Street ein, wo sie die beiden Opfer bewusstlos vorfanden. Einer der Passanten, die den Notruf alarmiert hatten und der noch vor Ort war, konnte keine Angaben zu den beiden Opfern machen. Wie eine Polizeisprecherin erklärte, lagen Zwanzigdollarscheine verstreut am Tatort, offensichtlich von dem Täter oder den Tätern in der Eile übersehen.
Rettungswagen brachten die Opfer, beides Männer, zum St. Francis Memorial Hospital, wo einer von ihnen um 1 Uhr 45 Uhr für tot erklärt wurde. Der Überlebende befindet sich noch immer in einem kritischen Zustand. Polizei und Krankenhausleitung halten Informationen über die Identität der Opfer zurück, bis die nächsten Angehörigen benachrichtigt sind.
Zeugen des Vorfalls werden gebeten, sich an die polizeilichen Hinweistelefone zu wenden ...

Klinger überflog den Rest der Lokalnachrichten. Es wurde kein Überfall auf einen Minimarkt erwähnt.

Er las noch einmal den Beitrag über den zweifachen Überfall.

Scheiße, sagte sich Klinger, während er die Zeitung zusammenfaltete. Aber könnte es sein, dass die Cops Frankies Draht nicht gefunden haben?

Er beobachtete den Dampf, der in Spiralen von der goldenen Oberfläche seines Grogs aufstieg. Würden sie sich erst mal um Frankies Fingerabdrücke kümmern, wäre das auch egal.

Wer ist der Tote, wer der Überlebende?

Er fuhr sich mit der jetzt nach Limette duftenden Handfläche über das graustoppelige Gesicht.

Marcis Telefon klingelte. Sie zog es aus der Tasche, sah auf das Display, erhob sich vom Hocker, bat um Entschuldigung und ging zur Eingangstür.

»Eine höfliche junge Dame haben wir da«, sprach der alte Mann in seinen Sportteil, »der es nichts ausmacht, für Abstand zwischen ihren Nachbarn und ihrem Telefongespräch zu sorgen.«

»Ja«, sagte Klinger, der nur halb zuhörte. »So ist sie.«

Klar werden die Cops Frankie identifizieren, ob er überlebt hat oder nicht. Klinger nahm einen vorsichtigen kleinen Schluck. Der Grog war gut und er war heiß, und er spendete ihm etwas Trost, aber er schöpfte weitere Zuversicht aus zwei miteinander verbundenen Fakten.

Als da wäre, dass Klingers Beitrag an dem Debakel vom Donnerstag unentdeckt bliebe, sollte Frankie nicht überlebt haben; hätte Frankie jedoch überlebt, würde er den Cops nicht das Geringste erzählen. Frankie war ein Profi. Klingers Anonymität war garantiert.

Ob tot oder lebendig, Frankie Geeze hingegen war geliefert.

Mist.

Klinger verzog die Lippen und erinnerte sich an einen einschlägigen Fall.

Etliche Jahre zuvor bemerkte ein Zeuge um zwei Uhr dreißig am Morgen einen Radfahrer, der den Broadway Tunnel in westlicher Richtung verließ. Zehn Minuten später, ganz oben in Pacific Heights, an der Steiner Ecke Jackson, kippten drei Fußgänger bei dem Versuch, ihn zu berauben, den Radfahrer auf den Zebrastreifen.

Der Radfahrer jedoch rollte sich beim Aufkommen auf dem Asphalt ab, ging, beide Hände an einer Pistole, in die Hocke, durchbohrte jeden seiner Angreifer genau einmal und sprintete anschließend schräg über die Kreuzung in die Dunkelheit des Alta Plaza Parks und ward nie mehr gesehen.

Der Radau erregte die Aufmerksamkeit von jemandem im sechsten Stock des Gebäudes, von dem aus man die Kreuzung überblicken konnte, und der alarmierte daraufhin die Polizei.

Einer der drei Angreifer starb noch am Tatort. Ein zweiter wurde schwer verletzt. Der dritte, ebenfalls verletzt, half dem zweiten Mann einen halben Block die Steiner Street hinunter, wo sie in einen Pick-up stiegen. Zwar gelang es dem Fahrer, den Wagen rückwärts aus dem quer zur Straße gelegenen Parkplatz zu manövrieren, aber er kam nur einen Block weit, bevor er ihn in eine Reihe parkender Autos krachen ließ.

In der Zwischenzeit, noch vor dem Eintreffen der Cops, erschien ein fünfter Beteiligter am Tatort, bemerkte das Fahrrad auf dem Zebrastreifen und stahl es.

Als die Cops auftauchten, wurden sie auf der Straße von dem aufmerksamen Nachbarn empfangen, der den Diebstahl des Fahrrads erwähnte, auf den Toten auf dem Zebrastreifen hinwies und die Beamten hügelabwärts zu dem verunglückten Pick-up führte. In der Fahrerkabine fanden sie einen toten Beifahrer vor und den Fahrer, verletzt und bewusstlos.

Nettoergebnis? Der überlebende Straßenräuber fand sich mit einer Anklage wegen zweifachen Mordes am Halse wieder; Taten, begangen im Verlaufe eines anderen Verbrechens – dem versuchten Raub –, die ihm strafverschärfende Umstände bescherten – ein Kapitalverbrechen. Es spielte überhaupt keine Rolle, dass es ein anderer gewesen war, der auf den Überlebenden und seine beiden Komplizen geschossen hatte. Es hätte nicht einmal eine Rolle gespielt, hätte der Überlebende keine Vorstrafen aufzuweisen gehabt. Der überlebende Verdächtige hielt den Kopf hin.

Die Cops gaben bekannt, dass sie gern mit dem Fahrradfahrer sprechen würden, ebenso mit dem Mann, der das Fahrrad gestohlen hatte.

Niemand meldete sich.

Und wenn Frankie Geeze bereits tot wäre? Er wäre besser dran.

Klinger nippte an seinem Drink.

Was uns ...

Klinger versank in der Betrachtung des zweiten Grogs auf der Theke.

Was uns zu diesem besonderen Telefon führt.

»Wenn ich mich auf der Arbeit nur um eine lausige Stunde verspäte«, sagte Marci und nahm ihren Platz wieder ein, »ist es, als würde die ganze Firma zusammenbrechen.«

»Ist es Ihre Firma?«

»Noch nicht«, sagte sie. »Au!« Sie lehnte sich zurück und warf einen Blick unter den Tresen.

»Da unten sind Haken.«

»Für Ihre Handtasche«, erklärte Klinger.

»Wie kultiviert.« Sie nahm ihre Tasche und hängte sie unterhalb des Tresens auf, direkt vor ihren Knien. »Perfekt.« Sie runzelte die Stirn. »Aber was soll das?«

Klinger legte ihr seine Hand auf den Unterarm.

Marci sah Klinger an.

Klinger hätte ihr eröffnen können, dass Bruce, sofern sie ihn darum bäte, ihr mit zwanzig Zentimeter Klebeband aushelfen würde, womit sie ihre Pistole oder ihr Messer oder ihre drei Komma fünf Gramm Koks an der Unterseite des Tresens fixieren könnte, nur für den Fall, dass die Cops auf der Bildfläche erscheinen und jeden im Laden filzen würden. Aber er schüttelte lediglich den Kopf.

»Sagt der Typ, er würde zurückkommen«, erzählte der alte Mann seiner Sportseite.

Sanft dirigierte Klinger Marcis Arm nach oben, bis ihre Hand auf dem Tresen lag. »Ihr Drink wird kalt.«

Marci probierte ihren Drink. »Hm. Gut.« Sie probierte noch einmal und stellte den Drink ab. »Wie können Sie um diese Zeit trinken?«

Klinger leerte seinen Becher. »Welche Zeit?« Er stellte den leeren Becher auf den Tresen.

Bruce zeigte mit dem Finger. Es war eine fragende Geste.

»Trinken Sie meinen aus«, sagte Marci, noch bevor Klinger reagieren konnte.

Klinger zuckte mit den Achseln.

»Ein Schüsschen?«, fragte Bruce.

»Bruce«, erklärte Klinger, »du bist wesentlich empfindsamer, als deine Kostümierung nahelegt.«

Bruce füllte Marcis Grog mit Whiskey auf und stellte die Flasche zurück an ihren Platz unterhalb der Bar. »Als wüsstest du was von Empfindsamkeit.«

»Wo ist dieser Frühstücksladen?«, fragte Marci, als Klinger die Hälfte des nunmehr umgewidmeten Drinks hinunterkippte.

Klinger hielt inne, um zu schlucken, dann kippte er die zweite Hälfte hinunter. »Pine und Hyde.«

Er stellte den leeren Becher neben dem anderen ab. »Da war ich erst ... « Er runzelte die Stirn. »Gestern? Scheint beinahe unmöglich.«

Marci, dabei, nach ihrer Tasche zu greifen, sah hoch.

»Wo?«

Klinger wiederholte die Koordinaten.

Marci zog einen Taschenschirm aus der Tasche und lächelte. »Was für ein Zufall.«

»Ja?«, fragte Klinger mechanisch.

»Phillip«, sagte Marci, »liegt im St. Francis Memorial.«

Klinger stutzte. »Der Typ mit dem Telefon?«

Marci nickte.

Klinger runzelte die Brauen. »Er ist im St. Francis?«

»Genau dort, an dieser Ecke.« Sie nickte nochmals. »Umfasst ja den gesamten Block.«

Klinger deutete auf ihre Tasche. »Ging es in Ihrem Telefonat darum?«

»Es wurde erwähnt.«

Also ist Frankie Geeze tot.

»Ich habe seine Zimmernummer.« Marci zeigte ein begeistertes Lächeln. »Er wird sehr froh sein, sein Telefon zurückzubekommen.«

»Ja.« Klinger blickte auf den zusammengefalteten *Chronicle.* »Willst du deine Zeitung zurück?«, fragte er den alten Mann.

Der alte Mann brummte, anscheinend völlig in den Sportteil vertieft.

»Ich schätze, das ist ein Nein«, sagte Klinger.

»Schon die Lottozahlen gecheckt?«, fragte der Barkeeper.

»Du spielst den Mist?«

»Jeden Tag«, sagte Bruce. »Gib her.«

Klinger gab Bruce die Zeitung. »Was macht er im Krankenhaus?«

»Keine Ahnung«, sagte Marci. »Aber wir werden es

herausfinden.«

Klinger starrte sie an. »Wir?«

»Klar.« Sie drückte auf einen Knopf an dem Schirm, woraufhin sich das Ding längenmäßig verdreifachte. »Warum nicht?«

»Nun«, wandte Klinger ein, »wie wär's damit, dass ich den Jungen nicht mal kenne?«

»Aber Sie haben sein Telefon gefunden«, lautete Marcis Argument. Sie drückte auf einen anderen Knopf und der Schirm entfaltete sich vor ihr wie eine Blüte. »Jemand wie Phillip?« Sie schulterte ihre Tasche. »Das Telefon ist sein Leben. Dort hat er alles gespeichert. Und was er dort nicht gespeichert hat ... «

Klinger wartete, verdrossen.

»Ist in der Cloud, und sein Telefon hat Zugriff auf die Cloud.«

»Die Cloud ...?«

Marci zeigte direkt nach oben.

Klinger hob den Blick gen Decke, bis er auf halbem Wege einen Hoffnungsschimmer ausgemacht zu haben glaubte. »Selbst wenn es tot ist?«

Marci sah ihn an.

»Genau. Das hatte ich vergessen.« Sie schob ihren Ärmel zurück und blickte auf ihre Armbanduhr. »Wir brauchen ein Ladegerät. Besser noch, einen Akku. Noch viel besser – beides. Halten Sie mal.« Sie hielt Klinger den Regenschirm hin.

Wäre ich auf sie eingegangen und hätte sie gevögelt, dachte Klinger, würden wir diese Unterhaltung womöglich nicht führen. Er griff nach dem Regenschirm. Das nehme ich zurück, oh ja, wir würden sie führen.

Marci holte ihr Telefon heraus und begann, auf das

Display zu tippen. »Okay ... «, sagte sie zu sich selbst. »Wie lautet ... « Sie zog Phillips Telefon aus der Tasche, betrachtete eingehend das Gehäuse, drehte es ins Licht, um die Modellnummer zu erkennen.

»Okay ... « Sie beförderte das leblose Telefon zurück in ihre Tasche und tippte auf ihr Display. »Es gibt einen Laden in der ... Nein ... Wie wär's mit ... « Sie nickte. »Näherer Umgebung ... Moment ... Ich weiß, dass es dafür eine App gibt ... «

»Man nennt sie Gehirn«, brachte Klinger vor.

»Van Ness und Clay.« Marci nickte und lächelte.

»Okay. Das ist ganz in der Nähe.« Sie tippte auf das Display. »Die machen um elf Uhr auf.«

»Van Ness und Clay?« Klinger wimmerte beinahe. »Das ist etwa zwölf Blocks von hier.«

»Dreizehn«, sagte der alte Mann und sah von seiner Zeitung auf.

»Tatsächlich?«, sagte Bruce zur Registrierkasse. »Ich hätte elf gesagt.«

»Wie auch immer«, sagte Klinger gereizt. »Draußen gießt es in Strömen und ich bin jetzt schon klatschnass.«

»Wir nehmen ein Taxi.« Marci tippte ein paarmal auf ihr Telefon und führte es an ihr Ohr.

»Hören Sie«, sagte Klinger zu ihr, »ich würde gern beim Goodwill vorbeischauen, für einen Klamottenwechsel.«

»Und das ist wo?«, fragte Marci über das Telefon hinweg.

»Der große, an der Van Ness und Mission«, erwiderte Klinger.

»Das ist South Van Ness«, erklärte der alte Mann seiner Zeitung.

»Da hat er recht«, erklärte Bruce seiner Registrierkasse.

»Sie haben es gehört«, sagte Klinger.

»Wird es lange dauern?«, fragte Marci.

»Fünfzehn Minuten«, versicherte ihr Klinger.

»Ja, wir sind an der Ellis und Hyde, bitte«, sprach Marci in ihr Telefon und fügte nach einer Pause hinzu: »Clay und Van Ness, kurzer Halt, dann Mission und South Van Ness, noch ein Halt und dann zum St. Francis Memorial, Hyde und Pine.« Sie stellte das Telefon ab.

»Man ist auf dem Weg«, erklärte sie und strahlte.

DREIZEHN

Klinger und Marci verließen das Hawse Hole an der Hyde direkt unterhalb der Ellis um zehn Uhr dreißig am Vormittag. Marci linste unter der Kettenlinie ihres Regenschirms hervor und blickte durch den dampfenden Regen auf den Namen über dem Eingang der Bar. »Wieso spricht jeder es Horse Hole aus, wo es doch h-a-w-s-e buchstabiert wird? Ist das so ein Schwulending?«

»Höchstwahrscheinlich.« So wenig Klinger einen Fuß auf ein Schiff gesetzt hatte, so wenig hatte er sich Fragen nach dem Namen der Bar gestellt.

Marci setzte sich eine Sonnenbrille auf, deren blinder Fleck vom Talmigold der Initialen des Designers vereinnahmt wurde. »Ich denke, dass ich meine Zeit alternativen Kulturen widmen werde, nachdem ich mich habe auszahlen lassen und mich früh zur Ruhe gesetzt habe.«

Klinger starrte sie nur an.

»Kommen Sie hier runter«, sagte sie. »Sie holen sich sonst den Tod.«

Klinger hatte zwar nie den Ausdruck Hyperthermie gehört, aber es entsprach der Wahrheit, dass er mit ihm flirtete.

»Da ist unser Taxi.«

Ein Taxi, rundum grün lackiert und mit Werbeaufdrucken versehen, glitt an den Straßenrand.

»Wie wollen Sie das anstellen?«, meinte Klinger fragen zu müssen, als er die Tür zum Fond öffnete.

Sie überhörte die Frage. »Nach Ihnen.« Sie setzte sich neben Klinger auf die Rückbank, klappte den Regenschirm zusammen und schüttelte ihn über dem Rinnstein aus, bevor sie die Tür schloss. »Van Ness und Clay«, sagte sie zu dem Fahrer. »Ein Laden für Telefone.«

Mit einem Blick in den Seitenspiegel machte der Fahrer Anstalten, sich wieder in den Verkehr einzufädeln, doch eine brutale, unnachgiebige Hupe überzeugte ihn. Insofern als er wieder nach rechts schwenkte und zum Halten kam, bevor er auf einen vor dem Tuolumne Meadows Residential Hotel geparkten Mercedes auffuhr. Es schien sich um einen vorzüglichen Fahrer zu handeln.

»Mistkerl«, verkündete der Taxifahrer in sachlichem Ton. Er griff nach dem Kreuz eines an der Halterung des Rückspiegels baumelnden Rosenkranzes und führte es an die Lippen.

Noch nicht angeschnallt, fanden sich Klinger und Marci gegen die Rückseiten der Sitze vor ihnen geworfen.

»Anschnallen«, mahnte der Taxifahrer.

Eine malariagelbe Wand verdunkelte das Licht an den Fenstern der Fahrerseite – eine Woge Regenwasser, die zwischen beiden Fahrzeugen hochschoss und die Scheiben flutete.

Der Taxifahrer sah in den Rückspiegel und versuchte es noch einmal.

Diesmal schafften sie es.

Marci startete erneut. »Van Ness und Clay. Ein Laden für Telefone.«

»Hab's beim ersten Mal mitbekommen«, sagte der Taxifahrer.

»Als jemand, der beinahe vom eigenen Regenschirm aufgespießt wurde«, erwiderte Marci höflich, »sage ich, wie schön, wenn man es mit einem Profi zu tun hat.«

»Diese Hummer«, erklärte der Taxifahrer seiner Windschutzscheibe, »sind eine Heimsuchung, eine Geißel, ein Fluch und teuer.«

»Allerdings«, stimmte Marci ihm zu. »Aber auch bequem. Beheizte Sitze. Individuelle Temperaturregelung. Außerdem geben sie mir ein Gefühl von Sicherheit. Ich meine, wenn ich in einem sitze«, sagte sie zur Klarstellung, »fühle ich mich sicher.«

»Dieses Baby hier«, sagte der Taxifahrer und tätschelte das Armaturenbrett, »fährt mit reinem Mais.«

»Mais«, wiederholte Klinger.

»Ja«, versicherte der Taxifahrer dem Rückspiegel. »Mir gefallen Neuerungen.«

»Handelt es sich dabei ... «, begann Marci zaghaft, »um gentechnisch veränderten Mais?«

Der Taxifahrer hatte einen Goldzahn und der blitzte jetzt im Spiegel auf. »Gibt es denn noch anderen?«

Marci sah aus dem Fenster und nagte an ihrer Lippe. »Gute Frage.«

»Genau genommen«, sagte der Taxifahrer, »lautet die korrekte Antwort: nicht mehr lange.«

Klinger, der der Unterhaltung nur wenig Aufmerksamkeit schenkte, blickte aus seinem Seitenfenster. Es schien, als wären auf diesem Abschnitt der Hyde Street gut ein Drittel der Läden leer. In einigen hingen Schilder – *Zu verkaufen oder zu vermieten, ganz oder teilweise, 9 – 180 Quadratmeter, Umbau nach Wunsch* –, aber viele waren mit Brettern vernagelt und mit jenem universellen Grau überstrichen, einem Farbton, wofür diverse Eimer Farbe zusammenkommen, wenn er im Auftrag genervter Vermieter angemischt wird, die lobende Erwähnung finden seitens einer Stadt, die nicht mehr über die Steuereinnahmen verfügt, um den Kampf gegen Graffiti selbst auszutragen.

Nicht dass Klinger eine Ahnung davon gehabt hätte. Er sah nur regenfeucht glitzerndes Ungenutztes.

»Wissen Sie«, sagte der Taxifahrer, »ich habe eine Berechnung angestellt.«

»In meinem Metier«, sagte Marci, während sie ihre Seite der Welt beim Vorbeigleiten beobachtete, »muss ich eine Menge Tabellen zusammenstellen.«

»Sie sind eine ungewöhnliche Frau«, sagte der Taxifahrer zu seinem Spiegel. »Das sehe ich.«

Marci nickte flüchtig.

»Man redet darüber, wie viele Hummer nötig wären, um den Planeten damit zu pflastern«, sagte der Taxifahrer.

»Tut man das?«

Marci runzelte die Stirn.

»Klar«, antwortete der Taxifahrer. »Berücksichtigt man ihren Platzverbrauch, sollte man nicht meinen, dass es auf so verdammt viele hinausläuft. Richtig?«

»Ich weiß nicht«, sagte Marci. »Wie groß ist ihr Platzbedarf?«

»Neun Quadratmeter«, antwortete der Taxifahrer prompt. »Seilwinden, Anhängevorrichtungen, Frontschutzbügel, anderen Schnickschnack und Ausstattungsgeschichten vom Zubehörmarkt nicht mitgerechnet.«

Marci sah in den Rückspiegel. »Es gibt Städte in Kalifornien, wo es nicht erlaubt ist, Anbauten von dieser Größe zu errichten.«

»Sie fangen an, die Zusammenhänge zu erkennen«, versicherte der Taxifahrer dem Spiegel.

»Und die Oberfläche des Planeten?«, fragte Marci.

»Fünfhundertzehn Millionen Quadratkilometer.«

»Was – «, begann Marci.

»Was man in Quadratfuß umrechnen müsste – «, gab der Taxifahrer ungeduldig zurück, während eine Spur

Schärfe in seine Stimme kam.

»Biegen Sie an der Turk Street rechts ab«, unterbrach ihn Marci, ihrerseits eine Spur Entschiedenheit in der Stimme.

Der Taxifahrer fuhr von der mittleren Spur nach rechts, schnitt ein anderes Taxi, das ebenfalls rechts abzubiegen versuchte. Das andere Taxi war gelb und seine Hupe ertönte, langanhaltend und beleidigt.

»Das Arschloch verbrennt noch immer fossilen Kraftstoff«, bemerkte der Taxifahrer voller Verachtung. »Scheißkerl.«

»Und dann rechts in die Van Ness«, so Marcis Anweisung.

»Hören Sie«, sagte der Taxifahrer postwendend, »haben Sie der Zentrale nicht gesagt, Sie wünschen, dass ich warten soll?«

»Ja.«

»Okay. Denken Sie mal über Folgendes nach. Der Telefonladen, zu dem Sie wollen, liegt auf der Westseite der Van Ness, vielleicht drei Türen von der Ecke entfernt. Sie wollen, dass ich Sie auf der Ostseite der Straße absetze, damit Sie auf Grün warten, um im strömenden Regen die sechs Spuren der Van Ness zu überqueren?«

Marci dachte nicht darüber nach. »Nein.«

»Ganz recht. Also sollte ich weiterfahren zur Franklin, Richtung Norden, über die Clay zur Washington, rechts in die Washington einbiegen, wieder rechts auf die Van Ness und dann direkt vor dem Laden in der Haltezone des Busses warten, Richtung Süden, für unseren nächsten Stopp«, er fasste sich seitlich an den Kopf, »an der South Van Ness und Mission Street.«

»Ausgezeichnet«, musste Marci zugeben.

»Hey«, der Taxifahrer suchte die Übereinstimmung mit seinem Rückspiegel, »ich bin ein Profi.«

»Dessen bin ich versichert«, erklärte Marci.

Die Turk Street ist eine Einbahnstraße Richtung Westen. Der Taxifahrer gab Gummi, wie man so schön sagt, und schoss auf die östliche rechte Fahrbahn der Van Ness. Zwei Hupen ertönten.

»Sehen Sie?«, sagte Marci zu Klinger, während sie mit beiden Händen nach der Rückseite des Sitzes vor ihr griff. »Manche Leute haben Spaß bei der Arbeit.«

Was veranlasst diese Frau, dachte Klinger mit finsterem Blick auf seine Seitenscheibe, sich die Freiheit herauszunehmen, solche Belanglosigkeiten mit mir zu teilen?

»Umgerechnet in Quadratfuß und geteilt«, sagte der Taxifahrer, warf dabei einen Blick nach links, als er bei Rot weiterfuhr und rechts in die Franklin einbog, »sind wir bei fünfhundertdreiundsechzig Billionen.«

Marci sah Klinger an. Klinger nahm nicht die geringste Notiz von dieser Unterhaltung. Oder diesem Monolog. Oder was immer es war. »Ich beiße gleich.« Marci wandte sich wieder dem Spiegel zu. »Fünfhundert Billionen wovon?«

»Hummer, um den Planeten damit zu pflastern«, sagte der Taxifahrer. Er deutete auf den Fußraum. »Diesen Planeten«, fügte er hinzu. »Also wird es nirgends annähernd genug geben.«

»Annähernd genug wovon?«

»Hummer.«

»Ohhhh«, sagte Marci. »Das scheint tatsächlich eine ungeheure Anzahl Hummer zu sein.« Sie stieß Klinger mit dem Ellbogen an.

»Sind das nicht ’ne Menge Hummer, Schatz?«

Klinger rutschte noch näher an die Tür auf seiner Seite. Diese plappernden humanoiden Wesen machten es einem an diesem Vormittag leicht, sich einer Regentag-Soziopathie hinzugeben. Hätte es auf der anderen Seite des dicken Glases nicht so geschüttet, er hätte sich auch in den Verkehr auf der Franklin Street stürzen können.

»Ich muss auf die linke Spur, wenn wir Richtung Norden wollen«, sagte der Taxifahrer, »oder wir landen in der Tiefgarage unter Whole Foods und beobachten Hausfrauen in Geländewagen, wie sie einander den Stinkefinger zeigen.«

»Dafür haben wir es viel zu eilig«, versicherte ihm Marci, »und einen Haufen wichtigerer Dinge, um die wir uns kümmern müssen.«

»Ganz meine Meinung.« Der Taxifahrer fädelte sich in den Verkehr auf der linken Spur ein. »Und es handelt sich um eine hässliche Seite der Menschheit, die man normalerweise nicht dulden würde und wovon man Zeuge wird da unten, in der Garage. Sie sollten einen dreiköpfigen Hund zur Bewachung einsetzen.«

Tatsächlich, als sie hügelaufwärts von der Pine zur California Street fuhren, bildeten Geländewagen eine Schlange, um den Eingang zu einer Tiefgarage passieren zu können, und verstopften so die rechte Fahrspur.

Der Taxifahrer und Marci zeigten beide auf den Rückspiegel und sagten: »Ein Profi.«

Eine kleine, aber spürbare Menge Galle stieg Klingers Speiseröhre wenige Zentimeter hoch. Er würgte sie mit einem Knurren hinunter, wobei ihn der Gedanke unterstützte, dass ein Kopf mehr als genug sei.

Aber der Taxifahrer war wirklich ein Profi, und schon

bald blockierte sein grünes Taxi eine Bushaltestelle auf der Van Ness, ein paar Türen von einem Telefonladen entfernt.

»Ich bin gleich zurück«, sagte Marci. Sie legte die Hand auf den Türgriff und sah zu Klinger hinüber. »Brauchen Sie was?«

Klinger nickte seinem beschlagenen Fenster zu, gab aber keine weitere Antwort, so, als wäre das, was er brauchte, im Telefonladen nicht vorrätig.

Marci öffnete die Tür, spannte den Schirm auf, stieg aus.

Klinger und der Taxifahrer warteten. Der Regen trommelte auf das Wagendach. Nach und nach entströmte Klingers feuchter Kleidung ein gewisser Gestank, der die Atmosphäre im Taxi zu sättigen drohte. Wortlos öffnete der Fahrer sein Fenster einen Spalt breit.

Daran gehindert, an die Haltestelle zu fahren, hielt ein Bus neben dem Taxi und blockierte seinerseits den Verkehr dahinter. Hupen ertönten und der Bus gab das Kompliment zurück.

Der Taxifahrer, der ein paar Tasten an seinem Bordcomputer bediente, ignorierte sie alle.

Ein Typ in einem Rollstuhl, das T-Shirt völlig durchnässt, rollte rückwärts über den Bürgersteig, vorbei an Klingers Fenster. Das vordere Ende des Busses ächzte, senkte sich wie ein Kamel und die Türen gingen auf. Die vorderen Stufen wurden zu einer Rampe, die auf den nassen Asphalt sank. Der Regen fiel mit einer Wucht auf das Riffelblech der Rampe, die die Tropfen dreißig Zentimeter zurück in die Luft katapultierte. Der Typ im Rollstuhl rollte weiter zum vorderen Ende des Taxis und fing an, mit einer behandschuhten Faust auf den Kotflügel zu schlagen. Der Taxifahrer sah von seinem Computer hoch, brummte, legte den Rückwärtsgang ein, sah in alle drei Rückspiegel, fuhr rückwärts, damit der Typ im Rollstuhl zwischen der vorderen Stoßstange des Taxis und der rückwärtigen eines Chevy Blazer den Bordstein überwinden und direkt auf die Rampe rollen konnte. Er trug eine Giants-Baseballkappe und von ihrem Schirm spritzte genug Regenwasser, um seine Knie zu tränken, nicht hingegen seine offenen Sneakers, von denen jeder bereit war, seine Ladung von der Gummiabdeckung der jeweiligen Stahlstange in Empfang zu nehmen.

Beim zweiten Versuch hatte er den Rollstuhl richtig ausgerichtet und rollte damit die Rampe hoch. Die bewegte sich nach oben und der Rollstuhl in den Bus. Noch bevor die Rampe ordnungsgemäß eingefahren worden war, setzte sich der Bus mit Getöse in Bewegung, schwenkte auf die nach Süden führende Fahrspur, sodass das Wasser von den sich nunmehr bildenden Stufen spritzte und ihre vordere Ecke nicht nur das linke Rücklicht des Blazer zerstörte, sondern auch einen langen, spitz zulaufenden Kratzer im Blech seiner linken hinteren Seitenwand hinterließ.

Als der Bus weggefahren war, schaltete der Taxifahrer in den Vorwärtsgang, schloss die Lücke zwischen seiner vorderen Stoßstange und dem Blazer und widmete sich wieder seinem Bordcomputer. Das Trommeln auf dem Taxidach steigerte sich zu einem Dröhnen, schwächte sich zu einem neuerlichen Trommeln ab, während sich auf der Van Ness ein Regenvorhang Richtung Norden schob. Das Funkgerät des Taxis krächzte. Eine Stimme nannte unverständlich eine Adresse. Der Taxifahrer berührte ein paar Tasten auf dem Bordcomputer. Ein weiterer Bus kam, hielt an, spuckte einen Fahrgast aus und fuhr wieder ab, gefolgt von einem Dutzend Wagen und LKW. Nach einer weiteren Viertelstunde wurde die Tür auf der Fahrbahnseite geöffnet, Marci setzte sich seitlich auf den Sitz, klappte den Schirm zusammen und schloss die Tür.

»Du lieber Himmel.« Sie zog eine kleine Schachtel aus einer Plastiktasche und zeigte sie Klinger. »Die haben da nur einen Typ, der bedient.« Klinger nickte matt. »Und jetzt«, sagte sie über die Rückenlehne des Fahrersitzes, während sie zugleich die Laschen an der Schachtel zu öffnen begann, »zum Goodwill an der South Van Ness.«

»Hm.« Der Taxifahrer legte den Rückwärtsgang ein, fuhr vielleicht einen Meter zurück und warf einen Blick in den Seitenspiegel. »Das liegt an der nordöstlichen Ecke. Und Sie möchten, dass ich wieder warte, stimmt's?«

»Wir möchten, dass Sie wieder warten«, bestätigte Marci.

»Nun, vielleicht biege ich links an der Grove ab, fahre die Polk runter, dann über die Market Street zur Zehnten, rechts in die Mission und dann rechts in die Van Ness. Fast der ganze Block hinter der Mission ist Busbereich. Sie brauchen also nur aus dem Taxi zu steigen und zum Eingang zu stürmen. So wie hier.«

»Sie sind ein Genie«, sagte Marci.

»Bin ich«, sagte der Fahrer.

»Sie wissen, was Sie wollen?«, fragte sie Klinger, ohne die Begutachtung der Schachtel in ihrer Hand zu vernachlässigen.

Klinger riss sich aus seiner Erstarrung. »Irgendwas Warmes.«

»Hier.« Sie gab ihm zwei Zwanziger und schloss seine Hand darum herum. »Sollten Sie was Vorzeigbares finden, führe ich Sie auch zum Lunch in einen entsprechenden Laden.«

Klinger sah zuerst auf das Geld, dann sah er Marci an. Er sagte nichts, behielt aber die Scheine.

Sie lächelte leicht, lehnte sich in ihre Ecke des Taxis zurück und verfolgte, wie die nasse Welt vorbeizog.

Der Taxifahrer kam auf seiner Route gut voran, obwohl es zwei Ampelphasen dauerte, bis er links in die Grove einbiegen konnte. Als sie in der Buszone vor dem Goodwill hielten, zeigte das Taxameter zweiundfünfzig Dollar an.

Das Goodwill an der Ecke Mission und South Van Ness ist das größte in San Francisco. Vor der sogenannten Rezession setzten sie den Warenbestand regelmäßig wöchentlich um. Ein paar Monate nach Einsetzen der sogenannten Rezession stießen sie die besseren Teile bereits täglich ab.

Selbst so früh war der Laden gerammelt voll. Zwei schöne Polstersessel und eine Couch zu beiden Seiten der Doppeltür des Eingangs waren von drei Personen belegt, die offensichtlich aus keinem anderen Grund dort saßen, als dem Regen zu entfliehen. Ein Mann vor dem Tresen des Computerbereichs (das San Francisco Goodwill an der Mission und South Van Ness verfügt über eine engagierte Abteilung für Computer) verbreitete sich über die Vorzüge von DOS WordStar. Kein Mitarbeiter auf der anderen Seite des Tresens schenkte ihm Aufmerksamkeit. Frauen trafen ihre schnelle Wahl beim Sichten der Gestelle mit Kleidern und Blusen, Männer taten das Gleiche in der Hosenabteilung. Klinger bezog in der Herrenabteilung Position hinter dem Mann, der systematisch jedes Paar Hosen begutachtete, und bald tauchte eine anständige Hose aus abgefüttertem Wollstoff in Klingers Größe auf. So auch in der Hemdenabteilung, wo er ein Flanellhemd mit langen Ärmeln fand; so auch bei den Jacken, wo er Schwein hatte, eine Cabanjacke aus wattiertem Wollstoff zu finden, stilecht durch Ankerreliefs in jedem ihrer großen blauen Knöpfe. Neu würde allein diese Jacke über hundert Flocken kosten. Schließlich förderte er vom Boden eines Kartons voller Hüte eine dunkelblaue Rollmütze aus Wolle zutage, die perfekte Ergänzung zur Cabanjacke. Zügig sammelte er ein Paar dicker Wollsocken ein, ein stark heruntergesetztes T-Shirt mit dem Aufdruck *Republicans for Voldemort* und ein Paar leichter Madrasshorts als Ersatz für Unterwäsche. Alles in allem hatte er die ideale Ausstattung für Dreckwetter zusammengestellt. Bei den Schuhen musste er allerdings Vorlieb nehmen mit einem Paar knöchelhoher Disco Boots aus imitiertem Fell, einem Reißverschluss am Spann und ohne Profilsohle. Aber sie passten über die Wollsocken.

Der Mann vor Klinger in der Schlange an der Kasse war von kleiner Statur und er war schrill gekleidet. Seine Hose aus weißem Leinen und mit hohem Bund war zerknittert genau wie sein Hemd, dessen schwarzer Grundton ein Muster mit weißen Gänsen beschrieb, die in ihr eigenes Negativ übergingen. Regentropfen perlten auf seinen hochglänzenden schwarzen Schuhen, als wäre jeder Schuh die Motorhaube einer schwarzen Limousine.

Das Mädchen an der Kasse scannte den Barcode jedes einzelnen Artikels des Kunden – zwei unterschiedliche Weingläser, einen Aschenbecher in Form eines Saguaro mit der Aufschrift *Arizona!*, einen Führer durch die Flora der Rocky Mountains, einen Film mit Pedro Infante auf

DVD. Nachdem die Angestellte den letzten Artikel in eine Tüte gepackt hatte, las sie den Betrag von der Kasse ab. »Acht Dollar neunundneunzig, Sir.«

Der Abgebrochene klopfte flüchtig die Brusttasche seines Hemdes ab und durchsuchte die Taschen seiner Hose, vorn wie hinten, bis er endlich mit einem nachlässig gefalteten Hundertdollarschein aufwarten konnte, den er der Angestellten mit einem schwachen Schulterzucken hinhielt.

Sie sah auf den Schein. »Den kann ich nicht annehmen, Sir.«

Der Abgebrochene rieb den Schein anzüglich zwischen Daumen und Zeigefinger, als wäre er für das Mädchen, als solle es bedeuten, sie brauche nicht allzu hart dafür zu arbeiten, um ihn sich zu verdienen. Wenn auch seine Miene nichts dergleichen verriet, so hatte diese Geste etwas Anstößiges.

»Es tut mir leid, Sir«, sagte die Kassiererin geduldig. »Ich kann keinen Schein annehmen, der größer ist als ein Zwanziger.«

Als bemerke er die Schlange hinter ihm erst jetzt, zeigte der Abgebrochene Klinger den Schein.

Klinger, der um die fünfzehn Zwanziger in der Tasche hatte, sah dem Kunden mit dem Hunderter ins Gesicht. Die Augen waren wie erloschen. Klinger machte keinerlei Anstalten, nach dem Geld in seiner Tasche zu kramen, und schwieg. Hätte er nicht an einem gewissen Kodex festgehalten, dem zufolge er die Abzocker dieses Knaben niemals hätte auffliegen lassen, Klinger hätte auch beleidigt reagieren können angesichts des Netzes, das man für ihn ausgeworfen hatte. Hinter Klinger rief eine Frau fröhlich aus: »Ich glaube, ich kann aushelfen.«

Die Augen des Mannes glitten über Klinger hinweg wie Austern, die von einem Servierteller rutschen. Klinger drehte sich um, genauso die Kassiererin. Niemand sagte ein Wort.

Die dritte Person in der Schlange war eine grauhaarige Frau. Sie trug ein bodenlanges Batikkleid, darüber einen Wollpullover, dessen Hornknöpfe jeweils mit einem Kranz geflochtener Haare eingefasst waren, vermutlich die Ausbeute einer Schur der sechs oder acht Rentiere, die ihren Brustkorb umrundeten. Sie legte die mit einem Dollar ausgepreiste Ausgabe eines illustrierten Buches mit dem Titel *Gottheiten des Hindukusch* auf den Tresen, während sie einen Zwanziger, einen Zehner, einen Fünfer und zwei Eindollarnoten aus einer mit einem Tomahawk und einer Adlerfeder bestickten Ziegenlederbörse fischte.

Wenn das nicht die unbekümmerte Großmutter von jemandem ist, dachte Klinger, hat sie schlechte Karten.

Tu's nicht, hätte Klinger der Frau empfehlen können. Wie auch das Mädchen an der Kasse diese Empfehlung durchaus hätte aussprechen können. Aber, wie es nun mal aussah, sagte keiner von beiden etwas. Zweifellos hatte das Mädchen dergleichen tausendmal erlebt oder sie begriff tatsächlich nicht und folgte nur den Anweisungen. Der Abgebrochene stand da, als hätte er den ganzen Tag Zeit, an die Kohle für seinen nächsten Druck zu kommen. Oder vielleicht hatte er auch nur ein Auge auf ein paar Schuhe für neunzig Dollar geworfen.

»Nein«, erklärte die Großmutter entschuldigend, präsentierte dabei ihre siebenunddreißig Dollar jedem, der Interesse daran haben könnte, was praktisch jeden hier betraf. »Wunschdenken«, fügte sie kichernd hinzu. Und mit Ausnahme der beiden Eindollarscheine wanderte das Geld zurück in ihre Börse.

Klinger richtete seinen Blick wieder nach vorn. Der Abgebrochene sah die Kassiererin an. »Ich kann Ihre Sachen zurücklegen, bis wir schließen«, bot sie ihm an, ihre Miene neutral.

»Da ist eine Bank«, sprang Klinger ihr bei und deutete nach draußen. »Gleich auf der anderen Seite der Mission.«

»Ja«, sagte der Abgebrochene eher widerwillig. »Gibt's da.«

Die Kassiererin kniff die Tüte oben zusammen. »Wir schließen um fünf«, sagte sie und stellte die Tüte auf ein Regalbrett unterhalb des Tresens. Ihr Blick wanderte zu Klinger. »Der Nächste, bitte.«

Wie es sich so traf, lag die Eingangstür etwa sechs Meter entfernt vom Kassenbereich. Während die Kassiererin seine Einkäufe scannte, beobachte Klinger, wie der schrill gekleidete kleine Mann am Eingang stehen blieb. Hinter dem Glas eilten Fußgänger durch den strömenden Regen. Erst jetzt steckte der Kunde den Hundertdollarschein sorgfältig weg und widmete sich einer raschen Begutachtung eines Schirmständers voller nasser Regenschirme direkt an der Tür. Er wählte das farbenfreudige Exemplar aus der Mitte all der schwarzen Brüder aus, stieß die Eingangstür auf. Der Schirm öffnete sich über dem Abgebrochenen, als der den Gehweg erreicht hatte, präsentierte das Logo des Pebble Beach Country Club, als er sich umdrehte.

Die Bank of America, auf die sich Klinger bezogen hatte, befand sich links des Eingangs zum Goodwill, direkt an der Mission Street.

Der schrill gekleidete kleine Mann unter dem gestohlenen Regenschirm wandte sich nach rechts und verschwand im Regen.

Die Summe belief sich auf sechsundfünfzig Dollar, sodass Klinger etwas vom eigenen Geld zum Einkauf beisteuern musste. Das ärgerte ihn.

Den Kassenzettel in der Hand, stibitzte er ein Badehandtuch und begab sich in eine Umkleidekabine. Er ließ seine feuchten Klamotten zu Boden fallen, froh, sie loszuwerden, trocknete sich ab und verschwand, nachdem er die neu erworbene Kluft angezogen, sein Geld von einer klammen in eine trockene Tasche gesteckt hatte.

Das Taxi stand noch dort, wo er es verlassen hatte.

Das Taxameter zeigte achtundsechzig Dollar an.

»Okay«, sagte Marci in ihr Telefon, als Klinger sich wieder auf den Rücksitz setzte.

»Bis später. Hey«, sagte sie und steckte das Telefon weg. »Starke Aufmachung.«

»Und angenehm warm«, sagte Klinger. Warm und mehr oder weniger trocken, in dem Gefühl, ein Mensch zu sein und irgendwie gesprächig, und ungeachtet seines Hinterns, der prickelte, dort, wo er zu lange feuchtem Stoff ausgesetzt gewesen war, bemühte Klinger seinen stärksten Antrieb, gesellig zu sein. »Wie wär's mit einem Drink?«

»Wie wär's zuerst mit einem Frühstück?«, erwiderte Marci tadelnd.

»Wie wär's mit beidem?«, konterte Klinger.

»Mann.« Marci kicherte. »Sind Sie sicher, dass Sie nicht so eine Art *hombre de negocios* sind?«

Außer *chiva* und *adiós* verstand Klinger äußerst wenig Spanisch; aber zufällig kannte er den Ausdruck für *Ge-*

schäftsmann, war es nicht das erste Mal, dass sich jemand über seinen Geschäftssinn lustig machte. Und nicht zum ersten Mal ertappte sich Klinger dabei, dass er über das nachdachte, was er als eigenartiges Verhältnis zwischen Geschäftssinn und Misanthropie wahrnahm.

Marci zeigte Klinger Phillips Handy. »Fällt Ihnen was auf?«

Klinger zuckte mit den Achseln. »Das Display leuchtet.«

»Sehr gut«, nickte Marci. »Können Sie's lesen?«

Klinger veränderte den Abstand zum Display und auch den Winkel zum einfallenden Licht.

»Nun?«, fragte Marci ungeduldig.

»Geben Sie das Passwort ein«, las Klinger vor.

Sie ließ das Telefon in ihre geöffnete Tasche fallen.

»Gottverdammt«, verkündete Marci.

VIERZEHN

Während Klingers Abwesenheit hatte sich der Taxifahrer die Zeit damit vertrieben, über das Internet und die virtuelle Tastatur seines Mobiltelefons Zahlen und Statistiken zusammenzusammeln, um einen Grafikrechner damit zu füttern.

»Also«, hatte der Taxifahrer in dem Moment verkündet, als Klinger die Tür am Bordstein öffnete, »gehen wir davon aus, dass fünfhundertdreiundsechzig Billionen Hummer notwendig sind, um den Planeten zu pflastern, richtig?«

»Gewiss doch«, sagte Marci, den Blick auf ihre regennasse Seitenscheibe gerichtet.

»Auf Basis«, fuhr der Taxifahrer fort, »der Standardlänge eines Hummers von fünf Meter siebzehn, Fahrradhalter und Seilwinden nicht mitgerechnet ... « Er tippte mit dem Zeigefinger auf das Display des Rechners. »Siebenunddreißig Millionen Fahrten zum Mond und zurück.« Er nickte. »Das ist hin und zurück, Baby.« Er zog die Luft scharf ein. »Wenn man einen Hummer mit Lichtgeschwindigkeit fahren könnte, um diese Hin- und Rückfahrten auszuführen ... « Er bearbeitete seine beiden Geräte. »Zwei Jahre und zehn Monate.« Er polierte das Display seines Rechners mit dem Daumen.

»Die Schuhe gefallen mir«, sagte Marci unvermittelt.

Klinger zögerte. »Sie werden bei diesem Wetter nicht viel ausrichten«, er deutete mit dem Kopf auf die Regentropfen, die an der Scheibe entlangflossen, »aber sie passen ... Mir gefällt die Jacke«, sagte er noch. »Sollte mir je wieder warm werden, wird dieses Jacke dafür sorgen, dass es so bleibt.«

»Haben Sie die ganzen vierzig Dollar ausgegeben?«

»Die und noch sechzehn dazu.«

»Kassenzettel?« Sie streckte die Hand aus.

Klinger fischte ihn aus der Innentasche der Cabanjacke und hielt ihn Marci hin. Die nahm ihn, drehte den Kopf wieder zum Seitenfenster. Sie seufzte kurz darauf, wodurch die Scheibe beschlug.

Klinger war kurz davor, danke zu sagen und es habe etwas von Nach-den-Sternen-Greifen gehabt, die Tür zu öffnen, hinaus in Regen und Verkehr zu treten, die Frau also nie wiederzusehen, als sie ihn ansah und sagte: »Wie würde es Ihnen gefallen, sich einen Tausender zu verdienen?«

Der Taxifahrer blickte von seinem Rechner auf, blinzelte der Windschutzscheibe zu und kümmerte sich dann wieder um seine Zahlen.

»Nun?«, wollte Marci von Klinger wissen.

Der kniff die Augen zusammen. »Zuzüglich Spesen?«

Marci schüttelte den Kopf und lächelte leicht. »Aber natürlich.«

»Sie machen mich neugierig«, gab Klinger zu.

»Zurück zum Goodwill.« Bevor Klinger etwas einwenden konnte, sagte sie zu dem Taxifahrer: »Und Sie warten.«

»Sie warten«, gab der Taxifahrer zurück und blickte von seinem Grafikrechner auf. »Glauben Sie, ich bin von gestern?« Er zeigte auf das Taxameter, auf dessen LCD-Anzeige jetzt die Summe von zweiundsiebzig Dollar fünfundfünfzig zu sehen war.

»Oh«, sagte Marci. »Natürlich.« Sie zückte ihr Portemonnaie und reichte dem Taxifahrer einen Hundertdollarschein über die Schulter. »Wir sind gleich zurück.«

Der Taxifahrer strich den Hunderter zwischen seinen Händen glatt, hielt ihn gegen das Licht und nickte. »Ich warte hier.«

Das Crescendo des Wahnsinns im Goodwill war angeschwollen und Marci war wählerisch, also dauerte der zweite Abstecher fünfundvierzig Minuten.

Während sie Sachen für ihn auswählte, ging Klinger schnurstracks in die Umkleidekabine, wo er sich zuvor umgezogen hatte. Sie war nicht besetzt, seine Klamotten jedoch waren verschwunden. So viel zu seiner Ration Speedball.

Als sie wieder im Taxi saßen, trug Klinger ein dunkles Tweedjackett mit schwarzen Ellbogenflecken, ein Ananashemd, dunkle Hosen, dieselben Schuhe wie zuvor und einen karierten Fedora mit einer kleinen Feder, die im Hutband steckte. Seine früheren Einkäufe trug er in einer großen Papiertragetasche bei sich.

Marci rutschte über den Rücksitz, bis sie direkt hinter dem Fahrer saß. »Das hat Spaß gemacht«, sagte sie zu Klinger, während er ihr aus dem Regen in das Taxi folgte. »Ich habe keinen Mann mehr eingekleidet, seit Fettabsaugen in einer windigen Privatklinik bei meinem Vater eine Lähmung hervorgerufen hat.«

Klinger hatte sich gerade auf seinen Sitz gesetzt. Als er Marcis geistreiche Bemerkung hörte, wollte er spontan wieder aussteigen.

»Hey!« Marci lachte und legte ihm die Hand auf den Arm. »Bleiben Sie locker.«

Klinger erstarrte. »Locker bleiben hat mir noch nie was gebracht.«

»Haben Sie den Kassenzettel eingesteckt?«, fragte sie.

Klinger lehnte sich im Sitz zurück, schloss die Tür und

so den Regen aus. »Nein, Schatz«, sagte Klinger leise, »ich denke, den hast du.«

Sie blickte an sich herunter, zog dann die Ecke eines weißen Zettels aus den Scheinen in ihrer Hand. »Hier ist er.« Sie faltete den Zettel und steckte ihn in ein mit einem Reißverschluss versehenes Fach ihres Portemonnaies, neben ein ordentliches Bündel Geldscheine.

»Arbeitskleidung.« Sie ließ das Portemonnaie in ihre Tasche fallen. »Lässt sich definitiv von der Steuer absetzen«, stellte sie zufrieden fest.

»Apropos ... « Der Taxifahrer berührte das Taxameter, dessen LCD-Schirm jetzt einhundertzwei Dollar fünfunddreißig anzeigte.

»Dafür brauche ich auch eine Quittung«, bemerkte Marci. »Nachher.«

Der Taxifahrer zog drei Blankoquittungen unter der Sonnenblende hervor und reichte sie über die Schulter. »Wohin jetzt?«

»Hören Sie«, sagte Klinger.

Der Taxifahrer änderte seinen Blickwinkel, um Klinger sehen zu können.

»Ja?«, sagte Marci.

»Dieses Loch in meinem Magen ... « Klinger legte die flache Hand links unten auf seinen Bauch. »Das muss ich füllen.«

Marci zog ihr Telefon zurate. »Lunchzeit ist bereits vorbei, stimmt.«

»Ich bin geneigt, mit dem Frühstück zu beginnen«, sagte Klinger. »Und danach Lunch.«

»Okay«, sagte Marci. »Wir fangen mit Ihrem Laden gegenüber dem Krankenhaus an.« Marci beobachtete Klinger, der die Augen schloss, die Hand noch immer an dieser Stelle seines Magens. Als Klinger nicht reagierte, sagte sie zum Fahrer: »Pine und Hyde.«

Der Taxifahrer warf einen Blick in seinen Rückspiegel. »Soll ich wieder warten?«

Mit ihren Gedanken offensichtlich woanders, schüttelte Marci sacht den Kopf.

»Alles Gute geht einmal zu Ende«, sagte der Fahrer. Er legte den ersten Gang ein und behielt den Seitenspiegel im Blick. Als es unbedenklich war, sich in den Verkehr einzufädeln, tat er es und fragte dabei: »Hat sich jemand in diesem Auto schon mal die Frage gestellt, wie viele Hummer nötig wären, um die Dichte des Neutronensterns im Herzen des Krebsnebels zu erreichen? Nein? Nun, seien Sie unbesorgt. Ein chinesisch-iranisches Konsortium hat zu diesem Problem umfangreiche Überlegungen angestellt ... «

Mit einem großzügigen Trinkgeld belief sich der Preis für die Taxifahrt auf einhundertsechzig Dollar. Sobald sie im Diner Platz genommen hatten, füllte Marci die drei visitenkartengroßen Quittungen gewissenhaft aus, um eine doppelt so hohe Summe vorzuspiegeln.

»Das Wichtigste zuerst«, sagte sie zu Klinger, während sie die Kärtchen aus gelbem Karton zusammen mit dem Kassenzettel des Secondhandladens und anderen Belegen in einem Fach ihres Portemonnaies verstaute. Sie saßen in der Nische, in der er mit Frankie gesessen hatte ... war das erst gestern gewesen? Klinger hing mit seinen schmerzenden Gliedern schlaff auf der Polsterung. »Dieser Tausender, den Sie erwähnt haben. Kann man den auch von der Steuer absetzen?«

»Lohnauftrag für einen Tag«, entgegnete sie ohne

Zögern. »Eindeutig absetzbar.« Sie setzte ein nettes Lächeln auf. »Ich brauche Ihre Adresse und Ihre Sozialversicherungsnummer.«

Sein Bauch machte Klinger heute Vormittag mächtig zu schaffen. Klinger schloss die Augen. »Wieso das?«

»Dann kann ich Sie steuerlich als freien Mitarbeiter absetzen.«

Eine Minute verging. »Was für eine Masche ist das?«

Marci schien verwirrt. »Masche?«

Die Kellnerin brachte Kaffee. Klinger machte die Augen auf. Es war auch dieselbe Kellnerin. Sie ließ sich nicht anmerken, ob sie ihn wiedererkannt hatte. Kleider machen Leute. Klinger sah ihr nach, als sie wegging. War das wirklich erst gestern gewesen?

»Meinen Sie das ernst mit dem Riesen?«, fragte er plötzlich.

Marci nickte.

»Okay.« Klinger stand auf. »Bin gleich wieder da.« Er ging zur Tür hinaus, blickte nach rechts, dann nach links, wandte sich nach rechts und verschwand.

Marci beobachtete seinen Abgang. Kurz darauf zuckte sie mit den Achseln, holte ihr Telefon hervor und bearbeitete es mit ihren Daumen.

Wieder zurück, lehnte sich Klinger in der Nische nach hinten, fummelte unter der Tischkante herum, füllte seinen Kaffee mit Whiskey aus einem in einer Papiertüte verborgenen 0,2-Liter-Fläschchen auf, verschloss das Fläschchen und ließ die Tüte in der Innentasche seines Tweedjacketts verschwinden.

Marci hob misstrauisch eine Augenbraue. »Das soll das Loch in ihrem Magen füllen.«

Klinger setzte den Becher an die Lippen und nahm

einen kleinen Schluck. »Was für den einen ein Göttertrank, ist für den anderen der Schierlingsbecher«, er nippte ein zweites Mal, »so der erste Grundsatz der Pragmatik.« Er leerte den Becher zur Hälfte und stellte ihn ab. Marci, die eine Nachricht tippte, nickte, als hätte sie jedes Wort verstanden. Die Kellnerin erschien, schleppte Würstchen, Eier, Maisgrütze, Toast, Butter und Marmelade heran, alles für Klinger, und eine Tasse schwarzen Tee zusammen mit einer Schale Haferbrei mit Blaubeeren für Marci.

»Ich nehme an, es könnte beides sein«, stellte Marci fest.

»Ja«, sagte Klinger, ohne Ambitionen, sein Desinteresse an ihrer Einschätzung zu verschleiern.

Nachdem er etwa zwei Drittel der Mahlzeit intus hatte, drosselte Klinger sein Tempo und fragte Marci, worum es gehe.

Sie zog Phillips Telefon aus der Handtasche und legte es auf den Tisch.

»Ohne das Passwort ist dieses Telefon nicht zu gebrauchen.«

»Der neue Akku genügt also nicht?«

»Der neue Akku genügt nicht.«

Klinger machte sich bei der Kellnerin bemerkbar, indem er den Becher hob.

»Und mit einem Passwort?«

»Schwer zu sagen«, räumte Marci ein. »Aber das ist etwas, was wir herausfinden müssen.«

Die Kellnerin erschien mit einer Kanne Kaffee. »Lassen Sie reichlich Platz für die Kaffeesahne«, bat Klinger. »Können Sie nicht einfach Ihren Kumpel nach dem Passwort fragen?«

»Er würde es mir nicht geben«, sagte Marci. »Aber er könnte es Ihnen geben.«

Klinger, gerade dabei, die Dosis Whiskey zu verdoppeln, besann sich eines Besseren, schraubte die Flasche zu und reichte sie samt Tüte über den Tisch. »Würde es Ihnen etwas ausmachen, das in Ihre Tasche zu stecken?«

Marci sah die Papiertüte an, dann Klinger.

Klinger wartete.

Sie nahm die Tüte und steckte sie in ihre Handtasche.

Klinger setzte sein Bemühen um eine ausgewogene Ernährung fort. »Also ist es ein Täuschungsmanöver.«

»So nennen Sie das?«

»Wenn's darum geht, dass ich in das Krankenzimmer dieses Knaben spaziere, um ihm das Passwort abzuluchsen – ja, dann würde ich das ein Täuschungsmanöver nennen.«

»Ich halte es für die einzige Möglichkeit, wie es funktionieren könnte«, gestand Marci ein.

Klinger schnitt ein Stück von der Wurst ab und spießte es mit der Gabel auf. »Warum sollte er's Ihnen nicht geben? Er kennt Sie doch, oder? Sie sind Freunde?«

Marci beschrieb mit der Spitze ihres Zeigefingers einen kleinen Kreis auf der Resopalplatte des Tisches. »Phillip«, seufzte sie.

Während Klinger wartete, kaute, fragte er sich träge, ob ihre Antwort eine Lüge sein werde, weil sie eine Lüge sein musste oder weil Marci gern log.

»Okay, okay«, sagte sie, während sie verlegen ihren Zeigefinger betrachtete.

»Phillip weiß, dass ich weiß, dass er noch eine andere Freundin hat, und er glaubt, dass ich, obwohl ich so eine Ahnung habe, nicht sicher bin, um wen es sich handelt.«

Sie blickte aus dem Fenster. »Ich meine, ich kann nicht beweisen, wer sie ist.« Sie seufzte, dann sah sie Klinger an. »Aber wenn es die ist, von der ich glaube, dass sie es ist, denke ich, werden die Dinge für Phillip einen sehr schlechten Verlauf nehmen und, nicht nur zufällig, auch für mich und die Firma, für die Phillip und ich arbeiten.«

Klinger schaufelte das, was von seiner Maisgrütze noch übrig war, mit der Gabel in den Mund und legte das Besteck auf den leeren Teller. »Moment.« Er tupfte sich die Lippen mit der Serviette ab. »Sie und dieser Phillip sind ein Paar? Phillip ist ihr Zukünftiger? Ihr Verlobter? Der Typ, für den Sie gern ... ein paar Erfahrungen sammeln möchten?«

Als Antwort holte sie ihr Telefon aus der Tasche, wischte fünf- oder sechsmal darüber, begutachtete das Ergebnis, wischte noch ein paarmal darüber, drehte es, damit Klinger auf das Display schauen konnte.

»Wow«, sagte Klinger einen Moment später. »Sie ist beinahe so hübsch wie Sie.«

Marci errötete heftig. »Das ist kein sonderlich gutes Foto«, sagte sie. »Sie ist wesentlich hübscher.«

»Hat sie immer so wenig an?«

»Es ist ein Urlaubsfoto«, sagte Marci wie zur Verteidigung. »Sie war auf Hawaii.«

»Und darf ich fragen, wie Sie in seinen Besitz gekommen sind?«

Marci biss sich auf die Unterlippe.

»Erstens müssen Sie mir das nicht verraten. Zweitens bin ich mir sicher, dass ich es, selbst wenn ich's wollte, nie erraten würde.« Klinger zeigte auf das Display. »Und drittens ... muss ich es überhaupt wissen?«

Marci ließ das Bild verschwinden und legte das Telefon

mit dem Display nach unten auf den Tisch. »Eines Tages im Büro, da ist er zum Lunch gegangen und hat sein Mailprogramm offen gelassen«, sagte sie einfach. »Ich bin nicht stolz darauf.« Sie klopfte mit einem Fingernagel auf das Telefon. »Aber sie ist nicht seines Körpers wegen hinter Phillip her.« Sie presste die Lippen zusammen. »Oder wegen seines Verstandes oder seines Herzens.«

Klinger hob die Hände. »Was gibt's denn noch?«

Marci sah hoch, sah Klinger an. »Computerprogramme.«

»Das hätte ich mir denken können.« Klinger schüttelte den Kopf. »Natürlich. Wie dumm von mir.«

»Arbeit, die Phillip gemacht hat«, fuhr Marci allen Ernstes fort. »Arbeit, von der nur er weiß, wie man sie macht. Er ist einer der Besten.«

Ein Bild von Frankie Geeze huschte an seinem inneren Auge vorbei. Frankie Geeze war ein Mann gewesen, dessen Arbeit einzigartig war, nicht zu ersetzen. Frankie Geeze war einer der Besten gewesen.

Den Besten erging es in letzter Zeit nicht allzu gut.

»Also die Kleine da«, Klinger deutete auf das Telefon, »ist eine Art Spionin?«

Marci senkte die Stimme. »Sie ist eine Doppelagentin.«

Mittlerweile glaubte Klinger Marci kein Wort mehr.

»Sie fickt also Ihren Kumpel Phillip in der Hoffnung, dass der im Moment der Ekstase mit einem Geschäftsgeheimnis rausplatzt?«

»Zirka fünftausend Programmierzeilen«, sagte Marci. »Das ist es ziemlich genau. Ein Codemodul, was man auch als ein Objekt bezeichnet. Jeder, der eine App schrei– «

»Oh, eine App.« Klinger schüttelte den Kopf.

Marci strahlte. »Sie kennen sich mit Apps aus?«

Klinger hielt eine Hand hoch, die Handfläche Marci zugewandt, und schüttelte jetzt entschieden den Kopf.

»Nun«, sagte Marci, »und wenn Sie es täten? Dann würde Ihnen Phillips Objekt das Leben wesentlich erleichtern.«

»Wie heißt die Maus?«

Der denkbar leiseste Anflug von Zittern ergriff Marcis Unterlippe. »Taffy Quesada.«

Klinger runzelte die Stirn. »Abgesehen von *chiva*, *adiós* und *hombre de negocios* verstehe ich kein Spanisch«, sagte er. »Aber ist Taffy die weibliche Form?«

Jetzt war es an Marci, die Stirn zu runzeln. »Was ist *chiva*?«

»Heroin«, erklärte Klinger kurz und bündig.

Marcis Mund formte den Ausruf »Oh«, aber sie sprach ihn nicht laut aus.

»Taffy«, sagte sie nach einem Moment, »ist – wie soll ich es ausdrücken – ist eine sehr feminine Form.«

»Verstehe. Also ist das, was diese Taffy macht, illegal?«

»Ja.« Marci schüttelte niedergeschlagen den Kopf. »Aber wenn Phillip sie damit davonkommen lässt und wenn ein sich daraus ergebender Rechtsstreit einsetzt ... « Sie schüttelte wieder den Kopf. »Die Industrie wird in der Zwischenzeit Fortschritte gemacht haben und dann ist die Frage nach Legalität irrelevant.«

Klingers Blick wurde hart. »Als wenn ich auch nur einen blassen Schimmer davon hätte, worüber Sie reden.«

Marci nickte. Sie kratzte mit einem Fingernagel über die Rückseite ihres Telefons, und sie beobachtete ihren

Fingernagel, während sie das tat. Da die Rückseite des Gerätes jede Menge Kratzer aufwies, die neben den neuen verliefen, gelangte Klinger zu dem Schluss, dass es sich um eine Marotte von ihr handeln musste.

»Manchmal«, sagte sie, als richteten sich ihre Überlegungen an die Rückseite ihres Telefons, »glaube ich, ich wäre besser dran, wenn ich mehr wie Sie wäre.«

»Oh?«, sagte Klinger. »Und das wäre?«

Marci zuckte mit den Achseln. »Ein Trinker, der in einem Hotel wohnt, wenn er das Geld dafür hat, der absolut nichts von Mobiltelefonen versteht oder von Rechten an geistigem Eigentum oder von Täuschung, Betrug und Wirtschaftsspionage ... « Sie sah hoch und ließ ein trauriges Lächeln aufblitzen. »Oder von Frauen.«

Klinger betrachtete sie wie aus großer räumlicher und zeitlicher Entfernung. Wenn der Raum, sprich das Umfeld, der Materie tatsächlich bedeuten würde, wie sie sich zu bewegen habe, hätte Klinger die Ecke Hyde und Pine längst hinter sich gelassen. »Ich weiß alles, was ich über Frauen wissen muss«, sagte er schließlich. »Und nichts über Computer.«

Was die Rückseite ihres Telefons betraf, ging Marci vom Kratzen zum Klopfen über.

»Das spielt keine Rolle«, sagte sie. »Tausend Dollar können Sie immer gebrauchen.«

Sie taxierte ihn ganz ungeniert.

»Oder?«

FÜNFZEHN

Zimmer 833 lag so weit wie irgend möglich vom Fahrstuhl entfernt und es war ein Privatzimmer, wie Klinger nicht umhinkam festzustellen. Er war immer nur auf Stationen gewesen, die ausschließlich aus parallel ausgerichteten Reihen von Betten bestanden hatten. War Klinger genötigt gewesen, eine kurze Zeit im Krankenhaus zu verbringen, war Privatsphäre nie ein Thema gewesen.

Klinger lockerte seine Krawatte – ja, Marci hatte ihm eine rote Krawatte gekauft und dazu ein blaues Hemd.

»Erzählen Sie mir nicht«, hatte er zu ihr gesagt, als sie vor der Reihe von Aufzügen in der Lobby gestanden hatten, »wie lange es her ist, dass Sie einem Mann die Krawatte gebunden haben.«

»Seit mein Vater gelähmt ist.« Sie sah ihm in die Augen und sah dann wieder auf den Knoten. »Von seinem abgesehen habe ich richtig feste Knoten gebunden.«

Klinger, der nie in seinem Leben eine Krawatte getragen hatte, schob sein Kinn zur Seite.

»Nicht vergessen«, flüsterte sie.

»Tausend Dollar«, erinnerte er sich.

Sie ließ das Telefon in die Seitentasche seines Jacketts rutschen. »Das Gavel«, erinnerte sie ihn. »Cocktails um fünf.« Sie zwinkerte. »Gehen auf mich.«

Klinger ging den Gang entlang, vorbei am Schwesternzimmer, vorbei an einer leeren Tragbahre, vorbei an ein paar Fernsehern, und stieß die Tür zu Zimmer 833 auf.

Phillip konnte keine dreißig sein, sah aber älter aus. Das Neonlicht war keine Unterstützung, denn sein Gesicht war außergewöhnlich angegriffen, unnatürlich gelblich und dort, wo die Prellung es nicht gelb verfärbt hatte, eine einzige purpurne Insel. Sein linkes Ohr, zum größten Teil bandagiert, schien doppelt so groß wie sein Zwilling. Zu seinem bloßen rechten Arm führten zwei Schläuche, mit entsprechenden Blutergüssen rund um die Zugänge. Phillip atmete unregelmäßig und so half ihm eine Maske über Mund und Nase, über einen Schlauch verbunden mit einer Sauerstoffflasche neben dem Bett. Über seiner Schulter hing ein Kabel, an dessen Ende dann ein an eine saure Gurke erinnernder Klingelknopf, geparkt auf Phillips Brust. Auf der Bettdecke lag eine Fernbedienung, aber der Fernseher über der Zimmertür war abgeschaltet.

Phillips Zimmer war zudem ein Eckzimmer mit nicht nur einem Fenster, sondern zweien. An der rechten Bettseite, von der Decke bis zum Boden, hing ein Vorhang, offensichtlich zum Schutz des Patienten vor dem einfallenden Nordlicht, das in den Raum flutete, ungeachtet des Regenwassers, das am Fenster entlanglief.

Es war zwei Uhr dreißig am Nachmittag und Phillip schien zu schlafen. Während er darauf wartete, dass Phillips Unterbewusstsein seine Anwesenheit wahrnahm, ließ Klinger die Details des Zimmers auf sich wirken. Ein gepolsterter Stuhl, bezogen mit glattem grünem Kunstleder, stand rechts vom Bett, also zu Klingers Linken. An einer Wand ein Bild von der Transamerica Pyramid. Da war eine Tür links vom Bett, vermutlich der Zugang zum Bad. An der Decke verlief die Schiene für den Vorhang um das gesamte Bett herum. Das Kopfteil des Bettes hatte man aufgestellt, sodass der Patient die halbsitzende Position einnahm. Das übliche Klemmbrett hing an einem Haken am Fußende des Bettes. Mehrere Zeitschriften, die sich den Zwangslagen der Promikultur widmeten, lagen auf einem Nachttisch zusammen mit einem Thermometer, daneben versammelt drei Flaschen, darunter zwei braune Arzneimittelflaschen, ein kleiner Radiowecker, ein Nagelknipser, ein Kamm und eine Box mit Papiertaschentüchern. Seitlich des Nachttisches ragte ein Infusionsständer aus Stahl auf, daran Infusionsbeutel, und daneben ein Rollregal mit elektronischen Geräten. Klinger warf einen Blick auf die Etiketten der Arzneimittelflaschen. Die erste enthielt ein Antibiotikum. Auf dem Etikett der zweiten fand sich der Vermerk über dreißig Kapseln à vierzig Milligramm eines aus dem Opiumalkaloid Thebain synthetisierten Markenpräparates.

Diese Kapseln würden auf der Straße pro Stück fünfunddreißig Dollar bringen.

Ohne sich auch nur umzuschauen, entfernte Klinger die Kappe von der Flasche, schüttete sich vier Kapseln auf die Handfläche, ließ die Kapseln in der Tasche seines Hemdes verschwinden, setzte die Kappe wieder auf die Flasche, stellte letztere zurück auf den Nachttisch und stand am Fußende des Bettes, zog das Telefon aus der Tasche seines Jacketts, als ein Krankenpfleger den Kopf zur Tür hereinsteckte.

»Sagten Sie, Sie seien Officer Clemens?«, fragte er.

Als würde er das Telefon vom Nordlicht weghalten, um das Display besser entziffern zu können, machte Klinger keinerlei Anstalten, sich zu dem Pfleger umzudrehen. »Arbeitet Clemens auch an diesem Fall?«

»Mit anderen Worten«, sagte der Pfleger, als würde ihn diese ignorante Antwort und die somit vertane Zeit ärgern, »Sie sind es nicht.«

Klinger berührte vorsichtig das Telefon und ließ einen

Moment verstreichen, bevor er den Kopf schüttelte. »Nein. Der bin ich nicht.«

»Mist«, sagte der Pfleger und zog sich zurück.

Die Tür zum Gang schloss sich lautlos.

»Das ist die längste Zeit«, sagte eine gedämpfte Stimme, »die ich in meinem Erwachsenendasein ohne E-Mail zugebracht habe.«

Klinger sah hoch. Die Augen des Patienten waren offen und er blickte verlangend auf das Telefon in Klingers Hand.

»Man hat mir mein Telefon weggenommen«, sagte er.

»Guten Tag«, sagte Klinger. »Phillip Wong, nehme ich an?«

»Der bin ich«, antwortete Phillip Wong. »Oder was von mir übrig ist. Von meinem telefonlosen, e-maillosen Ich.« Phillip sah Klinger an, runzelte verunsichert die Stirn, sah die rote Krawatte, verscheuchte den Gedanken und fragte: »Und mit wem habe ich das Vergnügen?«

Tja, dachte Klinger, fast hättest du mich erkannt.

»Detective Schnorr«, sagte er ohne zu zögern. »SFPD.«

»Polizei?«

Klinger nickte. »Polizei. Und wie geht es Ihnen, Mr. Wong? Darf ich Sie Phillip nennen?«

»Natürlich.«

»Danke. Nennen Sie mich Reese.«

»Welchen Tag haben wir heute, Reese?«

»Freitag«, antwortete Klinger. »Den ganzen Tag lang.«

»Und wie lange bin ich schon hier?«

Klinger dachte darüber nach. »Achtzehn Stunden, vielleicht.«

»Ich habe Kopfschmerzen.«

»Das glaub ich gern.« Klinger nahm das Klemmbrett

und warf einen Blick darauf. Ein Großteil der Begriffe und Einträge war ihm schleierhaft, aber er wusste, was eine Gehirnerschütterung war. »Sie haben ganz schön was eingesteckt.«

Phillip wollte nicken, brachte aber nur ein Zucken zustande. »Ich kann mich an nichts mehr erinnern.«

»Und was ist das Letzte, woran Sie sich erinnern können?« Klinger hob die erste Seite auf dem Klemmbrett hoch.

Obwohl es zweifellos schmerzhaft war, trat Verärgerung in Phillips Miene. »Marci«, sagte er verbittert. »Diese verdammte Marci an diesem verdammten Telefon.«

Klinger sah vom Klemmbrett auf. »Und Marci ist ... «

»Meine Partnerin.« Phillip seufzte. »Partnerin in meinem Job.«

»Verstehe.« Klinger hängte das Klemmbrett wieder an den Haken.

»Erinnern Sie sich, wo Sie gewesen sind oder was Sie getan haben, während Sie mit ihr gesprochen haben?«

»Natürlich«, sagte Phillip. »Ich habe gerade Pasta gegessen und Wein getrunken im ... im ... «

»Sie haben in einem Restaurant namens Il Bodega di Frisco zu Abend gegessen«, klärte Klinger ihn auf. »Haben Sie da mit ihr gesprochen?«

»Genau«, sagte Phillip. »Ich liebe diesen Laden. Da ist nie jemand.«

»Interessant«, heuchelte Klinger. »Ich frage mich, wie die sich so halten können.«

»Sie betreiben hinten ein Wettbüro«, entschlüpfte es Phillip. »Ich – « Er verstummte.

Klinger nickte; es war ein mattes Nicken. »Wir wissen alles über das Wettbüro.«

Als Phillips Augen sich weiteten, wurde der Größenunterschied bei den Pupillen deutlich. Ein klarer Hinweis auf eine Gehirnerschütterung.

»Wie kommt es, dass Sie – «

»Machen Sie Witze? Wenn wir jede Zockerbude in North Beach hochnehmen würden, gäb's keinen Laden mehr, wo man essen kann. Ganz zu schweigen vom Trinken.«

Klinger stellte einen Fuß auf den Metallrahmen am Fußende des Bettes und zog den Reißverschluss an seinem Discostiefel zu. »Was mich wirklich interessiert ... wie ist das Essen im Il Bodega di Frisco?«

»Nach einer Woche mit dreimal täglich Sandwich am Schreibtisch«, sagte Phillip, »ist es einfach nur exzellent. Vor allem der Wein. Die haben da irgendwo tief unten einen Keller.« Er blinzelte. »Haben Sie schon mal täglich zu allen drei Mahlzeiten Sandwich gegessen?«

»Klar«, sagte Klinger. »Ständig. Allerdings trinke ich niemals Wein«, fügte er wahrheitsgemäß hinzu. Er legte die rechte Handfläche links unten auf seinen Bauch. »Es irritiert meine Verdauung. Aber ich trinke 'ne Menge Kaffee. Kaffee und warme Pastrami bei der Arbeit – eingelegte Gurken, kleine Peperoni, Zwiebeln, Salat, Mayonnaise, Senf – « Klinger lächelte zufrieden. Er klang schon wie ein Cop. »Was noch ...?«

»Sprossen«, schlug Phillip vor. »Avocado.«

»Obwohl ich's manchmal auch auf Gyros abgesehen habe«, gab Klinger zu.

»Lamm vertrage ich nicht.« Phillip verzog das Gesicht. »Zu viel Fett.«

»Trinken Sie genug Kaffee?« Klinger ließ seinen Fuß von dem Metallrahmen zurück auf den Boden sinken und schlug mit einer Handkante auf die Handfläche der anderen Hand. »Schneidet direkt durch das Fett. Nach dem Motto, mir doch egal, was du gegessen hast.«

Phillip stöhnte.

Fünf Sekunden vergingen.

»Ich glaube, ich muss mich übergeben«, sagte Phillip.

Ah, oh, dachte Klinger. Laut sagte er: »Wollen Sie einen Abfalleimer?«

Phillip schmatzte, bewegte den Kopf vor und zurück.

»Nicht gut, wenn Sie in diese Maske kotzen«, bemerkte Klinger nervös. »Vielleicht sollte ich einen Pfleger holen«, bot er wenig ernsthaft an.

Phillip streckte eine Hand aus. »Geben Sie mir eine Minute«, brachte er hervor. »Geben Sie mir ... «

Klinger gab ihm zwei.

In dem nun einsetzenden Schweigen ging er im Zimmer auf und ab, immer ein Auge auf den Patienten. Auf der Titelseite eines der Promimagazine saß eine ehemalige Gouverneurin von Alaska rittlings auf einem Quad und zeigte eine Menge Bein. Durch das Nordfenster konnte Klinger ungeachtet des Regenbeschlags den südlichen Pylon der Golden Gate Bridge ausmachen.

Die Krise ging vorüber. »Okay«, sagte Phillip schwach. »Ich bin okay.«

»Wie wär's mit etwas Wasser?«

Phillip nickte.

Klinger griff nach der Plastikflasche, die auf dem Nachttisch stand. Aus ihrer Öffnung ragte ein Glasröhrchen und dieses Glasröhrchen hatte einen Knick. »Ist das Wasser?«

Phillip nickte.

Klinger hielt die Flasche in der einen Hand und mit

der anderen dirigierte er das Röhrchen in Phillips Richtung.

Phillip drückte sich die Maske fest auf das Gesicht, atmete mehrere Male tief ein und rückte die Maske dann zur Seite. Rasch setzte Klinger das Ende des gläsernen Trinkhalms an Phillips Lippen und Phillip nahm einen langen Zug.

Mit einem Nicken schob Philipp das Röhrchen weg, platzierte die Maske wieder über Mund und Nase, hielt sie mit starkem Druck seiner Handfläche an Ort und Stelle und atmete derart gierig ein, dass die transparenten Ränder der Maske einfielen. Phillip atmete vernehmlich aus, als wäre er erschöpft. Die Innenseite der Maske war mit feuchten Perlen gesprenkelt. »Danke«, gelang es ihm zu sagen.

Klinger stellte die Plastikflasche zurück auf den Nachttisch und deutete auf den gepolsterten Stuhl. »Darf ich?«

Phillip nickte.

Klinger setzte sich und zog zugleich das Telefon aus der Jackentasche.

»Sie sind äußerst angeschlagen und brauchen Ruhe, Phillip. Ich werde Sie nicht lange belästigen. Ist das Ihr Telefon?«

In Phillips Augen trat ein Glänzen. »Sieht sehr danach aus.«

»Gibt es eine Möglichkeit, es mit Gewissheit zu sagen?«

Phillip nickte, sodass die Schlauchgirlanden leise rappelten.

»Wie?«

Klinger gab ihm das Telefon. Phillip hielt das Gerät in der Hand, wischte mit einem Finger über das Display, noch mal und noch mal. Er sah glücklich aus. Die Veränderung war wirklich bemerkenswert. »Ich bin erstaunt, dass es nicht tot ist«, sagte er, das Display fest im Blick. »Haben Sie es aufgeladen?«

»Als wir es gefunden haben, war es tot«, sagte Klinger leichthin. »Jemand auf dem Revier hat das gleiche Modell. Er hat mir – also Ihnen – den Akku geliehen.«

Phillip nickte. »Wo haben Sie es gefunden?«

»Dazu kommen wir gleich ... Es ist passwortgeschützt«, fügte Klinger hinzu.

Phillip nickte wieder.

»Folgendes«, fuhr Klinger fort, »es könnte sein, dass der, der Sie ausgeraubt auch ein paar Anrufe getätigt hat, nachdem er das Telefon gestohlen hat. Zumindest hätte er so blöd sein können. Natürlich nur dann, wenn es in Betrieb war, als er es gestohlen hat.«

»Das kann ich überprüfen«, sagte Phillip. »Locker.«

»Ja«, sagte Klinger. »Ich bin überzeugt, dass Sie das können.«

»Los geht's«, sagte Phillip. Wie Klinger mitverfolgen konnte, hielt Philipp das Telefon vor sich in der linken Hand, dann, gegen den Widerstand der verschiedenen Schläuche, die ihn in seiner Mobilität einschränkten, legte er die ersten drei Finger der rechten Hand quer über die Oberfläche. Das Telefon reagierte mit drei sich steigernden Tönen.

»Wow«, sagte Klinger ehrlich beeindruckt.

»Es ist mein Telefon, genau«, sagte Phillip.

»Ihr Passwort hat mit Fingerabdruckerkennung zu tun«, stellte Klinger verblüfft fest.

»Dreifingerabdruckerkennung«, sagte Phillip mit einem Nicken. »Es handelt sich um eine Open-Source-App, die ich modifiziert habe«, fügte er bescheiden hinzu.

»Wow«, wiederholte Klinger.

Phillip tippte auf das Display, wartete, tippte wieder, wartete und tippte noch einmal.

»Okay«, sagte er. »Hier ist der Anruf, den ich von Marci entgegengenommen habe. Beginn neun Uhr fünfzehn, beendet um neun Uhr achtundvierzig. Und so ziemlich die ganze Zeit über habe ich versucht, in den Genuss meines Essens zu kommen.«

»Marci ist die Partnerin, die Sie zuvor erwähnt haben?«, fragte Klinger.

Phillip nickte. »Aber ich sehe keine weiteren eingehenden Anrufe und keine ausgehenden. Jedenfalls nicht in dieser Nacht. Aber«, bemerkte er noch, »da sind elf eingehende Anrufe, die in meiner Mailbox gelandet sind ... angefangen hat das um ... ein Uhr dreißig am nächsten Morgen.«

»Können Sie sagen, von wem die stammen?«

Phillip nickte.

»Marci ... Marci ... Dann gestern, alle möglichen Leute.« Er tippte an die Seite des Telefons. »Dann, heute Morgen, wieder Marci.« Phillip Wong seufzte. »Alles jobmäßig. Nüchtern formuliert heißt das, ich habe nicht allzu viele Freunde.«

Klinger spitzte die Lippen. »Okay. Aber er hatte das Telefon bei sich.«

Phillip blickte nicht vom Display auf. »Wer?«

»Der Bursche, den wir heute Morgen festgenommen haben, weil ... «, Klinger zögerte.

Phillip wartete ein paar Sekunden, dann, sein Zeigefinger mitten in der Bewegung eingefroren, sah er Klinger an. »Weil?«

»... weil er ein gestohlenes Fahrzeug fuhr«, entschied

Klinger. Er zuckte mit den Achseln. »Es war reine Glückssache. Zufall.« Er nickte. »Der Bursche hat ein sattes Vorstrafenregister, das hier ist ein Spitzengerät und in seinem Besitz befand sich noch ein Billigteil, das wohl viel eher seiner Liga zu entsprechen schien. Eins von diesen Prepaidtelefonen, die man aus Verkaufsautomaten zieht.«

Phillip verzog das Gesicht.

»Obendrein«, fuhr Klinger fort, »fanden sich mehrere kurz zuvor von einem Geldautomaten ausgegebene Zwanziger in seinem Besitz, deren Seriennummern«, er zeigte auf Phillip, »wir bis zur Filiale Ihrer Bank in North Beach zurückverfolgen konnten.«

»Wissen Sie«, Phillip runzelte die Stirn, »ich kann mich vage daran erinnern, kürzlich an einem Geldautomaten gewesen zu sein ... «

»Und das waren Sie auch«, sagte Klinger. »So gegen zehn Uhr vierzig in der Nacht sind Sie überfallen worden. Also«, er deutete auf das Telefon, »unser Junge fuhr einen gestohlenen Wagen und war im Besitz von Diebesgut. Dumm nur das mit den ausgehenden Anrufen. Wäre er so blöd gewesen, seine Mutter von Ihrem Telefon anzurufen, könnte man ihm spielend ein paar Extraanklagen anhängen und Straftaten noch dazu.«

»Welche Straftaten zum Beispiel?«

»Das gestohlene Fahrzeug ist eine. Und Ihr Geld aus dem Automaten. Auch das Telefon wurde gestohlen – richtig?«

»Richtig«, bestätigte Phillip ernst. »Definitiv.«

»Okay«, Klinger streckte die Hand aus. »Würde es Ihnen etwas ausmachen, mir das Gerät zurückzugeben?«

Phillip sah einigermaßen verzweifelt aus. Er sah zu Klinger, dann auf sein Telefon. »Aber Sie haben es mir doch gerade zurückgegeben«, sagte er abwehrend. »Wozu brauchen Sie es?«

»Es ist ein Beweisstück«, erklärte Klinger.

»Beweisstück ... «, sagte Phillip unsicher. »Aber ... aber es ist mein Telefon.« Er fuchtelte damit herum. »Ich muss diese ganzen Anrufe beantworten. Alle meine Nummern sind hier drinnen. Mein Adressbuch. E-Mail. Ich – «

Klinger nickte mit gespielter Geduld. »Das verstehe ich, Phillip. Wirklich. Versteh ich völlig.« Klinger klopfte auf die Brusttasche seines Jacketts. »Würde ich mein Telefon verlieren, wäre ich am Arsch. Meine gesamte Fallbelastung würde zusammenbrechen.«

»Und?«, antwortete Phillip. »Sie bestätigen mich nur.«

»Ja, ja.« Klinger nickte. »Aber – «

Wieder sah es so aus, als hätte Phillip Einwände, wobei er das Telefon aus Klingers Reichweite bewegte. Phillips Infusionsschläuche folgten seinem rechten Arm und der Infusionsständer rollte in den Vorhang.

Klinger fing den Infusionsständer mit der einen Hand ab, die andere hielt er in die Luft, die Handfläche in Phillips Richtung. »Warten Sie, Phillip, nicht aufregen. Ich sage nicht, dass Sie Ihr Telefon nicht zurückbekommen. Ich sage aber, dass Ihr Telefon ein Beweisstück darstellt, das im Laufe einer Ermittlung sichergestellt worden ist. Zumindest brauchen wir – «

Creation of Tron von Wendy Carlos erweckte Phillips Telefon zum Leben.

»Oha«, sagte Klinger. Als Phillip Anstalten machte, den Anruf entgegenzunehmen, streckte Klinger die Hand aus. »Moment.«

Phillip blinzelte. Der Klingelton legte erneut los.

»Kennen Sie die eingehende Rufnummer?«, fragte Klinger.

Phillip starrte ihn an, blinzelte wieder, warf dann einen Blick auf das Display. Der Klingelton hob zum dritten Mal an. »Nein«, sagte Phillip.

»Sie bleibt im Speicher«, sagte Klinger, »nicht wahr?«

Phillip nickte.

»Soll ich rangehen?«, fragte Klinger.

Phillip, wie im Bann des Displays, beachtete ihn nicht.

Klinger legte Phillip eine Hand auf die Schulter. »Stellen Sie zumindest den Lautsprecher an.« Phillip blinzelte und nickte dann. Er berührte das Display, nickte, berührte es ein weiteres Mal. »Hallo?«, sagte er und hielt das Gerät dabei abstandsgleich zwischen Klingers Kopf und seinem.

»Marty?«, sagte eine Frauenstimme.

»Wer?«, fragte Phillip. »Ich meine«, korrigierte er sich, als er Klinger zusammenzucken sah, »hallo? Ja?«

»Wer ist da?«, sagte der kleine Lautsprecher. Die Stimme klang gedämpft und im Hintergrund gab es eine Menge Lärm. Es hörte sich nach Autobahnverkehr an und vielleicht sogar nach einem Hubschrauber.

»Hallo?«, wiederholte Phillip.

Die Anruferin legte auf.

»Sie kennen die Nummer nicht, oder?«

Phillip schüttelte den Kopf.

»Und die Stimme?«

»Nein«, sagte Phillip.

Klinger zog einen Stift und einen kleinen Notizblock aus der Brusttasche seines Jacketts. »Wie lautet die Nummer?«

Phillip las sie laut vor.

Klinger notierte sie. »Gestatten Sie mir noch eine Frage?«

»Klar.«

»Wenn jemand dieses Telefon gefunden oder gestohlen hat, gäbe es für ihn eine Möglichkeit, die Nummer herauszubekommen?«

Phillip lächelte. »Ich denke schon.« Er drehte das Telefon seitwärts und zeigte es Klinger. Wie Klinger erkennen konnte, war dort, in den Rand, eine zehnstellige Nummer geätzt worden.

»Das ist die Nummer?«, fragte Klinger erstaunt.

»Ich kann hundert Zeilen Assemblerbefehle aufzählen, ohne einen Fehler zu machen«, sagte Phillip verlegen. »Aber ich war niemals imstande, mir meine eigene Nummer zu merken ... Außerdem«, fügte er hinzu, »musste man bis vor Kurzem auch die Nummer wechseln, wenn man den Anbieter oder auch nur den Tarif bei seinem bisherigen Anbieter wechseln wollte. Ich habe zig Mobiltelefone gehabt und entsprechend viele Rufnummern und Tarife. Oh ja«, Phillip nickte bedeutsam. »Wenn ich so zurückblicke.«

Klinger zog verblüfft die Augenbrauen hoch.

Phillip kam kurz ins Grübeln. »Manchmal denke ich, dass die moderne Welt ihren Bewohnern zu viel abverlangt.« Er sah Klinger an. »Finden Sie nicht?«

»Sicher, mein Junge«, erwiderte Klinger. Nach einer Pause notierte er die Nummer auf seinem Notizblock. »Anders als die Komiker auf dem Revier glaube ich, dass der Trottel, den wir geschnappt haben, die Nummer hier entdeckt und sie an Freundin oder Mutter weitergereicht hat. Dieses Detail ist uns komplett entgangen. Können wir aber diese Verbindung herstellen, hätten wir einen ziemlich wasserdichten Fall. Ich mach Ihnen einen Vorschlag, Phillip. Überlassen Sie mir Ihr Telefon so lange, bis unsere Techniker es ein weiteres Mal durchgecheckt haben. Vielleicht können die den eingehenden Anruf zurückverfolgen. Ich bringe es Ihnen morgen zurück, etwa um diese Zeit. Versprochen.« Klinger steckte Stift und Notizblock zurück in die Jacketttasche. »Meinen Sie, Sie könnten in dieser verrückten Welt weitere vierundzwanzig Stunden ein Bewohner ohne Telefon sein?« Er bedachte Phillip mit einem warmen Lächeln. »Ich bin mir sicher, Sie können die Ruhe gebrauchen. Mit einer Gehirnerschütterung ist nicht zu spaßen. Ich weiß das.« Klinger klopfte sich an den Kopf.

Phillip sah nur ein wenig verloren aus und dann sah er nur ein wenig bekümmert aus. »Sicher, Officer.« Er reichte Klinger das Telefon. »Ich habe meinen Morgen bei halbem Bewusstsein auf Drogen und ohne Telefon genossen. Ich vermute mal, mir ist nie aufgefallen, wie fordernd so ein Mobiltelefon sein kann.«

»Ich weiß Ihr Vertrauen zu schätzen«, sagte Klinger, meinte es aufrichtig und nahm das Gerät an sich. »Ich müsste Sie noch um einen Gefallen bitten.«

Phillip führte seine Finger zusammen, faltete die Hände über der Brust und starrte versonnen an die Decke. »Was immer Sie wollen.«

»Ich müsste Sie bitten, das Passwort auf diesem Ding zu überschreiben, nur so lange, bis die Jungs von der Technik sich gründlich damit beschäftigt haben«, sagte Klinger. »Und keine Sorge, sie werden weder Ihre Freundinnen anrufen noch sonst was in der Richtung unternehmen.«

»Freundinnen?«, sagte Phillip missmutig. Er nahm das

Telefon zurück. »Kein Problem.« Er bediente das Gerät mit mehrmaligem Berühren und Wischen, schaltete es ab, zählte bis zehn, schaltete es wieder an, testete es zu seiner Zufriedenheit, schaltete es wieder ab und überließ es Klinger. »Jetzt haben Sie Zugang zu allem, was drauf ist.«

Klinger betrachtete es. »Selbst wenn der Akku leer ist?«

»Selbst dann. Selbst im Ruhezustand«, sagte Phillip schläfrig. »Kein Passwort vonnöten. Einfach ... anschmeißen ... « Phillip waren die Augen bereits fast zugefallen, als er sie wieder öffnete. »Sollten Sie da drinnen irgendwelche Freundinnen finden, bookmarken Sie sie für mich.«

Er schloss die Augen wieder.

»Danke, Kumpel«, sagte Klinger. »Wenn die Jungens bis zum Abend damit durch sind, bring ich es auf meinem Weg nach Hause vorbei, nach meinem Dienst.«

»Nageln Sie den Mistkerl ... fest«, sagte Phillip, gar nicht erst bemüht, die Augen zu öffnen.

Allein im Fahrstuhl, nachdem sich die Türen geschlossen hatten und es abwärts ging, hing Klinger schlaff in einer Ecke und schloss die Augen. Die Kabine zitterte sich die gesamten acht Stockwerke durch den Fahrstuhlschacht, ohne einmal anzuhalten, und dafür war Klinger dankbar. Als sich die Türen zur Lobby öffneten, riss er sich zusammen. Auf ihrem Weg nach oben strömten die Leute an ihm vorbei.

Auf seinem Weg zum Ausgang sagte sich Klinger, dass es sich wohl um die längste fragwürdige schnelle Nummer gehandelt habe, die er je durchgezogen hatte. Sofern man sein Leben nicht mitzählte. Wie auch immer, die Anstrengung hatte ihn ausgelaugt und er brauchte einen Drink.

In Gedanken noch bei diesen Erwägungen, verpasste er den Zeitpunkt, die Drehtür zu verlassen, und musste eine Extrarunde drehen.

SECHZEHN

Am vereinbarten Ort, in einer mit dunklen Vorhängen ausgestatteten und zwei Blocks westlich des Bundesgerichtshofes gelegenen Cocktail Lounge namens The Gavel, bossanovate Antonio Carlos Jobim hinweg über dicken Teppichflor und Mahagonitäfelungen und breitschulterige Wandkandelaber und das gebändigte Geplapper einer bei Kaffee und Digestifs verweilenden, sich jedoch allmählich ausdünnenden Schar, da Einzelne darunter noch unschlüssig waren, ob sie zurück an die Arbeit gehen oder das Wochenende einläuten sollten.

Es ist Freitag, erinnerte einer von ihnen seine Begleiter, als Klinger auf dem Weg zur Bar an ihrem Tisch vorbeikam, scheißegal, entweder sind sie auf Kaution draußen oder sie haben bis Dienstag ein trockenes Plätzchen zum Schlafen. Munteres Gelächter. Noch ’ne Runde? Nein, danke, ich geh noch ins Fitnessstudio. Und was ist mit dir? Klar doch: Nach mir die Sintflut. Munteres Gelächter ...

Es war zehn Minuten nach fünf. Er sah sie weder an einem Tisch noch an der Bar, wo er sich zögerlich auf einen Barhocker setzte. Der Barkeeper, bekleidet mit schwarzen Hosen, einem weißen Hemd mit offenem Kragen plus schwarzen Ärmelhaltern und schwarzer Weste, platzierte einen Untersetzer vor Klinger, der für einen Single Malt für fünfundzwanzig Dollar das Glas warb. Klinger orderte das Übliche, einen Doppelten auf Eis.

Eine Ausgabe des *Wall Street Journal* lag auf der Bar und gerade als Klinger dachte, er müsse anfangen darin zu lesen, meldete sich Phillip Wongs Telefon in seiner Tasche.

Er hätte den Klingelton tausendmal hören können und ihn wegen des obskuren Musikstücks dennoch nicht erkannt. Er schlug auf die Tasche, als beherberge sie eine Schlange.

Es klingelte ein zweites Mal, lauter als beim ersten, bevor er es hervorholte und das Teil dicht an sein Gesicht hielt, es, wie eine Imitation unzähliger anderer Menschen, mit »Hallo« begrüßte.

»Sie haben es«, sagte sie.

»Ich habe es«, bestätigte er.

»Sind Sie im Gavel?«

»Ich bin im Gavel.«

»Ich bin im Handumdrehen da.«

Klinger runzelte die Stirn. »Sind Sie in einem Waschsalon?«

Nach nur kurzem Zögern lachte sie. »Woher wissen Sie das?«

»Dieses Geräusch im Hintergrund? Hört sich an wie Sneakers in einem Trockner.« Ihre Stimme wurde leiser. »Ein Typ hat gerade ein Paar Sneakers in einen Trockner gesteckt, hinten, am Münzautomaten, und wollte wohl sein Bettzeug nicht dazutun.« Einen Augenblick später fuhr sie fort: »Jetzt sitzt er in einem dieser Rollkörbe vor dem Trockner, beobachtet, wie's sich dreht und dreht, die Bettdecke im Arm, und lutscht am Daumen.«

Der Barkeeper stellte Klinger ein Whiskeyglas auf den Untersetzer, darin ein Eiswürfel und die Hälfte von einem Doppelten, legte die Rechnung mit der Oberseite nach unten auf den Tresen und verschwand wortlos.

»Ich glaube, ich kenne diesen Typ.« Klinger hob die Ecke des Belegs ein wenig an, als handele es sich um eine verdeckte Karte, gerade mal so viel, dass er die

Summe entziffern konnte. Achtzehn Dollar plus Steuer – ein Dollar sechsundsiebzig –, könnte man genauso gut zwanzig sagen, auch wenn er dem Barkeeper ein Trinkgeld vorenthalten würde. Er glättete den Beleg ein paarmal mit der Handkante, als sei er in Gedanken bei einem Bluff. Die Rechnung ist für einen Doppelten, der Drink ist ein normaler, der Typ zieht mich übern Tisch und ich werde mich beim Trinkgeld revanchieren. Und schon gibt's einen Sozialvertrag. »Sie waschen also Ihre Wäsche?«

Sie lachte auf. »Es hätte auch Ihre sein können, die ich wasche.«

Klinger konnte kaum glauben, was er da zu hören bekam. Er schüttelte den Kopf.

»Sehen Sie – «, setzte er an.

»Die Sache ist die«, fiel sie ihm ins Wort, »in diesen Läden gibt es Münzwechsler und ich brauche immer Kleingeld fürs Parken. Also«, ihr Achselzucken war gewissermaßen nicht zu überhören, »bin ich für eine kurze Transaktion hier reingehuscht.«

Lass dich einfach hier mit meinem Tausender blicken, dachte Klinger. Erschein auf der Bildfläche, tausche meinen Tausender gegen dieses Telefon ein und dann geht jeder seiner Wege. Und – »Vergessen Sie meine Wäsche«, sagte er.

»Außerdem«, fügte sie vielsagend hinzu, »ist es trocken hier drinnen und der Laden liegt direkt neben einem Geldautomaten.«

Klinger wurde nicht laut. »Also sehen wir uns gleich«, sagte er mit fester Stimme. »Oder?« Er nahm einen kleinen Schluck Whiskey. »Ich kann's mir nicht leisten, in diesem pompösen Neppladen rumzulungern.«

»Bin schon auf dem Weg.« Sie beendete das Gespräch.

Klinger blickte auf das Display. DISCONNECT?, fragte es ihn. WARNING, schob es hinterher, DEVICE UNLOCKED. Klinger kniff die Augen zusammen. Ihm war, als könne er sich an irgendetwas in Zusammenhang mit diesen Dingern erinnern. Er berührte DISCONNECT? und ließ die Finger darauf ruhen. Das Gerät trennte die Verbindung, zögerte, als stellte es noch Überlegungen an, dann erschien eine neue Nachricht: SHUT DOWN? Klinger tippte YES. Das Gerät schaltete sich ab.

Es gibt noch einen verschissenen Gott. Klinger seufzte stoßweise. Er steckte das Telefon weg und konzentrierte sich auf seinen Drink.

Als Marci zwanzig Minuten später auftauchte, hatte Klinger seinen ersten Doppelten intus und bestellte den zweiten – also war er bereits um vierzig Flocken ärmer. Aber, hey, rief er dem bernsteinfarbenen Zylinder seines Drinks in Erinnerung, der ihm wie voller Ungeduld entgegenschimmerte, man muss Geld ausgeben, um Geld zu machen.

Dieser Gedanke verleitete ihn jedoch nicht dazu, den Leichtfertigen zu geben. Als der Barkeeper, offensichtlich misstrauisch, was Klingers allgemeine Solvenz anbelangte, ihn bat, die Rechnung zu begleichen, schälte Klinger zwei Zwanziger ab, erklärte ihm, er könne das Wechselgeld behalten, und brachte es mit seinen Augen auf den Punkt: Behalt die achtundvierzig Cent, du verdammter Mistkerl, und verjubel es beim Kentucky Derby.

Das ist die hieratische Haltung, versicherte er sich: Schieb dem, der hilft, die Verantwortung zu.

Sie stellte die mit warmer Kleidung gefüllte Einkaufstüte zwischen die Barhocker auf den Boden, legte ihren Regenmantel über ihre Tasche, den zusammengeklappten Taschenschirm obendrauf und belegte den Barhocker links von Klinger.

Sich des nunmehr gehobeneren Niveaus seiner Gäste bewusst geworden, teilte der Barkeeper für Marci umgehend einen Untersetzer aus, so, als stamme der aus einem Talon, bereitgehalten in einem Universum, das parallel zu dem existierte, wo er einen Talon bereithielt, um Gäste vom Schlage Klingers daraus zu bedienen. »Cappuccino«, sagte sie zu dem Barkeeper. »Ich bin noch im Dienst, sozusagen«, fügte sie dezent hinzu.

Die dreiste Nonchalance, mit der sie diese Feststellung traf, ging Klinger gewaltig gegen den Strich. Sie und noch im Dienst? Seine Hände an der Tresenstange vor ihm, die eine nur von seinem Drink isoliert, um ihr etwas zu tun zu geben, bis die Zeit gekommen war, den Gaumen wieder zu erfrischen, verkrampften sich. Du bist noch im Dienst?, sagte er zu den zwanzig Zentimetern Tresenstange zwischen seinen Händen. *Ich bin immer im Dienst.*

»Alles reibungslos verlaufen?«, fragte sie.

Klinger wackelte mit einem Finger.

Sie runzelte die Stirn.

»Die Flasche«, sagte er leise.

Ihr Mund formte ein »Oh«, ohne es auszusprechen. Sie holte die braune Papiertüte aus ihrer Tasche und reichte sie rüber. Klinger hatte den Verschluss abgeschraubt, seinen Drink aufgefüllt, die Flasche wieder verschlossen und sie in der Seitentasche seines Jacketts verschwinden lassen, noch bevor der Barkeeper das Kaffeepulver ordnungsgemäß im Siebträgereinsatz angedrückt hatte.

»Wie geht's Phillip?«

»Ziemlich elend, seinem Aussehen nach zu urteilen«, sagte Klinger matt.

»Aber er wird es überleben – oder?«

»Interessiert Sie das?«

Marci nahm gehörig Anstoß an dieser Bemerkung. »Interessieren? Selbstverständlich interessiert es mich«, stauchte sie Klinger zurecht. »Ich kenne Phillip seit ... Seit ... Wir ... Wir waren ... «

Klinger verkürzte das Ganze.

»Er wird wieder auf die Beine kommen.« Er legte das Telefon auf den Tresen.

Sie warf einen Blick darauf.

»Na los«, sagte Klinger und nahm seinen Drink in beide Hände. »Machen Sie einen Anruf.«

Sie berührte das Telefon. Das Display erwachte zum Leben.

»Vorsicht«, sagte Klinger. »Es hat einen mörderischen Klingelton.«

Marci lachte nervös auf, dann nickte sie. »Er ist aus Phillips Lieblingsfilm. Ich habe den Titel vergessen.«

»Gibt es eine Möglichkeit, das abzustellen?«

Der Barkeeper erschien mit einem dampfenden Cappuccino, stellte ihn vor Marci hin, dazu eine kleine Schale mit Zuckerwürfeln, sowohl weiße als auch braune, dazwischen diverse Tütchen mit Süßstoff in Pink, Weiß und Blau, und zog sich dann zurück.

»Es ist laut und geht einem an die Nerven«, sagte Klinger.

Marci nickte. »Wäre es keine Belästigung, würde man nicht darauf achten«, bemerkte sie, wenig bei der Sache. Mit der einen Hand hielt sie die Tasse, nahm einen

Schluck, mit den Fingern der anderen fuhr sie über Phillips Telefon.

»Hey.«

Sie setzte ihre Tasse ab, was jedoch nicht zu Lasten ihrer dem Telefon gewidmeten Konzentration ging.

»Hey«, echote Klinger.

Sie hielt im Wischen inne und sah hoch. »Oh.« Dann richtete sie ihre Aufmerksamkeit wieder auf das Telefon.

»Geben Sie mir meine Tasche.«

Klinger holte die Tasche unter dem Regenmantel hervor und gab sie Marci.

Noch immer eine Hand am Telefon, zog Marci einen Reißverschluss an ihrer Tasche auf, zog ihr Portemonnaie heraus, entnahm ihm ein Bündel Hundertdollarscheine und steckte es in die Seitentasche von Klingers Jackett.

»Tun Sie so, als wäre es ein Kondom mit Bananenaroma«, flüsterte sie und tätschelte die Tasche.

»Was«, sagte Klinger mit einem Stirnrunzeln, »soll ich jetzt einen Ständer kriegen?«

»Wäre ich ein Mann«, gurrte Marci, »würde mir Geld einen Ständer bescheren.«

»Sie sind kein Mann«, Klinger beobachtete sie, »und dennoch macht Geld Sie scharf.«

»Korrekt.« Sie nickte. Und dann: »Aha.«

»Aha?«

Sie nickte vergnügt.

»Sein E-Mail-Passwort wird automatisch von seinem Browser eingefügt«, verkündete sie mit einem Trällern.

»Also hätte ein Mädchen problemlos Zugriff auf die E-Mail eines Knaben«, schlussfolgerte Klinger, »sofern sie es denn wollte.«

»Das ist wohl wahr. Ganz zu schweigen von seiner Cloud.« Marci zog die Brauen zusammen. »Klar, er kriegt 'ne Menge E-Mails und seine Cloud ist riesig.«

»Was von seiner Freundin dabei?« *Cloud* sagte Klinger überhaupt nichts und des fesselnden Charakters dieser Unterhaltung ungeachtet, hatte sein Verstand damit begonnen, sich seiner Konzeption von Klingers Zukunft zuzuwenden. Ein etwas besseres Hotelzimmer, eine Badewanne voll kochend heißem Wasser, mit Bittersalz und duftendem Badeöl, eine 0,75-l-Flasche Whiskey, ein Kübel Eis und ein Whiskeyglas statt eines Plastikbechers. Der Gedanke an Bittersalz erinnerte ihn an Mary Fiducione. Er könnte bei ihr ein Bad nehmen und zur Abwechslung mal sie zum Essen einladen.

»Freundin?«, sagte Marci, nicht ganz bei der Sache.

»Ja«, sagte Klinger, ebenfalls nicht ganz bei der Sache.

»Oh«, sagte Marci, die sich plötzlich besann. »Sie wird vermutlich irgendwo hier stecken ... « Aber ihr Augenmerk war sonst wohin gerichtet.

»Aha«, stimmte Klinger zu, allerdings ohne Überzeugung.

»Lass uns mal ›ich‹ abfragen«, schlug Marci halblaut vor.

»Tun wir das«, sagte Klinger und legte dabei keinerlei Interesse an den Tag. Der Barkeeper schwebte heran, verharrte lange genug, um Klinger ein Tablett hinzustellen, darauf eine Rechnung, ein Fünfundzwanzigcentstück, zwei Dimes und drei Pennys, und um eine zweite Rechnung, Aufschrift nach unten, vor Marcis Cappuccino zu platzieren.

»Und da ist es«, sagte Marci hocherfreut. »Unter seiner korrekten Bezeichnung gezipped.«

»Die wie lautet?«

»Objekt Unterstrich zehn«, sagte sie, »dot zip.«

Dot zip, wiederholte Klinger für sich. Objekt Zehn Dot Zip mit Bananenaroma gleich tausend Dollar. Er nippte an seinem Drink und stellte das Glas wieder ab. Penibel rückte er es genau in die Mitte des Untersetzers und gab sich der Frage hin, ob und wann er jemals tausend Dollar in der Tasche gehabt habe.

»Ich denke, der FTP-Server wäre ein guter Platz, um es dort zu parken«, sagte Marci zu dem Telefon. »Einen eigenen Ordner dafür anlegen ... Vielleicht einen Unterordner? Den Namen ändern, wenn wir schon mal dabei sind. Wir brauchen eine Mnemonik, damit wir uns erinnern, was zum Teufel wir hier machen ... «

Es hatte mal einen Fischzug gegeben, rund um einen 40-Fuß-Sattelauflieger voller Fußrasten für Motorräder, dachte Klinger, in San Luis Obispo. Aber da war es insgesamt um eintausend Dollar gegangen, die er sich mit zwei anderen Typen hatte teilen müssen. Beide landeten im Knast, wie er sich in Erinnerung rufen musste. Um dem Staat die Kosten für einen Prozess zu ersparen, war es zu einem Deal gekommen. Dem einen bescherte das eine Gefängnisstrafe wegen schweren Diebstahls; dem anderen, wegen des Besitzes von Betäubungsmitteln rechtskräftig verurteilt, einen Verstoß gegen Bewährungsauflagen, und doch musste er zurück in den Knast und fünf Jahre absitzen. Aber besser das als eine neuerliche Anklage. Und Klingers Name wurde aus allem herausgehalten. Er zog in eine Hütte mit Kochnische hinter einer Raststätte für Trucker in King City, wo er mit den dreihundert und dreiunddreißig Dollar einen Monat über die Runden kam. Das war ... Was diesen Punkt betraf, forderte er sein Gedächtnis, jedoch ohne nennenswerten Nutzen. Reichlich lange her, so sein Ergebnis. Eigentlich, dachte er, und wenn es tatsächlich so lange her ist, müssten beide Typen längst den Abgang gemacht haben. Zumindest einer von ihnen. Wie war überhaupt noch mal sein Name? Alfredo, der mit dem Verstoß gegen die Bewährungsauflagen, Alfredo Potrero war bereits in ziemlich fortgeschrittenem Alter gewesen. Konnte er seine Haftstrafe überlebt haben?

»Fertig«, sagte Marci. Sie bot Klinger das Telefon an. »Wollen Sie jemanden anrufen?«

Klinger sah auf das Telefon, dann sah er Marci an. »Nein, danke.« Er schüttelte den Kopf. »Ich kenne niemanden mit einem Telefon.«

»Ganz sicher gibt es jemanden«, versuchte Marci ihn zu beschwatzen. »Was ist mit Ihrer Mutter?«

Klinger war nicht in der Lage, den Humor darin zu erkennen.

»Oh«, sagte Marci. »Tut mir leid.« Sie schaltete das Telefon ab.

»Wir sind auch fertig«, sagte Klinger. »Stimmt's?«

Sie starrte ihn einen Moment lang an. Dann öffneten sich ihre Lippen ein wenig, als wolle sie etwas sagen, schien es sich jedoch anders zu überlegen und die Lippen schlossen sich wieder. »Stimmt«, sagte sie leise. Sie nickte und sagte noch einmal »Stimmt ... « und langte nach ihrem Portemonnaie.

Klinger, der sich wieder seinem Drink gewidmet hatte, setzte das Glas an die Lippen, hielt inne und meinte: »Ich verstehe.«

Sie zögerte.

»Freundin, von wegen«, sagte Klinger über den Rand

des Glases hinweg. Der Spiegel hinter einer Reihe von Flaschen Single Malt, der oberhalb der schwarzen Arbeitsfläche der Bar verlief, warf ihr Profil zurück.

Marci stand wortlos von ihrem Hocker auf. Als sie ihre Sachen zusammengesucht hatte, sagte sie leise: »Ich bin Ihnen für Ihre Hilfe sehr dankbar.«

Eine gewisse Starre hatte sich in Klingers Physis geschlichen, eine Steifheit, geschuldet der Feuchtigkeit, der Kälte – und der Verbitterung, wie es schien, oder einer Art Überbleibsel einer unverstanden gebliebenen Rückkoppelung, das ihm auf den Sack ging. Aber, hey, appellierte er an sich, was geht es mich an? Was ist dabei, wenn ich nicht durchblicke, was diese scheinbar ehrliche, harmlose, raffinierte, ambitionierte und anscheinend oberflächliche Tussi vorhat, mit diesem Telefon und ihrem Freund oder Exfreund oder Verlobten und dieser nicht existenten anderen Frau und, nebenbei, mit dir, Klinger, mit dir höchstpersönlich. Betrachte mal die Gegensätzlichkeit. Ziemlich couragiert, wenn man drüber nachdenkt. Dieses kleine Mädchen aus einer anderen Welt schneit bei Klinger herein, bekommt, was sie braucht, und verschwindet per Ornithopter wieder hinaus. Er konnte die Schwingen aus Karbonfasern buchstäblich hören, die auf die von Feuchtigkeit gesättigte Luft einschlugen. Obwohl, so sein Gedankengang, das Zischen der Reifen des ansonsten lautlosen Hybridtaxis, das sie für immer aus seinem Leben chauffierte, eher der Wirklichkeit entspräche.

Ja ... Sie schneite herein, bekam, was sie brauchte, stand auf, ging raus, zog weiter. Weiter, ihr Vektor. Klinger, auf sich selbst zurückgeworfen, dürfte ungeachtet der tausend Dollar in seiner Tasche nicht weit kommen, sondern vermutlich wieder unten anlangen, früher oder später. Vermutlich? Ha, ganz gewiss. *Unten*, das war Klingers totemistischer, wenn nicht gar ein in keiner Dimension verlaufender Vektor. *Unten* war seine Bestimmung. *Unten* war seine Farbe. *Unten* war sein Refugium.

Als Klinger seinen Drink auf den Untersetzer zurückstellte, war nur noch das Eis im Glas und diese Marci verschwunden.

Auf Nimmerwiedersehen! Er drehte ihre Rechnung um. Selbst der Cappuccino kostete in diesem Laden neun Dollar.

Klinger erhob sich vom Barhocker, langte in die Vordertasche seiner Hose, um herauszuholen, was von seiner mageren Rolle mit Scheinen noch übrig war. Er hielt inne. Was mache ich?, fragte er sich. Nur ein wenig die Treppe hoch und einen Schritt nach achtern, ich habe einen Riesen in Hunderten. Er zog die Hand aus der Tasche und dirigierte sie um, in die Seitentasche seines Jacketts. Dort, wohin Klinger zu gehen gedachte, war es gut, wenigstens einen von ihnen gewechselt zu haben. Dort, wohin Klinger zu gehen gedachte und wo man zwar nur schwer einen Hunderter würde wechseln können, wenn man nicht sogar Misstrauen auf sich zog, sollte ein in seine einzelnen Zwanziger zerlegter Hunderter für mehrere unterhaltsame Abende ausreichen.

Und es war erst in diesem Augenblick, als er einen Schein aus seinen neun jüngst gefalteten Brüdern herauspellte, dass Klinger aufging, dass er – gleichwohl seit vielen, vielen Jahren ohne Bankkonto – sich einer Sache ziemlich sicher war, nämlich dass Geldautomaten keine Hundertdollarnoten ausspuckten. Zumindest noch nicht. Täten sie es, würden sie öfter ausgeraubt.

War es das, was ihn umgetrieben hatte?

Er bekam die Aufmerksamkeit des Barkeepers, der, ohne mit der Wimper zu zucken, Marcis Rechnung nahm und den Hunderter. Während er weg war, stützte sich Klinger auf den Tresen, grübelte. Als der Barkeeper zurückkam, zählte er einundneunzig Dollar auf das Tablett und legte die Rechnung für den Neundollarcappuccino obendrauf. Die Rechnung wies einen einzelnen Riss auf – bezahlt. Was auffiel, das Wechselgeld umfasste vier Zwanziger, einen Fünfer und sechs Eindollarnoten. Kein Dummer, unser Barkeeper. Es besteht immer die Aussicht auf ein Trinkgeld, selbst bei einem missmutigen Zeitgenossen in feuchtem Tweed.

Klinger klaubte alle Scheine bis auf einen zusammen, einen Eindollarschein, den er mit der Rechnung auf dem Tablett liegen ließ. Jetzt hast du einen Dollar achtundvierzig, um es bei den Gäulen zu verprassen, Spaßvogel.

Es gibt immer die Gelegenheit für was anderes, rief er sich nachdenklich in Erinnerung, während er die so feuchte wie geräumige Tragetasche aus dem Secondhandladen hochnahm, die seine neue Cabanjacke enthielt und die Rollmütze und die Hosen, von denen jetzt der Moschusgeruch aufstieg, der so typisch ist für feuchte Wolle.

Er stieß durch die Drehtür des Gavel nach draußen, wo der Sturm unvermindert wütete.

Hoffe, dein Pferd galoppiert gut durch den Regen, Spaßvogel, murmelte er vor sich hin, als er den Kragen seines Tweedjacketts hochschlug.

Es gibt immer Gelegenheit für einen Spaß, dachte er trocken, dabei gänzlich nass, nachdem er sich in den Regenguss gestürzt hatte. Es gibt immer Gelegenheit für einen Spaß. Vor allem in der freien Natur.

SIEBZEHN

Physisch gesehen ist es nicht allzu weit vom Gavel zum Hawse Hole; soziologisch gesehen ist es, als würde man von einer Klippe springen. Meteorologisch gesehen war es an diesem speziellen Freitagnachmittag so, als springe man von einer Klippe in den Ozean.

Durch die Straßen stürzte er, schüttelte Institutionen ab, Sitten und Gebräuche, Regentropfen und Rückstände chemischer Reinigung, indes er von Pfütze zu Pfütze platschte, über verstopfte Gullys stapfte und über geflutete Bürgersteige, um am Ende nur noch eine Tüte mit Kleidung, seine Erinnerungen und tausend Dollar zu behalten.

Als er am Hawse Hole ankam, war Klinger reif für einen Drink, er war reif dafür, die letzten paar Tage zu vergessen, er war reif für einen Klamottenwechsel – Klinger war reif für alles, außer für die Zukunft. Oder die Vergangenheit. Oder, wie sich herausstellte, für die Gegenwart.

Inzwischen war es Viertel vor sieben am Abend und vor einem völlig mit Regenwolken verhangenen Himmel rückte die Dunkelheit heran. Die blaue Neonkette, die sich von der Ankerklüse in blauem Neon hoch über der Eingangstür der Bar Glied für Glied herabsenkte, sorgte mit ihren blauen Neonpunkten für einigermaßen Aufsehen, wenn sie oberhalb des Bürgersteiges auf den roten Neonanker trafen und ihn erleuchteten, bis alles wieder dunkel wurde und die Kette sich von Neuem Glied für Glied herabsenkte. Wie es Neonreklame nun mal eigen ist, war sie hinreichend öde, um Gäste zu locken und zu ermutigen, die Bar zu betreten, einfach nur um der

Reklame zu entkommen. Ja, obwohl seit langer Zeit mit Lexan ummantelt, sodass diese Leuchtreklame die wechselnden Milieus in ihrer Umgebung überdauert hatte, inklusive das der Seefahrt, glich ihr sich hartnäckig haltender Ruf als Symbol für einen Ort, wo man schanghait werden kann, einem Wunder. Was das betraf war der Laden voll mit Leuten, denen nichts lieber wäre, als schanghait zu werden. Vielleicht waren sie in der Hoffnung auf diese Erfahrung aus aller Herren Länder hierhergekommen, nur um herauszufinden, dass heutzutage in San Francisco einzig Schiffe anlegen, die einer versierten Mannschaft bedürfen, einer Mannschaft, die zum Beispiel tagsüber in Sporttauchen unterweisen und am Abend eine tolle Karaoke-Show auf die Beine stellen kann oder einen Vortrag über Devisenmärkte als mögliche Anlageform ...

Aber noch immer ist das Schanghaien nur schwer zu übertreffen, wie die schlichte, verklärte Deus-ex-Machina-Erfahrung lehrt.

Bruce stand hinter dem Tresen, in Jeans statt Chaps, also war St. Patrick's Day vermutlich vorbei. Oder, wie Klinger mit einem Schaudern mutmaßte, Bruce war eine erlittene Schädigung derart peinlich, dass er sie verbarg.

Auch der alte Mann war da, und er tat seine Meinung vor einem nicht vorhandenen Publikum kund.

»Mit dem Leben verhält es sich folgendermaßen«, sagte er mit einem allenfalls angedeuteten Nicken in Klingers Richtung, der sich, nachdem er seine durchweichte Tüte vor dem Tresen hatte fallen lassen, jetzt vier Hocker vom alten Mann entfernt hinsetzte. Der alte Mann hielt seine Hände in die Luft, die Handflächen um die fünfundvierzig Zentimeter auseinander, die Finger gekrümmt. »Das Leben ist ein Tunnel.« Er ließ beide Hände vibrieren.

Klinger, der auf den leeren Tresen starrte und sich fragte, wie viel Wasser wohl von ihm auf den Boden tropfe, wartete.

»Damit könntest du richtigliegen«, sagte Bruce zu einem Bündel Zwanziger. Aber in seinem Tonfall schwang die Frage mit, ob der alte Mann jetzt fertig sei.

»Fast«, schleuderte der in Bruce' Richtung, wie auf dem Wege der Telepathie. Er behielt die Haltung seiner Hände bei, vor dem Gesicht, etwa fünfundvierzig Zentimeter voneinander entfernt, die Finger gekrümmt. »Ein Kontinuum. Wie ein Tunnel«, wiederholte er. »Geht ein Mensch durch diesen Tunnel des Lebens, erzeugt er wohl oder übel Schwingungen.« Er wackelte mit den Fingern. »Und die Wände dieses Tunnels, die sich aus anderen Menschen zusammensetzen, nehmen diese Schwingungen in sich auf.«

Jetzt ließ Bruce die Zwanziger links liegen und auch das Kassenbuch, worin er sie gerade eintrug, drehte sich um und sah den alten Mann an.

Mit noch immer wackelnden Fingern bewegte der alte Mann die Hände in der Luft aufeinander zu und voneinander weg, als betätige er einen Blasebalg. »Die Menschen, die deinen Schwingungen ausgesetzt sind, sind deine Freunde, deine Nachbarn, die Familie, Bekannte und Geschäftspartner, selbst Leute neben dir im Bus, denen auffällt, dass du in letzter Zeit kein Bad genommen hast.«

Klinger, der sich auf seinem Hocker nicht bewegen konnte, ohne quietschende Geräusche zu produzieren, dachte über die innewohnende Ironie nach.

»In ihrer Gesamtheit stellt die Resonanz seitens dieser Existenzen den einzigen Grund dar, dich in deiner eigenen Existenz bestätigt zu sehen. Und insofern als dieses Kontinuum oder dieser Tunnel, den wir Leben nennen, empfindungsfähig ist, erscheint es nur logisch, davon auszugehen, dass es oder er glaubt, dass auch du existierst.« Der alte Mann klatschte einmal in die Hände. »Astrologie kurz zusammengefasst.«

Die Eingangstür ging auf. Zwei Typen in Flanellhemden kamen herein, begleitet vom Geräusch fahrender Reifen auf nasser Straße. Die Tür schloss sich und die beiden neuen Gäste steuerten auf den Knick im Tresen zu, hinein ins Dunkel, sechs oder acht Hocker vom alten Mann entfernt.

»Wenn du stirbst – «, der alte Mann stieß die Fingerspitzen nach vorn, »enden die Schwingungen. Die Wände des Tunnels jedoch«, er nahm das Fingerwackeln wieder auf, »bleiben als Träger deiner Schwingungen und pflanzen sie ungeachtet deines Hinscheidens in die Zukunft fort.«

Die beiden Typen oben an der Bar gaben Bruce ein Zeichen. Bruce nickte, hob einen Finger und zeigte auf den alten Mann, womit er deutlich machte, dass er kommen werde, sobald der fertig sei. Die beiden Männer schienen verblüfft und sahen von Bruce hinüber zu dem alten Mann.

»Die Wände des Tunnels aber sind organisch. Sprich, sie bilden zur Gänze eine vergängliche Struktur. Menschen sind das alleinige Medium ihrer und auch deiner Existenz. Niemand sonst kann dich kennen und du kannst niemanden sonst kennen. Sagt die Bibel. Okay, die Bibel sagt das nicht. Aber, genau wie du sind die

Leute organisch und vergänglich. Menschen werden geboren, sie leben, sie sterben. Anderer Scheiß stößt ihnen zu. Neue Erfahrungen verdrängen alte. Vor allem verblasst ihre Erinnerung an dich. Einige sterben weg und mit ihnen auch ihre Erinnerungen an alles, dich eingeschlossen. Schlimm genug, dass sich mit dem Ableben des einen oder anderen auch die lupenreine Interpretation dieses düsteren Chopin-Préludes verabschiedet. Aber, keine Sorge, ein anderer Pianist wird daherkommen. Mit dir dagegen steht es anders. Nur du kannst dich aufführen. Mit anderen Worten: Deine Schwingungen werden gedämpft.« Der alte Mann ließ die Hände sinken. »Und so ist es eben an den Menschen, die du zu Lebzeiten erreicht hast, die Erinnerung an dich weiterleben zu lassen. So lange einer von ihnen noch lebt, wirst auch du leben. Aber nachdem sie alle gestorben sind, nachdem jeder Einzelne, der dich gekannt hat, Geschichte ist, wirst auch du Geschichte werden. Und selbst wenn du Teil dessen bist, was die Zukunft Geschichte nennt, wird sich deine Geschichte verändern. Die Lebenden werden sich an ein lebendes Du erinnern. Sind aber erst mal alle gestorben, die dich gekannt haben – sprich, sind erst mal alle Schwingungen bei ihrer Passage durch das Medium, das die Wände des Tunnels des Lebens darstellen, komplett gedämpft –, wirst du wahrhaftig aufgehört haben zu existieren. Weshalb ich bereits jetzt voraussage, dass, selbst wenn die Stadtväter veranlassen sollten, die Third Street in Willie E. Brown Jr. Boulevard umzubenennen, es nicht lange dauern wird, bis es nur wieder ein weiterer Name für eine weitere Straße sein wird und genauso unverfänglich wie die Nummer drei es ist. Nicht mehr und nicht weniger. Eine Straße, auf die sich Leute mit einem Namen beziehen, ohne eine dazugehörige Persönlichkeit oder was auch immer. Eine Sackgasse. Könnt ihr euch an jemanden erinnern, der Polk hieß? Oder Fillmore? Oder Hayes? Wer zum Teufel war Brannan? Oder Bryant? Ein Begriff ohne Gegenstand – ein Objekt, das vom gemeinsamen Verstand wahrgenommen wird, nicht mit den Sinnen. Mit anderen Worten, es ist egal.« Der alte Mann klatschte einmal in die Hände. »Man könnte genauso gut einem nassen Fleck mitten auf dem Bett einen Namen geben.«

»Aber ... aber«, warf eines der Flanellhemden am Ende der Bar ein, »warum überhaupt noch etwas tun? Bei dir hört sich das so ... so aussichtslos an.«

Der alte Mann drehte sich nicht um, um den vermeintlichen Gesprächspartner anzusehen. Er zog vielmehr den Kopf ein, hob eine Hand und ließ die andere auf sein Glas sinken. »Ich habe nichts von Aussichtslosigkeit gesagt«, erinnerte er die anderen. »Ich habe nur auf das Offensichtliche hingewiesen. Da gibt es keinen moralischen Imperativ, keine Schuldzuweisung, da gibt es kein ... «

Er ließ den Satz unvollendet.

Alle warteten.

Es schien, als würden keine weiteren Informationen geliefert.

Das zweite Flanellhemd hielt zwei Finger hoch. »Gibt's keinen Tequila?«

»Es gibt Tequila«, versicherte Bruce.

»Den besten«, sagte der Mann.

Bruce machte sich an die Arbeit.

Ein Telefon klingelte.

Gestern hätte Klinger es nicht als Klingelton erkannt,

geschweige denn dass es sich bei dem Klingelton um *Creation of Tron* von Wendy Carlos handelte.

Heute? Heute war es anders.

Der Klingelton erklang wieder, lauter als beim ersten Mal.

Dabei, seinen Drink an die infolge seiner Redseligkeit ausgetrockneten Lippen zu setzen, hielt der alte Mann plötzlich inne.

Klinger blickte in die Runde. Der Klingelton hob zum dritten Mal an. Klinger sah nach unten. Es kam aus seiner Tasche mit der Kleidung. Es klingelte ein viertes Mal. Er besann sich auf die Tür zur Straße, keine vier Meter fünfzig hinter ihm. Er brauchte nur aufzustehen, die Tasche an Ort und Stelle zu lassen, durch die Tür zu gehen und im unachtsamen Kontinuum zu verschwinden.

»Nimm diesen Scheißanruf an, Herrgott noch mal«, sagte Bruce, während er hinterm Tresen entlangging, in der Hand ein Tablett mit vier randvollen Schnapsgläsern, einem Aschenbecher mit Limettenvierteln und einem Salzstreuer.

Aber es regnete. Aber er brauchte einen Drink. Aber in dem Hotel gleich die Treppe hoch, überhaupt nicht weit von hier, nicht weit genug, um noch nasser zu werden, als er ohnehin schon war, hatte er das Zimmer im Voraus bezahlt. Aber er musste dieses Telefon zum Schweigen bringen. Er bat Bruce, ihm einen Jameson zu bringen, mit Eis, dachte, zur Hölle mit dem Augenschein, ist nicht gut, mittendrin die Marke zu wechseln, und beugte sich nach vorn, um in der Tasche zu wühlen. »Mach ’nen Doppelten«, sagte er noch, als seine Hand das Gerät aufspürte. »Hallo.«

»Hi«, sagte sie.

»Was macht das Telefon in dieser Bar?«, fragte er.

»Ich ... dachte, Sie könnten ein Telefon gebrauchen«, sagte sie. »Jeder braucht ein Telefon.«

»Ich bin nicht jeder«, sagte Klinger, »und ich brauche kein Telefon.«

Bruce kam zurück, legte einen Untersetzer auf den Tresen, stellte ein zur Hälfte mit Eis gefülltes Glas auf den Untersetzer und goss großzügig ein. Klinger stand auf der unteren Speiche des Barhockers und fischte einen Zwanziger aus der Tasche seiner feuchten Hose. Bruce tauschte zwei Eindollarscheine aus der Transaktion am Ende der Bar gegen den Zwanziger und ging zur Registrierkasse. Klinger drückte die beiden Eindollarscheine in die Rinne auf der anderen Seite des Tresens und setzte sich wieder. Bruce ließ einen Zehner direkt neben Klingers Drink fallen.

Klinger sagte kein weiteres Wort. Er nippte am Drink. Der war gut. Noch nicht kühl. Gut. Ihn durchlief ein Zittern. Er hatte vorgehabt, in einen anderen Stadtteil abzuhauen, mit seiner Tüte voller Kleidung und seinen tausend Dollar, aber Gewohnheit, Regen und, wie ihm allmählich aufging, zwei Tage ohne Schlaf hatten ihn hierher verschlagen, in diesen Laden, in diesen Augenblick.

Er betrachtete den Drink. Er hätte einen Grog bestellen sollen. Irgendwas Heißes. Irgendwas Gesundes. Irgendwas Nahrhaftes. Einen Grog und etwas Vitamin C, vielleicht.

Er trank sein Glas zur Hälfte leer und setzte es ab.

»Will Ihr Freund sein Telefon nicht zurück?«

»Er braucht es nicht mehr«, sagte die Stimme.

Klinger runzelte die Stirn.

»Jetzt ist es Ihr Telefon.« Sie beendete die Verbindung.

»Hallo ... ?« Klinger sah auf das Display. Inmitten der Myriaden von Optionen, Widgets und Icons informierte ihn eine Mitteilung, dass der vorherige Anruf eine Minute und zweiunddreißig Sekunden gedauert hatte.

Klinger legte das Telefon vor sich auf den Tresen und versank in der Betrachtung seines Drinks.

Ohne Vorwarnung machte sich der Schmerz in seiner Bauchgegend bemerkbar. Nur ein Zwicken, tatsächlich. Eine Mahnung.

Direkt hinter ihm ging die Eingangstür auf, ließ das Geräusch fahrender Reifen auf nasser Straße herein und schloss sich wieder.

In der Bar wurde es still. Der alte Mann umfasste sein Glas mit beiden Händen und starrte darauf. Bruce tippte den Betrag für die zweite Zeche in die Kasse und warf einen Blick über die Schulter. Die beiden Flanellhemden am Ende des Tresens sahen zur Tür, richteten ihr Augenmerk dann wieder unmissverständlich auf ihre Tequilas.

Bruce, der direkt vor Klinger stand, zwischen ihm und dem Spiegel hinter den an der Rückseite der Bar aufgereihten Flaschen, versperrte ihm die Sicht auf das Spiegelbild der Eingangstür.

Egal. Die Hand auf Klingers Schulter sagte ihm alles, was er wissen musste.

»Nettes Telefon«, sagte die Stimme. »Spitzenmodell.«

Klinger reagierte nicht darauf.

»Ihres?«

Klinger sagte nichts.

Die Finger der Hand gruben sich in das weiche Gewebe zwischen Klingers Schlüsselbein und Nacken, ein Griff, der durch Verspannung und Erschöpfung noch verstärkt wurde.

»Nein«, vermeldete Klinger, »ich habe es gefunden. Draußen. Auf dem Bürgersteig.«

Eine Hand legte ein Telefon auf den Tresen, neben das von Phillip. »Sehen Sie die App?«, fragte eine zweite Stimme.

»Der Scheiß ist eine App?«, hörte Klinger sich sagen.

»Um vom Allgemeinen zum Besonderen zu kommen«, sagte die zweite Stimme, »das ist ein Gadget auf dem Telefon. Da.« Die Hand zeigte auf das zweite Telefon. »Es sagt einem, wo sich das Telefon«, die Hand zeigte auf Phillips Telefon, »befindet.«

»Oh«, sagte Klinger missmutig. »Wie WhereIz?«

»Hey«, sagte die zweite Stimme. Die Rückseite einer Hand streifte Klingers Schulter. »Haargenau.«

Diese Schlampe, dachte Klinger.

Diese verdammte Schlampe.

»Ein Blitzmerker«, sagte die Stimme, die zur Hand an Klingers Schulter gehörte.

»Drehen Sie sich um«, sagte die zweite Stimme.

Die Hand auf seiner Schulter unterstützte ihn dabei. Klingers feuchter Hintern quietschte auf der Polsterung des Barhockers.

Verglichen mit anderen Cops sahen sie jung aus. Beide trugen schwarze Baseballkappen und Vinylanoraks, der eine in Olivgrün, der andere in Blau. Anders als sein Partner trug der Jüngere der beiden, der, dessen Hand auf Klingers Schulter ruhte, keinen Schnurrbart. Dieser Trend hat sich wohl überlebt, dachte Klinger. Aber das waren auch nicht die normalen überlasteten, abgekämpften, verschlissenen Typen aus dem Betrugsdezernat. Detectives vielleicht. Etwas Besseres.

Hinten am Tresen tranken die Flanellhemden ihre Tequilas aus, stellten die leeren Gläser aufs Holz und sahen aus, als wollten sie gleich gehen.

Klinger ging in die Offensive. »Und nun?«, fragte er den älteren Cop.

»Es geht um das Telefon«, sagte der nur.

Klinger schüttelte den Kopf. »Nein, es geht nicht um das Telefon.«

Der Mann zuckte mit den Achseln. »Kennen Sie jemanden mit dem Namen Phillip? Phillip Wong?«

Klinger schüttelte den Kopf.

»Das war sein Telefon.«

»Ich habe es gefunden.« Klinger zeigte auf die Tür. »Draußen, auf dem Bürgersteig, etwa um halb acht heute Morgen.« Beinahe hätte er noch hinzugefügt: Und ich habe seiner Freundin alles darüber erzählt. Aber er fügte nichts hinzu.

»Dieser Wong«, sagte der ältere Cop. »Er wurde überfallen.«

»Tut mir leid, das zu hören.«

»Letzte Nacht.«

»Okay«, sagte Klinger.

»In North Beach«, sagte der Cop.

Bruce ging hinter dem Tresen entlang, gab vor, die Gläser einzusammeln.

»Kürzlich in North Beach gewesen?«, wollte der jüngere Cop wissen.

»Es werden ständig Leute überfallen.« Mit einer Bewegung der Schulter schüttelte Klinger die Hand ab. »Vor allem in North Beach.«

»Stimmt«, räumte der ältere Cop ein. »Aber für gewöhnlich bedeutet das nicht ihren Tod.«

Klinger blickte von dem Älteren zu dem Jüngeren und

wieder zurück. »Erklären Sie mir gerade, ich hätte einen Typ wegen seines Telefons umgebracht?«

Der Cop fasste sich mit beiden Händen an die Brust. »Habe ich gesagt, dass Sie ihn umgebracht haben?«

»Warum?« Klinger lachte tonlos. »Damit ich meine Mutter anrufen kann?«

»Damit Sie Ihren Buchmacher anrufen können«, sagte der jüngere Cop. »Oder vielleicht Ihren Anwalt.«

»Hey«, Klinger grinste, »hier geht's nicht um ein Paar Sneakers.«

Da dem jüngeren Cop hierfür der Humor abging, ballte er die Fäuste und ließ eine Schulter sinken. Klinger nahm ihn für voll genug, um zusammenzuzucken, und dann war es an dem jüngeren Cop zu grinsen. Der Ältere gab ihnen eine Minute für ihren Konflikt, bevor er Klinger am Arm berührte. »Schauen Sie sich das an.«

Klinger, der es sich nicht hatte nehmen lassen, den Jüngeren anzustarren, starrte jetzt den Partner an. »Was?«

Der ältere Cop nahm das zweite Telefon, wischte über das Display und hielt das Gerät so, dass Klinger darauf schauen konnte.

Klinger warf einen Blick darauf, sah den jüngeren Cop an, dann den älteren.

»Wir können es so vergrößern, dass es eine Wand füllt, wenn es das ist, was Sie wollen«, erklärte ihm der Ältere.

Klinger sah genauer hin. Nach einer Weile sagte er: »Sollte ich wissen, was ich mir hier anschaue?«

Der ältere Cop sagte: »Ich zoom's mal ran.« Er wischte über das Display.

»Und jetzt?«

Klinger erkannte ein Klemmbrett.

»Es ist ein Klemmbrett.«

»Na, das ist doch ’n Wort«, sagte der Cop. Er berührte das Display. »Und jetzt?«

Klinger runzelte die Stirn. »Das ist die Klammer eines Klemmbretts.«

»Sehr gut«, sagte der Cop. Er drehte das Display in seine Richtung und berührte es. »Es ist eine starke Federklammer. Dafür gedacht, Dinge festzuhalten.« Er drehte das Telefon wieder zu Klinger. »Sehen Sie, was sie festhält?«

Als das Telefon gedreht wurde, drehte sich auch das Bild.

»Sieht aus wie ein Stück von einem Schlauch.«

»Sehr gut. Und was hat es mit diesem Stück Schlauch auf sich?«

Klinger schüttelte den Kopf.

»Es wurde zweimal gebogen und unter die Federklammer des Klemmbretts gequetscht«, sagte der Cop.

Klinger starrte darauf.

»Sehr sorgfältig«, sagte der Cop. »Jetzt schauen Sie genau hin.«

Er hielt das Telefon so, dass alle es sehen konnten, berührte die Oberfläche und die Darstellung fuhr den Schlauch entlang, hinunter zur Bettkante, dann hoch, Zentimeter für Zentimeter, über die Satinbordüre einer Bettdecke, bis sie am unteren Teil einer Atemmaske verharrte. Die Finger wischten über das Display und das Bild wurde gezoomt, bis klar war, dass die Atemmaske mit einem Gummiband vor dem Gesicht eines Mannes befestigt war. Die Augen des Mannes waren weit offen, und sie waren ohne Leben.

»Sieht überrascht aus, oder?«, fragte der Cop.

Klinger schwieg. »Die Überraschung, welche höher ist

als alle Vernunft ... «, sagte der Cop. Er zoomte das Bild heran und wieder weg. Er hielt Klinger das Telefon dicht vors Gesicht. »Was denken Sie?«

»Was ich denke?«, sagte Klinger bestürzt. »Ich glaube, der Typ ist tot.«

»... und die immer heller leuchtet«, sagte der jüngere Cop.

»Kennen Sie ihn?«, fragte der Ältere. »Den Toten?«

Keine Reaktion würde das Kommende in Abrede stellen können, aber Klinger schüttelte dennoch den Kopf.

»Er war der einzige überlebende Zeuge des Überfalls auf ihn«, sagte der ältere Cop. »Klingelt da was?«

Deswegen also kam sie zu spät.

»Es waren zwei Straßenräuber«, sagte der Jüngere. »Einer war ein drogenabhängiger Taschendieb, den sie Frankie Geeze nennen, unter seinesgleichen. Schon mal von ihm gehört?« Er ließ seinen Blick durch die Bar wandern. »Irgendjemand?«

Keine Reaktion. Die beiden Flanellhemden am Ende des Tresens schwiegen. Der alte Mann kippte sein Glas auf dem Untersetzer an und sagte nichts. Bruce, der ein Glas polierte, zuckte mit den Achseln.

Ich bin reingelegt worden, Klinger blinzelte. Total.

»Gestatten Sie mir, dass ich behilflich bin.« Der Cop berührte ein paarmal das Display und präsentierte das Ergebnis, ein JPEG, für Klinger zur Ansicht.

Es handelte sich um ein sehr aktuelles Foto, aber Klinger erkannte Frankie kaum.

Mit einem Blick über Klingers Schulter stellte der jüngere Cop das Offensichtliche fest: »Frankie sieht nicht sonderlich gut aus.«

»Da kann ich für Abhilfe sorgen.« Der ältere Cop

berührte das Telefon und ein anderes Bild erschien.

Auch auf seinem Polizeifoto sieht Frankie nicht sonderlich gut aus, dachte Klinger, aber wenigstens sieht er nicht tot aus.

»Kennen Sie ihn?«, fragte der ältere Cop.

Klinger zuckte mit den Achseln. »Ich kenne eine Menge Leute.«

»Und Sie.« Der Cop zeigte Bruce das Foto. »Kennen Sie ihn?«

Bruce tat so, als betrachte er das Foto eingehend. Er warf einen Blick darauf, korrigierte den Abstand zwischen seinem Gesicht und dem Telefon, veränderte den Winkel des einfallenden Lichts. Dann schüttelte er den Kopf. »Nö.«

»Ist schon in Ordnung«, sagte der ältere Cop, nicht im Ansatz bemüht, seine Geringschätzung zu verbergen. Er berührte die Oberfläche seines Telefons, es wurde dunkel, er legte das Gerät zur Seite, wandte sich Klinger zu: »Nachdem Sie erfahren haben, dass er am Leben ist, mussten Sie ihn ausschalten.«

Klinger war perplex. »Dass wer noch am Leben ist?«

»Das Opfer«, erwiderte der Cop. »Er hätte Sie identifizieren können. Sie und Ihren Komplizen.«

»Komplize wobei?«

»Mann, bei dem Überfall in North Beach ... «, sagte der Cop.

Klinger kniff die Augen ein wenig zusammen. Dann nickte er. »Der Überfall in North Beach ... «

»Er tut sich schwer damit, seine Verbrechen auf die Reihe zu kriegen«, feixte der Jüngere.

»Keine Sorge«, sagte der ältere Cop, »man kann einen Toten nicht verpfeifen und auch ein Toter kann niemanden verpfeifen.« Er hielt Phillips Telefon hoch. »Sie können hoch erhobenen Hauptes den Todestrakt betreten.« Er hielt kurz inne. »Die Würde bleibt gewahrt, oder?«

»Also?« Der zweite Cop grinste dreckig.

»Oder?«, wiederholte der ältere Cop.

Klinger konnte sie kaum verstehen. Sie hat mich reingelegt, mich ans Messer geliefert, dachte er. Sie hat es mir in die Schuhe geschoben.

»Bemühen Sie sich erst gar nicht, es zu leugnen«, sagte der jüngere Cop. »Ein verdeckter Ermittler hat Sie vor ein paar Tagen hier mit Frankie Geeze gesehen.«

Der ältere Cop starrte seinen jüngeren Kollegen an.

Klinger und Bruce tauschten Blicke. Bruce ließ seinen zum Ende des Tresens wandern. Die beiden Flanellhemden hatten ein interessantes Diskussionsthema gefunden, und sie hielten dem Rest des Raums die Rücken zugewandt. Klinger runzelte die Stirn. Sind diese beiden Typen vergangene Nacht hier gewesen? Einerseits sahen sie aus wie tausend andere Penner. Andererseits kamen sie ihm nicht sonderlich bekannt vor.

Er runzelte die Stirn noch ein wenig intensiver.

Ist das letzte Nacht gewesen?

Oder gar heute Morgen?

»Das spielt keine Rolle«, erklärte ihm der ältere Cop. »Wir haben Sie auf einem Überwachungsvideo des Krankenhauses. Was für ein Pech auch. Ich kann es Ihnen nicht verübeln, dass Sie's probiert haben. Ist schon grauenvoll, den Abflug zu machen, weil ein Typ dabei draufgeht, nur weil er und sein Kumpel versuchen, ihren Lebensunterhalt zu sichern.« Der Cop verlegte sich auf ein eingefrorenes Lächeln und der Ton in seiner Stimme transportierte pure Verachtung. »Einfach grauenvoll.«

»Ja«, sagte der jüngere Cop mit gespielter Anteilnahme, wohl wissend, das bessere Blatt zu haben. »Ganz schön hart.«

Der ältere Cop benutzte Daumen und Zeigefinger, um Phillips Telefon an seinen diagonal gelegenen Ecken hochzunehmen. Der jüngere Cop zog einen gepolsterten Umschlag für Asservate hervor, klappte ihn auf und der ältere ließ Phillips Telefon hineinfallen. Der Jüngere verschloss den Umschlag, zückte einen Kugelschreiber und machte eine Notiz auf der Klappe, dann schob er den Umschlag in die Seitentasche seines Anoraks.

»Gehen wir«, sagte der ältere Cop.

Sie packten Klinger bei den Armen und führten ihn zur Tür hinaus, wo im Regen ein Streifenwagen wartete. Vom Auspuff stieg eine Abgasfahne hoch.

Etwas weiter die Straße hinunter stand ein zweiter Streifenwagen im Leerlauf, ein dritter jenseits des Fußgängerübergangs; ein Zivilfahrzeug mit getönten Scheiben blockierte die Bushaltestelle gegenüber der Kreuzung. Dort wartete auch ein Rettungswagen.

Sie sitzt in dem Zivilfahrzeug, dachte Klinger, als die beiden Cops ihn vorschriftsgemäß auf den Rücksitz des Streifenwagens verfrachteten.

Während der ganzen Zeit, die die Cops in der Bar verbracht hatten, hatte sich der alte Mann kaum gerührt, nicht einmal für ein Nippen an seinem Drink.

»Seine Sachen sind noch da«, sagte er zu der Reihe Flaschen vor dem Spiegel an der Rückseite der Bar.

Bruce, der es nicht bemerkt hatte, bewegte sich jetzt zum Ende des Tresens, kam um die Ecke, ging an dem alten Mann vorbei und nahm die große, nasse Tüte hoch, worin sich Klingers jüngst erworbene Kleidung befand.

Die beiden Typen am Knick des Tresens verfolgten das Ganze und sagten nichts.

Die Tasche auf Abstand zu seinen Beinen, um zu verhindern, dass sie nass wurden, brachte Bruce sie zu einem Schrank neben den Toiletten. Als er die Schranktür öffnete, fiel der Boden der Tüte heraus. »Scheiße«, murmelte Bruce. Er schob die feuchten Sachen mit der Stiefelspitze in eine Ecke des Schranks, direkt neben einen Wischeimer. Die kaputte Tüte ließ er oben auf den Stapel fallen, holte einen verdreckten Mopp aus dem Eimer und schloss die Schranktür.

»Seine Kleidung bleibt, um uns daran zu erinnern, wer er war«, murmelte der alte Mann nachdenklich in seinen Drink. Er nahm einen Schluck. »Ich werde meine Theorie vielleicht revidieren müssen.«

Bruce wischte das Wasser vom Boden auf und rieb den feuchten Barhocker mit dem Lappen ab, der von seinem Hosenbund hing.

Nachdem Bruce den Mopp zurück in den Schrank gestellt und seinen Platz hinterm Tresen wieder eingenommen hatte, klapperte der alte Mann mit dem Eis in seinem Glas und schob das Glas über das Holz.

»Mach mir noch einen.«

Zur den Übersetzern:

Ango Laina (Heinz-M. Vogel), geboren 1947 in Faßberg (Celle). Er ist Buchhändler, Diplomdesigner und studierte Ägyptologie, Iranistik, Klassische Archäologie und Finnougristik in Hamburg. Er schrieb Feuilletons und Kritiken für den Rundfunk und veröffentlichte in Zeitschriften und Anthologien. Seit Ende der 80er Jahre arbeitet er auch als Übersetzer für Englisch, Französisch, Ungarisch.

Angelika Müller, geboren 1954 in Berlin, Magister in Germanistik und Politologie, zeichnet seit 1988 als Lektorin und Übersetzerin für die Reihe Pulp Master verantwortlich und lässt sich von Rammstein und Velvet Underground inspirieren.

Pulp 44

Ted Lewis
SCHWERE KÖRPERVERLETZUNG

ISBN 9783946582045,
€ 14,80, Ca. 320 S.,

in Vorbereitung

George Fowler ist der Kopf eines weitverzweigten Londoner Unterweltimperiums. Pornografie, im Großbritannien der 1970er illegal, ermöglicht ihm unschätzbare Einnahmen; Gewalt und Korruption halten die Maschine in Gang. Dieses hochgefährliche Gemisch droht zu explodieren, als er herausfindet, dass einige seiner Leute in die eigene Tasche wirtschaften. Als die Situation trotz einiger Säuberungsaktionen weiter eskaliert, taucht er für eine Weile in Mablethorpe unter, einem langweiligen Kaff an der Küste, um aus der Schusslinie und aus den Schlagzeilen zu verschwinden. Dies scheint fürs Erste zu gelingen, doch wohin mit den grausamen Erinnerungen, wenn man zu viel Zeit zum Nachdenken hat? George Fowler legt sie auf Eis und gießt Scotch darüber … viel Scotch …

Lewis' GBH gilt auch heute noch als einer der brillantesten Kriminalromane, die in Paranoia und in den Wahnsinn der Londoner Unterwelt der späten 1970er eindringen und eine faszinierende Geschichte von Macht, Liebe, Hybris und Verrat entfesseln.

Pulp 45

Les Edgerton
PRIMAT DES ÜBERLEBENS

ISBN 9783927734937,
€ 14,80, Ca. 320 S.,
Deutsche Erstausgabe
in Vorbereitung

Jake Bishop ist voll resozialisiert und träumt gemeinsam mit seiner Frau Paris den amerikanischen Traum, der sich als eigener Friseursalon materialisieren soll. Doch seine kriminelle Vergangenheit holt Bishop ein, und zwar in Gestalt seines ehemaligen Zellenkumpels Walker, der ihm im Knast das Leben rettete und nun, frisch entlassen, im Gegenzug etwas Starthilfe einfordert. Sich des über seinem Kopfe schwebenden Damoklesschwertes bewusst – einer bei der nächsten Verurteilung anstehenden lebenslangen Haftstrafe –, lehnt Jake entschlossen ab. Doch der Auftraggeber im Hintergrund hat Jakes Schwachstelle längst ausgemacht und zwingt ihn, den Einbruch bei einem lokalen Juwelier durchzuziehen …

Ein rabenschwarzer Noir des US-Autors Les Edgerton, der hier eindrucksvoll zeigt, wie schnell Stigmatisierung und gesellschaftliche Unfreiheit in ein Pandämonium menschlicher Abgründe führen können.

Pulp 46

Garry Disher
HITZE

ISBN 9783927734951,
€ 14,80, Ca. 320 S.,
Deutsche Erstausgabe
in Vorbereitung

Wyatt sondiert mal wieder die Möglichkeiten. Eine Bank wäre toll oder ein Geldtransporter. Doch soll er sich deswegen mit dreisten, jungen Idioten und Meth-Köpfen einlassen? So groß ist seine Verzweiflung dann doch nicht, zumal ihm ein Broker in Queensland einen One-Man-Job anbietet. Ein flämisches Gemälde aus dem 16. Jahrhundert – von den Nazis während des Zweiten Weltkriegs erbeutet – sei im Erholungsort Noosa, in der sengenden Hitze der Sunshine Coast im Haus eines Pädophilen aufgetaucht und eine israelische Auftraggeberin biete viel Geld dafür. Ganz nach Wyatts Geschmack, denn er kann den Coup in Eigenregie ausbaldowern …

Auch im neuen Wyatt-Roman zeigt sich Dishers Gespür für Atmosphäre und für Charaktere, die bis hin zur allerletzten Nebenfigur lebendig und authentisch daherkommen.

Pulp 47

Gerald Kersh
HIRN UND ZEHN FINGER

ISBN 9783927734975,
€ 11,80, Ca. 120 S.,
Deutsche Erstausgabe
in Vorbereitung

Jugoslawien, 1943. Eine kleine versprengte Partisanentruppe wacher, verzweifelter Männer flieht in den Wald, nachdem sie ein Munitionsdepot der italienischen Besatzer überfallen hat. Ihre Beute: Dynamit und Zünder für den Widerstand. Einer stirbt für den anderen, damit der Rest an einem anderen Tag weiterkämpfen kann. Darunter ist der junge Andrej, dessen Dorf in Slowenien von den Faschisten dem Erdboden gleichgemacht wurde und der hier in ebenfalls versprengten Serben und Kroaten Gleichgesinnte gefunden hat. Doch die rettende Holzbrücke wurde vom Hochwasser fortgerissen und die Verfolger sind nicht mehr weit …

Nach dem kurzen, mächtigen Roman über das Massaker von Lidice verneigt sich Kersh nun vor den Menschen des Widerstands, vor aufrechten Menschen, denen ein inneres Licht innewohnt, das in der Dunkelheit sichtbar wird und zur Hoffnung der Menschheit gerät.

Pulp 50

Derek Raymond
ER STARB MIT OFFENEN AUGEN

ISBN 9783946582014,
€ 14,80, Ca. 370 S.,

in Vorbereitung

Im London der 1980er ermittelt der namenlose Detective Sergeant des A14 – Letzteres besser bekannt als »die Factory« – im Mordfall eines erfolglosen Schriftstellers und nimmt dabei weder Rücksicht auf Vorgesetzte noch auf sein Privatleben. Er kriecht förmlich in den Kopf des Opfers, spürt dessen Exfrauen, Kollegen, Zechkumpane und ehemalige Feinde in tristen Pubs und Mietskasernen auf – so in Acacia Circus, einem Block, der von arbeitslosen Skinheads und Schwarzen bevölkert wird. Voller Idealismus und die Forderung nach Gerechtigkeit verinnerlicht, begibt sich der namenlose Detective Sergeant selbst in allergrößte Gefahr …

Mit seinen existentiellen, im England der Thatcher Ära angesiedelten Factory-Romanen schuf Derek Raymond faszinierende Noir-Hybride, die zunächst wie gewöhnliche Polizei-Romane daherkommen, um dann die Form zu wechseln und die Leiden der Opfer und das Leben selbst in den Mittelpunkt zu stellen.